英国王妃の事件ファイル⑭

貧乏お嬢さま、追憶の館へ

リース・ボウエン　田辺千幸 訳

The Last Mrs. Summers

by Rhys Bowen

コージーブックス

THE LAST MRS. SUMMERS
(A Royal Spyness Mystery #14)
by
Rhys Bowen

謝辞

毎年、トレンジリーにとてもよく似たマナー・ハウスで夏を一緒に過ごす、コーンウォールの親戚ヴィヴィアン家に本書を捧げます。その邸宅はわたしのもっともお気に入りの場所のひとつで、本書に登場するいくつかの名前や引用は彼らには耳慣れたものかもしれません。

わたしの素晴らしいエージェントであるメグ・リューラーとクリスティーナ・ホグレブ、そしてジェーン・ロトロセンのすべてのチーム、ミシェル・ヴェガとバークレーのすべてのチームに感謝します。

そして最後はいつものように、最初の読者であり、編集者であり、運転手であり、ポーターであり、すべてにおける仲間である夫のジョンに心からの感謝を捧げます。あの何本もの細道のドライブを含めて、コーンウォールでは数々の冒険をふたりで乗り越えました。

著者覚書

わたしが初めてダフネ・デュ・モーリアの『レベッカ』を読んだのは一〇代の頃でした。本当の意味で心を奪われた初めての本でしたし、途中でやめられなかった初めての本だったと思います。本書は『レベッカ』のオマージュです。『レベッカ』をよくご存じの方なら、いくつか参照している箇所があることに気づかれるでしょう。まだお読みでない方は、ぜひ読まれることをお勧めします。いくらか時代後れではありますが、それでも素晴らしい作品です。

本書のテーマのひとつについて、少し記しておきます。女性は格好の獲物で、性的虐待を受けるために存在していると当然のように考えている男性たちが本書には登場します。不愉快なテーマですが、当時は使用人は所有物だと考える資産家たちが存在しました。一部の家庭では、若い女性や少女たちの体を触ったりまさぐったりすることは見て見ぬふりをされたり、容認されたりしていたのです。

当時の若い女性や少女たちは自分たちで用心しなくてはなりませんでしたが、もちろん現在はそうであってはならないことはわかっています。性的虐待から自らの身を守る責任を彼女たちに課すべきではありません。みなさんは、とりわけある登場人物を不快に思われることでしょう。あらかじめ謝っておきます！

貧乏お嬢さま、追憶の館へ

主要登場人物

ジョージアナ（ジョージー）・オマーラ……………ラノク公爵令嬢
ダーシー・オマーラ……………………アイルランド貴族の息子。ジョージーの夫
ベリンダ………………………ジョージーの学生時代からの親友
ジェイゴ………………………漁師。ベリンダの幼馴染
ロージー（ローズ）・サマーズ……………ベリンダの幼馴染
トニー・サマーズ…………………ローズの夫
ジョンキル・トレファシス……………地主の娘。ベリンダの幼馴染で故人。トニーの前妻
フランシス……………………ベリンダのおじ
ミセス・マナリング………………家政婦
コリン…………………………昔溺れて死んだ男の子

一九三五年一〇月一四日　月曜日
アインスレー　サセックス

ゆうべわたしは妙な夢を見た。広大な屋敷の女主人になった夢だ。あまりに大きな家なので、どこをどう進めばいいのかわからない。暗くて長い廊下を走り、次々と扉を開けていくけれど、見たことのないものばかりだ。空っぽの部屋。ほこりよけの布をかけられた家具。わたしを守ってくれる男性がどこかにいることはわかっているのに、どうやって彼を見つければいいのかがわからない。わたしは汗びっしょりになって目を覚まし、ダーシーに手を伸ばしたけれど、ベッドはひんやりしてだれもいない。心臓が激しく打つのを感じながら体を起こしたあとで、ダーシーが行ってしまったことを思い出した。

昼の光のなかで、その夢を分析してみた。なにが妙かと言えば、夢のすべてが事実だということだ。わたしは最大の望みを手に入れた。魅力的でセクシーな男性と結婚し、実際にアインスレーという大きな家の女主人になった。いまだに自分でも信じられない！　いまは一〇月の半ばだ。結婚して三カ月ほどたつけれど、なにもかもがほぼ完璧だ。ダーシーとわたしは新婚旅行でケニアに行った――予想していたよりは、いくらかドラマチックな旅になったけれど。大きなお屋敷の女主人になることを学ぶのは楽しかった。アインスレーを満足できるように整え、夫となった人と一緒に居心地のいい毎日が始まった。

ダーシーのことはよくわかっていたから、外務省での内勤の仕事は断るように助言した。デスクワークでは退屈するに決まっている。けれど先週、彼が正体のわからないだれかからのなにかの仕事を引き受けて、その内容もどこに行くのかも教えられないまま出かけてしまうと、わたしは少し後悔し始めていた。これがダーシーと歩む人生なのだと理屈ではわかっている。彼が英国政府のためにスパイのようなことをしているのはほぼ間違いないと思っていたけれど、連絡先もわからないまま、呼び出された直後にいなくなってしまうという現実が、ようやくひしひしと身に染みてきていた。

「デスクワークを引き受けるべきじゃないって言い張ったのはきみだよ、ジョージー」小さなスーツケースに自分で荷物を詰めながら、ダーシーが言った。せめて荷造りをさせてくれれば少しは彼の役に立っていると思えるのに、それすらもさせてくれない。「こうなることはわかっていたはずだ」

彼の前では泣かないと決めていたから、うなずいた。「わかっているけれど、せめてどこに行くのかとか、どれくらい留守にするのかのヒントくらいくれてもいいと思うわ」

ダーシーは笑みを浮かべ、わたしの頬を撫でた。「〝きみにぼくの敵たちを見せたいよ〟と書いた絵ハガキを送るとか？」

「敵がいるの？」銃を手にして木陰に身を隠す男たちを想像しながら尋ねた。

「英国を嫌っていて、ぼくたちの不幸を願っている人間は世界中に大勢いるよ。でも心配ない。ぼくは危険なところには行かないから。あっという間に帰ってくるよ。留守のあいだはぼくのことは考えなくていい。きみは楽しんでいればいいんだ」

「あなたがいないのに、どうしたら楽しめるっていうの？」わたしは彼の背中に頭をもたせかけた。「いつだってあなたが恋しいのに」

ダーシーはこちらに向き直り、わたしの額に軽くキスをした。「ぼくだってきみが恋しいさ。でも、生きていかなきゃならないだろう？　きみは忙しくしていることを学ばなきゃいけない。人をもてなしてみたらどうだい？」

「もてなす？」思っていた以上に、怯（おび）えたような声になった。「ディナーパーティーとかそういうこと？　あなたなしで？」

「そろそろ、近隣の人たちと知り合いになっておいてもいい頃だ。みんなアインスレーが見たくてたまらないだけじゃなくて、王家の親戚だという噂の女主人と会いたくてうずうずしているに違いないよ」

「わお」つい口からこぼれた。こんな子供っぽい言い方はやめようと結婚したときに決めたのに、極端なストレスにさらされるといまでも口走ってしまう。「ダーシー、わたしにおもてなしの経験がまったくないことは、あなただってよく知っているじゃないの。わたしは人里離れたスコットランドのお城で育ったの。人をもてなしたことなんてほとんどない。うん、一度もないわ。フィグがラノク公爵夫人になってからは特にね。あの人と一日以上一緒にいたいと思う人なんていると思う？」（フィグと会ったことのない人のために説明しておくと、彼女はわたしの義理の姉だ。これ以上は言わないでおく）。

「それなら、なおさらいい経験になるよ」白いシャツを畳んでいたダーシーは顔をあげて、勇気づけるようにわたしに笑いかけた。「凝ったものじゃなくていいんだ。なにも仮装舞踏会みたいなものをしろって言っているわけじゃない。お茶かランチに女性を数人呼べばいい。ランチならクイーニーが準備できるだろう？」

うなずいた。「多分ね」半信半疑で言った。

ダーシーはわたしの顔を見ながら言葉を継いだ。「近隣の人たちと仲良くしておくのは大事だよ。ぼくたちは地元の風景の一部になるんだから。それに、いつ彼らの手助けが必要になるか、わからないだろう？」

「それはそうだけど」わたしは、ティーパーティーで恐るべき女性たちに囲まれ、だれかの膝の上に紅茶をこぼしたり、クリームケーキを落としたりしている自分を想像しながらつぶやいた。わたしは緊張すると不器用になる癖がある。

ダーシーはわたしの肩に手を置いた。

「もうきみはアインスレーの女主人なんだよ。その役割を果たすことを学ばなくちゃいけない。それに忙しくしていれば、ぼくがいなくてもそれほど寂しくはないさ」

「なにをしていたって、あなたがいないと寂しいわ。長いあいだ、留守にするの？」

「なんとも言えない」ダーシーはわずかに顔をしかめた。「あまり長くはないと思うよ。希望的観測だが」

「それなら、あなたさえよければ、おもてなしをするのはあなたが帰ってきてからにしたい。お屋敷の女主人として初めて振る舞うんだもの、心細いのはいやよ」

ダーシーはほかの服の上にパジャマをのせた。「それなら、スコットランドの実家に帰ったらどうだい？　狩りやほかのことができるだろう？」

「あなたはわたしを放っていくだけじゃなくて、罰を与えたいの？」わたしが言うと、ダーシーはくすくす笑った。

「そうだな。義理のお姉さんと一週間かそこら過ごすのが、最悪の罰になるっていうのはわかる。そういうことなら町に行って、ゾゾと過ごしてくるといい。観劇して、彼女に服を買ってもらって」

本心が声に表れるのが怖くて、わたしはもう一度うなずいた。大きく一度深呼吸をしてから口を開く。

「そうね。そうするわ。ゾゾは大好きだもの。そうだわ、おじいちゃんをここに呼んでもいいわね。今年はロンドンの霧が早く始まったって『タイムズ』紙に載っていたの。ほら、おじいちゃんは胸が悪いから」

「いい考えだ」ダーシーは明るく笑い、わたしの肩をつかんだ。「さあ、ぼくはもう行かないと。臨港列車に乗り遅れてしまう」

これで少なくとも彼が外国に行くことはわかった。どの船に乗るのと尋ねたくてたまらない。〈ベレンガリア〉号？　それとも海峡を渡るフェリー？　ブエノスアイレスに向かう不定期の貨物船だろうか？　そのどれでもおかしくない。

「わたしが駅まで車で送っていくわ」わたしは言った。「フィップスにベントレーを用意させる」

こういった言葉がすらすらと自分の口から出てくることに、わたしはいつも驚いている。フィップスという名の従僕がいること。ベントレーがあること。家があること。ビンキーのロンドンの家に仮住まいをして、ベークドビーンズで命をつなぎ、人の家の掃除をしてお金を稼いでいたのが、つい昨日のことのようなのに。実際のところ、こういった贅沢な暮らしは本当はわたしのものではない。颯爽とした登山家で、探検家で、わたしの母の元夫――正確に言えばわたしの母の元夫たちのひとり（母は大勢の男たちのあいだを渡り歩いていて、そのうちの何人かと結婚した）――であるサー・ヒューバート・アンストルーサーのものだ。サー・ヒューバートはわたしをとても気に入っていて、養女にしたがった。けれど家族――わたしの父がヴィクトリア女王の孫だったので、王家ということになる――が反対した。わたし自身は王家の人間ではないし、王家から手当や宮殿を受け取れるほど王位に近くはないけれど、親戚であることは確かなので彼らのルールに従わなくてはならなかったのだ。けれど、いまはもうそうではない。カトリック教徒であるダーシーと結婚したとき、王位継承権を放棄することを許されたからだ。カトリック教徒が英国の王の座につくことはない。絶対に！

サー・ヒューバートがわたしを相続人に指定していたことを、わたしはつい最近まで知らなかった。彼は自分が登山で留守にしているあいだ、アインスレーと呼ばれる彼の美しい屋敷で暮らすようにと声をかけてくれた。のみならず、ここを自分の家と思って好きなようにしていいとまで言ってくれた。彼は結婚式には出席してくれたけれど、また新たな山を征服すべくチリに戻っていった。母がいなくなったことが、彼の出発を早めたのだと思う。母は目前に迫っていたドイツ人実業家との結婚が中止になったあと、夏のあいだずっとここに滞在していた。サー・ヒューバートはいまもまだ母に特別な気持ちを抱いていて、なにか進展があることを期待していたのだと思う。彼なら、マックス・フォン・ストローハイムよりもずっといい夫になっただろう。マックスに個人的な恨みがあるわけではない。彼が母を崇拝していることは確かだけれど、ドイツのナチスとの関係を深めていることも間違いない。彼の工場は、自動車や家財道具ではなく武器や戦車を製造しているのではないかと、わたしは考えている。父親が亡くなり、厳格な母親を落胆させたくなかったマックスが、評判の悪い過去がある母とは結婚できないと告げてきたとき、わたしはひそかに喜んだ。けれど母とサー・ヒューバートが意味ありげな視線を交わし始めた頃、きみなしでは生きていけない、自分の母親などどうでもいいと書いたマックスからの電報が届いた。母は即座にマックスの元へと戻っていき、それっきり音沙汰がない。わたしの母はとことん自己中心的な人間で、なにか必要なときにしか連絡してこないのだ。

そういうわけで、わたしは大きな美しいお屋敷にひとりきりで残されている。それも、ほとんどすることもなく。サー・ヒューバートの以前の家政婦であるミセス・ホルブルックが、わたしたちの要請に応じて戻ってきてくれて、屋敷はいまたっぷりと油を差した機械のようにスムーズに運営されている。わたしがまだ手をつけていないのが、新しい料理人を探すことだ。わたしの前のメイドであるクイーニーは、間違いなく世界で最悪だったけれど、いまは料理をするようになっている。驚くほどの腕前ではあるのだが、自分が食べ慣れている簡単なものしか作れない。シェファーズ・パイやトード・イン・ザ・ホールばかりでは、だれでもそのうち飽きてしまうし、ダーシーが指摘したとおり、わたしは大きなお屋敷の女主人としていずれ人をもてなさなくてはならない。近隣の人たちは、ディナーパーティーや舞踏会が開かれていた頃のような全盛期のアインスレーが見たいとほのめかしていた。きらびやかなダイニング・テーブルや、ダイヤモンドで飾り立てた女性たちや、勲章だらけの男性たちを思い浮かべ、干しブドウ入りプディング(スポティッド・ディック)を振る舞うところを想像した。彼らは上品な手つきでそれをつつき、「スポティッド……なんですって?」と尋ね、恐る恐る口に運び……いいえ、だめ、ありえない。ちゃんとした料理人が必要だ。けれどわたしには使用人を雇った経験がなかったので、ためらっていた。

ダーシーが提案したとおり、ティーパーティーかランチから始めるだけの勇気がわたしにはあるだろうか？　スコーンやちょっとしたケーキを作らせれば、クイーニーは名人だ。けれどランチとなると少々怪しい。スフレがなにかを知っているかどうかも疑問だし、もうハムとサラダを出せるような天気ではなくなっている。わたしは結論を出した。ティーパーティーはあとだ。ゾゾに会いに行こう。それほど高くない料理人をどこで見つければいいかを教えてもらえるかもしれない。家の維持費はサー・ヒューバートが払ってくれているけれど、彼のお金はあまり使いたくないし、わたしはもちろんお金を持っていない。ダーシーもわたしと同じくらい貧乏だ。

心を決めたわたしはいまのメイドを呼んで（クイーニーのあとを継いだメイジーという意欲的な村娘で、驚くほど物覚えがいい――なにもなくさないし、焦がさないし、まだなにひとつ壊していない）ロンドンに行くので旅行鞄に荷物を詰めるように命じた。実のところ、長いあいだクイーニーに荷造りをしてもらっていたあとだったから、鞄を開けたときにちゃんと両足の靴と充分な数の下着が入っているのを見るとほっとする。列車の一等客室に腰を落ち着けたときには、わたしはかなりわくわくしていた。列車は、驚いた様子の牛たちがいる野原をロンドンに向けて走っている。まさに輝くような日だった。議事堂は霧に包まれるのではなく、澄み切った青空を背景にくっきりと浮かびあがっている。気持ちが浮き立った。何日かゾゾとおいしい料理を食べて、それからおじいちゃんをアインスレーに連れて帰る。これ以上のことがあるかしら？　ダーシーもじきに帰ってくるだろう。

ゾゾ――ポーランドのザマンスカ王女として世間に知られている――が暮らすイートン・

スクエアまで奮発してタクシーに乗った。正面の階段をあがり、ドアを鋭くノックする。待った。なにも起きない。ゾゾのフランス人メイドのクロティルドは、いつもはゾゾが留守のときでもいるはずなのに。あらかじめ電話しておくべきだったかもしれないと思ったけれど、ゾゾはだれかが突然訪ねてきてもまったく気にしない衝動的なタイプだ。わたしはもう一度ノッカーを叩いた。さっきよりも強く。

「奥さまはお留守ですよ」声が聞こえ、四つん這いになって隣の家の正面の階段をこすっているメイドの存在に気づいた。「つい昨日、お出かけになりました。メイドと一緒に山ほどの鞄を持って、タクシーの運転手にヴィクトリア駅と言っているのが聞こえましたよ」

なんてこと。ゾゾはまた大陸に行ったらしい。それだけの荷物を持っていったということは、短期間の滞在ではないだろう。わたしは愚か者になった気分で階段をおりた。

大丈夫と自分に言い聞かせる。おじいちゃんをアインスレーに連れていって、一緒に楽しい時間を過ごすのよ。長い散歩をして、夜にはトランプでクリベッジをしよう。ミセス・ハギンズがいなくなってしまったから、きっとおじいちゃんも寂しがっているはず。そういうわけで、わたしは毅然として一番近い地下鉄の駅に向かって歩きだした。キングズ・ロードを渡るときには足を止め、チェシャム・ストリートの方向に目を向けた。その突き当たりには、友人のベリンダの馬小屋コテージがある。小さくため息をつく。ベリンダは業界で最高の場所でドレスのデザイン能力に磨きをかけるため、ひと月前からパリに滞在している。わたしは彼女が恋しかった。同性の友人が恋しかった。実を言えば、母のことさえ恋しかった。

母は自分の話しかしないから、それが相当なことだとわかってもらえると思う。

わたしはため息をつき、歩き続けた。バッキンガム・パレス・ロードまでやってきたところで宮殿のほうに目を向け、ちくりと後悔に胸が痛むのを感じた。これまで王妃陛下から何度もお茶に招待され、そのたびに様々な仕事を与えられた。息子のデイヴィッド王子を見張ったり、高価な嗅ぎ煙草入れを取り戻したり、外国の王女をもてなしたりした。なかにはかなり厄介で、ときには恐ろしい仕事もあったけれど、王位継承権三五位という立場を正式に放棄したいま、わたしはもう王家の人たちからは歓迎されないのかもしれないと思うと、やはりいくらか心が痛んだ。

その思いを脇へ押しやった。わたしはもう自分の家庭がある既婚婦人だ。大人になって、人生を歩んでいかなくてはいけない。じきに母親になり、家族を支えていくことになるのだ。じきに……でも、まだだ。結婚して三カ月になるのに、赤ちゃんができた兆しはまだない。わたしにどこか悪いところがあるのだろうかと心配になり始めていた。

エセックスのアップミンスター・ブリッジ駅を出たときにも空はまだ晴れ渡っていて、わたしは祖父の家を目指して丘をのぼった。木の枝にしがみついている葉は、黄色やオレンジ色の光を放っているようだ。一部はハラハラと地面に落ちて、足元に溜まっていく。丘をあがりきったところで、グランヴィル・ドライブへと曲がった。ロンドン郊外のどこでも見かけるような、一棟二軒の家が建ち並ぶこぢんまりした気持ちのいい通りだ。二二番地の前庭は小さいけれどきれいに整えられている。夏の花のほとんどは枯れていたけれど、ハンカチほどのサイズの芝生のまわりでは菊が咲いていて、三体のノームの像がゲートを開けたわたしを期待に満ちた目で見つめていた。

わたしの祖父が宮殿ではなく、前庭にノームの像がある一棟二軒の家に住んでいることに困惑している人たちのために、簡単に説明しておいたほうがいいだろう。わたしの父はヴィクトリア女王の孫息子だが、ロンドンの警察官の娘である有名な女優と結婚した。大人になるまで、わたしが母方の祖父と会うことを許されなかったのはそういうわけだ。再会後は、その分を埋め合わせたし、祖父のことが大好きになった。祖父は無条件でわたしを愛してくれるただひとりの人（ダーシーを除いて、だけれど）だと思っている。

呼び鈴を鳴らし、祖父が外出していないことを祈った。少なくとも、遠出しているとは考えにくい。もしも留守だとしたら、大通りに買い物に行っているだけだろう。息を殺して待っていると、まもなくドアが開いて祖父が現われた。

「こんにちは、おじいちゃん」わたしは言った。

祖父の顔にぱっと笑みが広がった。「なんとまあ、びっくりじゃないか」祖父が言った。「まさか、おまえに会えるとは思っていなかったよ。いったいどうしたんだ？　なにかあったわけじゃないだろうな？」

「もちろんよ。なにひとつ問題なんてないから。おじいちゃんを驚かそうと思って来たの」わたしは言った。「なかに入れてくれないの？」

祖父は明らかに当惑した様子で歯と歯のあいだから息を吸い込んだので、女性が来ているのだろうかとわたしはつかの間考えた。「ぜひそうしたいところだが、ちょうどいまから……」

祖父がスーツを着て、スリッパではなく磨きあげた靴を履いていることにわたしはようやく気づいた。のみならず、ベーラム（頭髪用香水）で髪を撫でつけている。

「まあ。間の悪いときに来てしまったのかしら？」

「残念だが、そうなんだ。一時間のうちに、昔の職場であるハックニーの警察署に行かねばならんのだ。かつてのボスに行くと言ったんでね、がっかりさせるわけにはいかん」

「まさか、仕事に戻ったわけじゃないでしょう？」

祖父は挑むような表情をわたしに向けた。「おや、おいぼれにはもう無理だと言いたいのか？」

「ううん、もちろん違うわ」わたしはあわてて否定した。「ただ、おじいちゃんはしばらく前に引退したわけだから……」

祖父はわたしの肩に大きな手を置いた。

「いいんだよ、気にしなくていい。警察に戻ったわけじゃない。ちょっとしたボランティアをしているだけだ。以前のボスが、あのあたりの若者たちが悪事に手を出さないようにするためのプログラムを始めたんだ。芽のうちに摘んでおこうってわけだ。それが彼の哲学なんだよ。で、時間があれば手伝ってもらえないかと訊かれたんだ。もちろんわしは飛びついたよ。することもなく、話し相手もいない家でひとりで暮らしているのは、とにかく退屈だからな」

「いつだってアインスレーに来てくれていいのよ」わたしは言った。「おじいちゃんが来てくれたらわたしはすごくうれしいし、なにより田舎の空気はおじいちゃんの体にいいのに」

祖父は悲しそうな笑みを浮かべた。「わかっているよ。だがあそこは、わしがいるような場所じゃないんだよ。あんな大きな家に、大勢の使用人。人に給仕されると、居心地が悪くてね。わしには合わないんだ」祖父は言葉を切った。「誤解しないでおくれ。孫娘にはぜひ会いたいとも。これ以上の喜びはないよ。ただ、あそこがだめだというだけだ。町にはしばらくいるつもりか？　わしは夜には戻ってくる。フィッシュ・アンド・チップスを買ってくるぞ」

「日帰りで来ただけなの」手にしている小さなスーツケースに祖父が気づかないことを願いながら、わたしは嘘をついた。「おじいちゃんを連れて帰りたいと思っていたの。おじいちゃんの肺を新鮮な空気で満たしてあげたくて」

「いまはここの空気もそれほど悪くないだろう？」祖父は笑顔で青空を見あげた。「まったく気持ちのいい日じゃないか。外に出て散歩したくなる。男の子たちにはサッカーの試合をやらせるつもりなんだ。効果があるはずだ。波止場地域には、あいつらが前向きになれるようなことがたいしてないんだよ。上の学校に進む者はほとんどいないし、愛や金を手に入れるための仕事もない。そして最後は、犯罪に手を染めることになる。昔のボスはそれを防ごうとしているんだ。若いやつらに希望と技術を与えることでね。正しい道に導いてやるんだ」祖父は懐中時計を取り出し、ちらりとそれを見た。「そろそろ行かねばならん。駅まで一緒に行くか？」

「もちろんよ」わたしは言った。「おじいちゃんがやりがいのある目的を見つけてくれてうれしいわ。ミセス・ハギンズが亡くなって、寂しかったでしょうから」

祖父は玄関のドアを閉め、わたしたちはグランヴィル・ドライブを歩き始めた。「彼女が恋しくなるとは思っていなかったんだが、恋しいよ」ようやく祖父は言った。「人は、だれかがいることに慣れてしまうもんなんだな。そこにいるのが当たり前だと思うようになる。ラジオを一緒に聞いているだけでも、仲間だっていう感じがするものだからな。だからわしは、することができてほっとしているんだよ。おまえにはおまえの生活がある。おまえとあのハンサムな夫との生活が。じきに、ちっちゃな足がぱたぱたするようになるんだろうしな」祖父は笑いながらわたしのあばらを突いた。

「だといいんだけれど」わたしは言った。「でもダーシーはいま留守だし、おじいちゃんと同じようにわたしも寂しくって。自分の家の女主人になったんだから、あそこで新しい生活を始めなきゃいけないんだっていうことが、ようやくわかってきたところなの。でもどうすればいいのかが、なかなか難しいのよ。近隣の人を招いてランチかティーパーティーをしたらどうだってダーシーは言うんだけれど、考えただけで怖くてたまらないの。ああいうところの年配の女性たちがどんなふうだか、おじいちゃんも知っているでしょう？」

祖父はくすくす笑い、やがてその笑いが咳に代わった。「実のところ、わしにはまったくわからんよ。一度も会ったことがないからな。だが、一度に一歩ずつだ。そのうち道がわかってくるさ。それに、おまえにも仲間がいるじゃないか。どうしてあの友だちを呼ばないんだ？　ベリンダと言ったかな？　おまえたちは仲良しだろう？」

「そうしたいところだけれど、いま彼女はパリなのよ。それにお母さまもドイツのマックスのところに戻ってしまったし」

それを聞いて、祖父は小さくうなった。第一次世界大戦で息子を失って以来、祖父はドイツ人を嫌っている。「あいつは大きな過ちを犯していると思うね」祖父が言った。「言わせてもらえば、あのサー・ヒューバートはいい男だ。そのうえ、いまでもあいつに首ったけだ。なのにいったいなんだってあいつは、あんな奴のところにあわてて戻っていったんだ？」

「お母さまはお金が好きだっていうのが、理由のひとつだと思うわ。マックスは大金持ちだから」

「だがその代償は？　ドイツ人どもは昔ながらのやり方に戻ろうとしている。あの集会を見てみろ。ヒトラーとかいう小男は意気揚々とわめいている。わしはまったく気に入らんね。もしまた戦争なんてことになったときに、おまえの母親が間違った側についたりしないことを願うばかりだ」

「そんなことにはならないわ」わたしは言った。「あんな戦争のあとで、また戦争がしたいなんて思う人がいるはずないもの。命がどれほど無駄に失われたか、だれもが見てきたのよ」

「あてにはしないことだ。あのヒトラーという男は野望を抱いている。わしの言ったことを覚えておくんだ。厄介なことになるぞ」

「わお。おじいちゃんが間違っていることを願うわ」わたしは言った。

一〇月一四日
ロンドンとアインスレーに戻ってから

アインスレーに戻る列車に乗ったときには、わたしはひどくがっかりしていた。ゾゾはいない。ベリンダはいない。メアリ王妃もおじいちゃんもいない。本当に近隣の人たちと顔合わせをして、村での暮らしを始めなければならないようだ。そのうえ、祖父が言ったヒトラーとドイツの話が胸に重くのしかかっていた。もしまた戦争が起きたら、ダーシーは召集されるだろう。考えただけで耐えられなくて、目を閉じた。

駅まで送ってもらったとき、フィップスはわたしがしばらく留守にするものだと思っていた。アインスレーに電話をかけて迎えに来てもらおうかとも考えたけれど、気持ちのいいお天気だったから歩いて帰ることに決めた。道路脇の木々にはハシバミがびっしり実をつけている。近いうちに摘みにこようとわたしは心のなかでメモを取った。牛や馬たちがゲートの向こうからわたしを見つめ、羊たちはいぶかしげにちらりとこちらを眺めてから遠ざかっていく。村にたどり着き、大通りを進み、パブの〈クイーンズ・ヘッド〉やパン屋や日用雑貨店や八百屋や肉屋の前を通り過ぎた。買い物をしている女性たちがわたしに会釈をする。ひとりは「いいお天気ですね、奥さま」と声をかけてきて、そうですねとわたしは答えた。村の学校からは、四の段の練習をしている声が流れてくる。「四四、一六。四五、二〇……」

それほど悪いところじゃない、わたしは心のなかでつぶやいた。わたしはいずれ、ここでの暮らしに慣れるだろう。教会の婦人会に入ったり、ガールズ・ガイドやポニー・クラブを手伝ったりするだろう。そう考えたところで、歓迎できないイメージが脳裏に浮かんだ。教会の祭壇布にアイロンをかけたり、聖杯を磨いたり、花を活けたりしてほしいと頼まれているわたし……あるいはガールズ・ガイドにロープの結び方のお手本を見せてほしいとか……わお、わたしは役立たずだ。でもポニー・クラブならきっと大丈夫だろう。馬のことなら少しはわかる。村の学校に通う子供たちの名前を覚えて、アインスレーに招待して、ダーシーにはサンタクロースに扮してもらおう。それが、大きなお屋敷の持ち主がすべきことだ。球に足を乗せたライオンの像が上にのった二本の背の高い石の門柱のあいだを抜けて、私道を歩き始める頃には、わたしはおおいに元気づいていた。プラタナスの並木にはさまれた砂利道の突き当たりには、むやみに広いチューダー様式の邸宅がそびえている。傾きかけた太陽の光を受けて赤いレンガは輝き、ダックエッグブルーの空にくっきりと浮かびあがる渦巻状の煙突からは煙がたちのぼっている。ミヤマガラスが鳴きながら、夜を過ごすため大きなニレの木の巣へと帰っていく。まさに平和と充足を絵に描いたようで、わたしは小さくため息をついた。

「わたしの家」小さくつぶやく。「ここがわたしの家。いまのわたしの家」

私道を歩き始めたところで、ひどく暑くて疲れていることに不意に気づいた。一〇月にしては暖かい日だったし、小さなスーツケースが突如として一トンもの重さに感じられた。ここに置いていって、使用人のだれかに取りにきてもらうことにしようかとも考えたけれど、自分の弱さを見せたくはなかったから、ツイードのジャケットの下で汗をかきながら歯を食いしばって歩き続けた。

前方に土煙があがっていることに気づいた。一台の車がこちらに向かってきている。背の低い小型の車だ。配送用トラックではない。赤いスポーツカーで、土煙を巻きあげながらかなりのスピードで近づいてくる。わたしはあわてて脇によけた。いったいだれがあんな車で訪ねてきたのだろう？　ダーシーの友人のひとりかもしれない。彼が留守だと知ってがっかりしたのだろう。その車はどんどん近づいてきて、プラタナスが作るまだら模様の木陰に立つわたしの前を通り過ぎようとしたところで、急ブレーキをかけて止まった。

運転手が飛びおり、叫びながらわたしに駆け寄ってくる。「ジョージー、ダーリン！　あなたなのね！　会えないかと思ったわ」

車が巻きあげた土煙のなかに、こちらに走ってくる人影が見えた。大切な友人のベリンダ・ウォーバートン＝ストークだ。つややかな黒髪を片側に粋な羽飾りのついた真っ赤な帽子にたくしこみ、炎のような赤いマントをなびかせながら駆け寄ってくる。

「ベリンダ！」わたしはうれしさに声をあげた。「ここでなにをしているの？　パリにいるんだとばかり思っていたのに」

ベリンダはわたしの体に腕をまわし、ぎゅっと抱き締めた。「戻ってきたところなの。まっすぐここに来て、あなたを驚かそうと思ったのよ。ロンドンに行って何日かは帰ってこないって家政婦から聞かされたとき、わたしがどれほど腹が立ったかわかる？」

「そのつもりだったんだけれど、だれもいなかったの」わたしは言った。「駅から歩いてきたのよ。村でなにか飲んだりしなくてよかったわ。そうでなければ、すれ違っていたところよ」

ベリンダはわたしから手を離すと、じろじろとわたしを眺めた。「いいわね、とても元気そうだわ」彼女が言った。「セックスが合っていたのね。あの狂暴なダーシーはちゃんとあなたを扱ってくれている？」

「彼は狂暴じゃないわよ、ベリンダ。わかっているくせに」わたしは笑った。「ダーシーは素晴らしいわよ。ただ、いまは留守だけれど。だれにも話せないなにかの任務で出かけていて、わたしはここでひとりきりなの。だからあなたに会えて、ものすごくうれしいわ。その格好いい車をUターンさせて、家でお茶を飲みましょうよ」

「乗ってちょうだい。わたしの新しい玩具（おもちゃ）に感心するわよ」

わたしは助手席に乗りこんだ。「あなたの車なの？」

「アストン・マーチン・ル・マンよ。最新のモデルなの！」

「あなたが運転できるなんて知らなかったわ」わたしは言った。

「何年も前に、お父さまの地所で練習したのよ。でも、最近はあまり乗る機会がなくて。免許は持っていないんだけれど、別に問題ないわよね？　実を言うと、ちょっと腕がなまっているみたい。このあばれっ子は、ギアとかがかなり気まぐれなのでなおさらね」

その言葉を立証するかのように、ギアボックスは耳ざわりなきしみ音を立て、車はがくんと前につんのめった。ベリンダがあれこれと操作すると、ギアはさらにギーギーと文句を言ったものの、なんとか車は向きを変えた。

「車がどうかなりそうじゃない？」わたしは指摘した。

「彼は頑丈な英国製の自動車よ。どんな虐待にも耐えられるの」その言葉と共に車はいきなり猛スピードで家に向かって走りだしたので、のけぞった頭が座席の背にぶつかった。

「彼、時速一三〇キロが出せるって知っていた？」ベリンダはエンジンの轟音(ごうおん)に負けじと、大声で言った。「ホグズ・バックで性能を試したの」

「彼？　男性なの？」

「もちろんよ。この男らしい力とみなぎるテストステロンを感じない？　ブルータスって名前をつけたの」

わたしは笑いをこらえた。「いつこれを——じゃなくて彼を手に入れたの？」

「昨日よ。二日前にパリから戻ってきたばかりなの」

「少なくとも今年一杯は向こうにいるつもりだと思っていたわ」わたしも大声で言った。

「そのつもりだったけれど、弁護士から電報が来たのよ。祖母の遺言書がようやく検認されたから、お金をどうするかについての指示が必要だって。祖母がわたしに財産を遺すって遺言書に書いてくれていたこと、覚えている？　レディ・ノット（Knot）……」

「なにが違う（not）の？」わたしは聞いた。

ベリンダが首を振ると、赤い羽根が踊った。「頭にkがついたノット（knot）よ。母はノットという名前の子供時代を過ごさなきゃならなかったの。幸いなことに、ウォーバートン＝ストークっていう、もっと普通の名前の人と結婚したけれどね」

わたしが笑うと、ベリンダは言葉を切って憤慨したようにこちらを見た。「とにかく、祖母の遺言書が検認されたから、わたしは次の臨港列車に乗って帰ってきたっていうわけ。ジョージー、信じられる？　わたしは本当に大金持ちになったのよ！」

車は正面の階段の前、噴水からぎりぎりのところでタイヤをきしらせながら止まった。

「それでこの格好いいスポーツカーなのね」わたしは言った。

ベリンダはクリームをもらった猫のような笑顔になった。「弁護士の事務所を出たら、パークレーンにあるショールームが目に入ったの。いいんじゃない？　って思ったわ。それでまっすぐ入っていって、その場でブルータスを買ったというわけ」

わたしはドアを開けて車を降り、まだあたりに立ちこめている土煙を払った。「なかでお茶を飲みながら、ゆっくり話を聞かせて」

家に入り、玄関ホールでジャケットを脱いでいるとミセス・ホルブルックが姿を見せた。

「まあ、奥さま」不安そうな顔で言う。「お帰りになったことに気づきませんでした。何日か留守になさるのだとばかり」

「予定が変わったのよ、ミセス・ホルブルック」わたしは言った。

「迎えを呼ぶための電話もなさらなかったんですね。駅からどうやって帰っていらしたんです？　タクシーですか？」

歩いてきたとは言いたくなかった。「友人のミス・ウォーバートン＝ストークに会ったから、乗せてもらったのよ。お茶にお誘いしたわ」

「すぐにお茶の準備をするようにクイーニーに伝えます。ご友人はお泊まりになりますか？」

わたしはベリンダを見た。「いいでしょう？」

ベリンダはにっこり笑った。「もちろんんよ。いいに決まっているわ」

「そういうことでしたら、すぐに突き当たりの部屋を整えさせますね。ご友人はメイドを連れてきていらっしゃいますか？」

「ご友人は、いまのところメイドがいないの」ベリンダが言った。「パリでは、階段の上の小さなアパートでつましく暮らしていたから」

「なんとまあ」ミセス・ホルブルックはうろたえた。「ミス・ウォーバートン＝ストークは、お茶の前に身だしなみを整えられますか？」

「あとでいいわ」ベリンダが言った。「喉がからからだし、ジョージーと早く話がしたくて仕方がないのよ」

ミセス・ホルブルックは不安そうな表情のまま、その場を離れようとはしなかった。

「ケーキが用意できるのかどうかわからないんですよ。奥さまはお出かけになったってクイーニーは思っていましたからね。でもスコーンならすぐに作れるでしょうし、この夏作ったおいしい苺ジャムがありますから」

「大丈夫よ、ミセス・ホルブルック」わたしは言った。「紅茶があればいいの。話がしたいだけだから」

ミセス・ホルブルックは小走りに去っていった。

「クイーニー！」大声で叫んでいるのが聞こえる。「働くのよ。お客さまなの」

ベリンダは疑わしげにわたしを見た。

「いまクイーニーって言った？　あなたの前のメイド？　あのとんでもなくひどかったメイド？」

「そうよ」

「彼女がいま、ここの料理人なの？　それなのにあなたはまだ毒も盛られていないし、キッチンが燃えてもいないのね？」

「一、二度はね」わたしは認めた。「でも、彼女は実はなかなか腕のいい料理人だっていうことがわかったの。残念ながらシンプルな英国料理しか作れないけれど、ケーキの類は得意よ。ちゃんとしたシェフを、別に探さなくてはならないんだけれど、なんだか怖くって」

わたしはベリンダを居間に案内した。彼女は部屋を見まわして言った。「すごく居心地のいい部屋じゃない。ゆったりした椅子のカバーも素敵だし、湖の眺めが素晴らしいわ」

「そうなの、とてもいい感じでしょう？　お母さまがここにいたあいだに、設えるのを手伝ってくれたのよ。とても趣味がいいんですもの」

ベリンダは肘掛け椅子にどさりと座りこんだ。「とても信じられないわ。わたしの家のソファで寝ていたあのジョージーが、すかんぴんだったあのジョージーがこんな暮らしをしているなんて！　わたしたちふたりともがこれほど恵まれた結果になるなんて、いったいだれが予想したと思う？」

「わたしたち、いろいろあったわね」ベリンダとわたしは見つめ合った。彼女がどれほどのことを乗り越えてきたのか、わたしはよく知っていた。裏切り。あきらめざるを得なかった子供。それに比べれば、わたしの試練はそれほどドラマチックなものではない――実家で厄介者扱いされていたことと、最近までなんの支援もしてもらっていなかったことくらいだ。

「さあ、聞かせてちょうだい」どんよりした雰囲気を振り払おうとしてわたしは言った。「お祖母(ばあ)さまの遺言書。あなたに財産を遺してくれることはわかっていたんでしょう？　でも思っていたよりも多かったの？」

「そうなの。どっさりだったのよ」ベリンダが言った。「それにお金だけじゃないの。高価な宝石もあった。ヴィクトリア朝時代の豪華なものよ。わたしがつけているようなのじゃなくて本当に見事な石だから、作り直してもいいし、売ってもいいわね。それから、バースの家。クレッセントのひとつに建つジョージア王朝様式の家で、すごく(トレ)すごく(トレ)エレガントなの。

そして」ベリンダは言葉を切り、興奮した様子でわたしに向かって指を振った。「コーンウォールの家」

「驚いたわ」わたしは言った。「コーンウォールの家は、ずっと前に売ったって言っていなかった？」

「そうなのよ。祖母は、海岸の近くにトレンジリー邸っていう素敵なお屋敷を持っていたの。お父さまがあの魔女と結婚したあと、わたしは家では邪魔者扱いされるようになったから、夏はあそこで過ごしたわ。でも祖母はトレンジリーが重荷になってきて、いい医者や劇場やお料理が近くにあるほうがいいからって、バースに引っ越したのよ。わたしはひどくがっかりしたものよ。まあ、その後スイスの学校に行かされたから、それほど問題はなかったんだけれど、それでもあの家が恋しかったわ。あそこでとても楽しい時間を過ごしたもの……」

ベリンダは愁いに満ちた顔になった。

「でも、お祖母さまがコーンウォールに別の家を持っていたことがわかったのね？」

ベリンダはうなずいた。「仰天したわよ。どうして知らなかったのかしら？　トレンジリーにはとても及ばないだろうけれど、同じような雰囲気だろうと思うの。ホワイト・セイルズっていうのよ。世間から逃げ出したくなったときには、コーンウォールの海岸に隠れ家があるのはすごく助かるわよね」

ベリンダはあたりを見まわした。「それで、ほかの人たちは？　ダーシーがどこかに行った話は聞いたけれど、お母さんやおじいさんやサー・ヒューバートは？」

「みんないなくなってしまったのよ。お母さまは、きみなしでは生きていけないっていう電報をもらって、マックスのところに戻っていったわ。そのせいでサー・ヒューバートは、また新たな山に登る気になったの。おじいちゃんはイースト・エンドで少年たちを鍛えている。わたし以外はみんなやることがあるのよ……」

エミリーが紅茶のカートを押して入ってきたので、わたしたちは言葉を切った。彼女も村の娘で、パーラーメイドとして躾けようとしているところだ。

「クイーニーが申し訳ないと言っていました、奥さま」エミリーが言った。「でもいまは、ケーキが用意できないんだそうです。なにもないところからケーキを出すことはできないって言っていました」エミリーはそう伝えながら、顔を真っ赤にした。

わたしはキュウリのサンドイッチと、そのうちのいくつかは割れているチョコレート・ビスケット、悲しいくらい薄く切ったフルーツケーキのスライスが載ったトレイに目を向けた。お屋敷の女主人となっていやなことのひとつがこれだ。わたしは人に厳しくしたり、叱ったりするのが苦手だ。「クイーニーにすぐ来るように言ってちょうだい、エミリー」わたしは落ち着き払った表情を崩さないようにしながら命じた。

ベリンダが面白がっているような顔でわたしを見た。「料理の腕前はかなりのものだって言ったわよね？」

数分後、外の廊下をどすどすと近づいてくる足音が聞こえて、まるで走っていたみたいに顔を赤くしたクイーニーがやってきた。片方の耳の上に落ちてきた帽子をかぶり直し、汚れたエプロンのしわを伸ばしながら彼女は言った。「どうもです、お嬢さん。てっきりロンドンで遊び歩いてるんだと思っていましたよ。でなきゃ、なにか用意していたんですけど」

「クイーニー、昨日のスポンジケーキはどうしたの?」わたしは尋ねた。「かなり残っていたはずだけれど」

クイーニーは、顔を赤らめるだけの慎みがあった。「ええと、お嬢さんがしばらく留守だと思ったんで、あたしたちでたいらげました」

「あなたが食べたっていうことね」

クイーニーは恥ずかしそうににやりと笑った。

わたしは大きく息を吸った。「クイーニー、これはひどいわ。ここのような家では、村で買ったチョコレート・フィンガーのきれっぱしなんかじゃなくて、いつだって充分な量の自家製のビスケットを用意しておかなくてはいけないのよ。それに不意のお客さまに備えて、ケーキも用意しておく必要があるの。あなたは少しなまけているんじゃないかしら。使用人をのぞけば、いまあなたが料理を用意しなければならない相手はひとりだけなんだから、ケーキはもう少ししっかり作ってもらいたいの。いいかしら?」

「わかりました、お嬢さん」クイーニーが言った。

「ああ、それからクイーニー、ミス・ウォーバートン=ストークはディナーを召しあがるから。ただお腹を膨らませるだけじゃないものを作ってもらいたいわ」

「ミートパイはもう作りました」

「それはいいわね。あなたのペストリーはとてもおいしいもの」わたしは言った。「カリフラワーのグラタンを添えられるかしら?」

クイーニーはあまりうれしくなさそうだ。「でもお嬢さん、あのパイはあたしたちのディナーになるはずだったんですよ。みんなで食べるには足りないと思います」

「それなら、あなたは頭を働かせて、使用人にはなにかほかのものを作らなきゃいけないわね」

「なにを作ればいいのかわかりません」クイーニーは挑むような口調になっている。「あたしは魔術師でもなんでもないんですよ。杖をひと振りして、なにもないところから食べ物を取り出すようなことはできませんよ。お嬢さんがいないときは、家にはあまり肉は置かないようにしているんですから」

「それならパンとディップソースを食べるほかはないわね?」わたしは優しげに微笑んだ。「あなたが考えるのね」

「パンとディップソース? それじゃあ、力がつきませんよ。こんなに大きなキッチンで働くのは大変なんですから」

「そういうことなら、あなたの悩みも解決しそうよ。ミス・ウォーバートン=ストークに手伝ってもらって、ちゃんとした料理人を探そうと思っているの」

「あたしの料理のどこが悪いんです?」

「どこも悪くないわ。ただ、あなたが知っている料理は限られているし、ミスター・オマーラが戻ってきたら、近隣の人たちのおもてなしを始めるつもりなのよ」

「まさか、またスペイン人を雇うつもりじゃないでしょうね？　もしそうなら、あたしはすぐにアイルランドにいるダーシーの大おばさんのところに帰りますよ。あの人たちはあたしに感謝してくれますからね」

「知っているわ。それにわたしもあなたには感謝しているのよ——たいていは。ただ、仕事はきちんとしてほしいだけなの。それに、正式な料理人を雇ったときには、あなたも手のこんだ料理の作り方を学んでちょうだいね」

「トード・イン・ザ・ホールやソーセージやマッシュポテトでなにも問題はないと、あたしは思いますけどね」クイーニーはつぶやいた。「それだけですか？」

「小麦粉を切らしていないのなら、スコーンを焼いてもらえないかしら？」

「合点です、お嬢さん」今度は嬉々として答え、クイーニーは部屋を出ていった。

ベリンダはいらだったようにわたしを見た。「ジョージー、やっぱりあの子はどうしようもないわね。いますぐ楽にさせてあげるのが、一番親切なんじゃないの？」

笑うほかはなかった。「ベリンダ！　いつものクイーニーはそれほどひどくないのよ。急なことだったし、彼女もうしろめたさがあったんじゃないかしら」

ベリンダが粋な帽子を脱ぐと、つややかな黒髪が流れ出た。「いずれはあの子をくびにしないといけないわよ。女主人にあんな口のきき方をする料理人がいる家に、ちゃんとしたお客さまは呼べないわ」

わたしはため息をついた。「問題は、わたしが彼女を気に入っているっていうことなの。困った状況に陥ったとき、とても勇敢だったのよ。わたしの命を救ってくれたわ。だから、彼女は学ばないっていう事実を受け入れることにしたの」

「学びたくないのよ。見ればわかるわ。ものすごく反抗的だもの。でも、あの子に対するあなたの口のきき方には感心したわ。いかにもお屋敷の女主人よ。恥ずかしがり屋でドジなジョージーがすごく進歩したわね」

「いまでもこういうのは苦手よ」わたしは言った。「わたしは偉そうにするタイプじゃないから」ティーポットを手に取り、ふたつのカップに紅茶を注いだ。「コーンウォールに話を戻すけれど、その新しい家のことはなにか知っているの？」

「まったくなにも知らないのよ。だから、自分で見に行こうと思っていたの。あなたが一緒に行かないかと思って。女同士のお出かけ。冒険よ。昔みたいに。どう？」

「いいわね」わたしは言った。

一〇月一五日　火曜日

コーンウォールに向かう。帽子を押さえている。ベリンダはとんでもないスピードで運転する！　わお、無事に到着できることを祈るばかりだ。

翌日、わたしたちは夜明けと共に出発した。クイーニーが寝過ごして（スポンジケーキのあれだけ大きな塊と、ディナーのために彼女が作ったジャムの渦巻きプディングの残りをたいらげたのだから当然だ）、朝の紅茶でわたしたちを起こしてくれなかったので、幸先のいい旅の始まりとは言えなかった。

わたしたちが出発しようとしていることに気づいたクイーニーは、傷ついたような顔になった。

「あたし抜きで行くんですか？　いまは料理人かもしれないけど、でもあたしはお嬢さんのメイドでもありますよね？　メイドなしで行くなんて間違ってますよ。だれがお嬢さんの面倒を見るんです？」

少しほろりとした。クイーニーはこの職業が生まれて以来最悪のメイドだけれど、ベリンダにも言ったとおり、とても勇敢だったときがあった。わたしは気がつけば、笑みを浮かべていた。

「優しいのね、クイーニー。でもわたしたちはミス・ベリンダの小さなスポーツカーで行くのよ。とてもじゃないけれど、あなたは乗れないわ。それに、メイドが必要なハウスパーティーに出席するわけじゃない。ちょっと家を見に行くだけなの」

「それなら、合点です」クイーニーは言った。「でもいまから出かけるなら、お嬢さんが欲しがっていたケーキを作る意味はないですよね？」わたしが返事をする間もなく、クイーニーはそう言い残してキッチンに戻っていった。

馬小屋に止めていた自動車を取りに行ってみると、昨日の晴れ渡った空はごく当たり前の一〇月の天気に代わっていた。強い雨が窓を打ち、風が枯れ葉を巻きあげている。ベリンダとフィップスがやっとの思いで車に幌をかけたけれど、雨も風も防げないことがわかった。とりあえず出発したものの、わたしたちはどちらもいささか不機嫌だった。

「天気がよくなるまで待つっていう手もあるけれど」ベリンダが言った。

「今月はずっと降り続くかもしれないのよ」わたしは指摘した。

ベリンダはうなずいた。「コーンウォールはいいお天気なんじゃないかしら。あそこで夏を過ごしていた頃は、いつも素晴らしいお天気だった記憶があるの」

「大丈夫。わたしは雨には慣れているから。スコットランドのラノク城では、こんなお天気が普通だったの。夏のあいだもずっとよ。本当に気が滅入るの。ずっと機嫌よくしていられるのは、兄のビンキーくらいのものだった。あそこから遠く離れたところにいられて、本当によかったわ」

「あの恐ろしい義理のお姉さんのフィグから、っていう意味？」

「そうよ。最後の手紙には、クリスマスをわたしたちのところで過ごしたら楽しいだろうって書いてあった。わたしが大きな家を受け継いだからですって。クリスマスをフィグと過ごすことを想像してみて。サンタクロースだってひと目彼女を見たら、煙突から入ってくるのをやめるでしょうね」

ベリンダは声をあげて笑った。車がスリップしながら角を曲がったので、わたしはあわてて口を閉じ、ドアをつかんだ。「道路が濡れているから、もう少しスピードを落としたほうがいいと思う」

「明るいうちに着きたいでしょう？」ベリンダが言った。「海岸まで行かないと、途中で夜を過ごせるようなところはほとんどないのよ。ボドミン・ムーアの夜はお勧めできるようなものではないしね」

ベリンダは再びアクセルを踏みこみ、車は次の角を土手からぎりぎりのところで滑りながら曲がった。西部地方に向かう主要道路に出ると、事態はいくらかましにはなったものの、ベリンダは見かけたトラックすべてを抜かなければ気がすまないようだった。何度か間一髪だったことがあって、そもそもこの旅に来るべきではなかったのかもしれないとわたしは思い始めた。やがて車は再び田野を横断し始め、ウィンチェスターからソールズベリー、サマセットを抜けてデヴォンまでやってきた。ベリンダはとんでもないスピードで車を走らせていたが、幸いなことに荒れ模様の天気のおかげで道路は空いていた。ベリンダは細い通りでも速度を落とすことなく、わたしたちはデヴォンの美しい町を次々と通り過ぎた。ホニートンでようやくベリンダはブレーキを踏んだ。市場が開かれる日だったので、農夫たちが羊の群れを移動させたり、牛たちに道路を渡らせたりしているあいだ、待たなくてはいけなかったからだ。昼食をとるためにエクセターで休憩し、エクセター大聖堂の近くでとてもおいしいローストラムを食べた。ガソリンを入れて、再び出発した。ベリンダの予想どおり、雨はいくらかましになっている。さっきまでのような激しいものではなく、細かい霧雨だ。

やがて、あたりの風景がより殺風景なものになってきた。文明社会を示すものがほとんどないダートムーアの北の端だ。

「お茶を飲みたいと思わない？　脚も伸ばしたいし」荒涼とした田園地方をしばらく走ったあとで、わたしは言った。時折、錫の鉱山や粘土を掘ったあとらしいものが見えるのは、人間がそれほど遠くない場所に存在しているという証だ。

「それができるといいんだけれど。この三〇分ほどは、一軒の家もなかったわよ。ところで、ここはどこなの？」

わたしは道案内の役割を任せられていた。膝に置いた地図に目を落とした。

「ボドミン・ムーアの近くのはずよ」

「そう言われても、気分が上向かないのはどうしてかしらね？」ベリンダが言った。「地球で一番わびしいところよね。いやだ、見てよ、霧が出てきたわ。よりによってこんなときに」

そのとおりだった。車が荒涼とした高地に入っていくと、小雨は霧に代わった。前方の道路がほとんど見えない。

「かつての密輪ルートのひとつね」ベリンダは明るい口調で言おうとした。「暗闇のなかを駆けていく四と二〇頭のポニーに出くわさないかぎり、わたしたちは大丈夫。この詩を覚えている？」

わたしはうなずいた。「〝壁を見張れ、愛しい人、男たちが通り過ぎていく〟」わたしはくすくす笑った。「もうコーンウォールで密輪が行なわれていたりはしないでしょう？」

「あら、わからないわよ。そういうのって、血のなかに流れているから。船をわざと岩場におびき寄せて座礁させておいて、略奪したのかもしれないじゃない？　このあたりの人たちは野蛮なのよ。いかれたケルト人ね」

「あなたもそのひとりじゃないの？」わたしは挑発するように言った。

「違うわ。母がまだ子供の頃に一家でインドから戻ってきたあと、祖父がコーンウォールに家を買ったの。元々コーンウォールに住んでいたわけじゃないのよ。つまりわたしは、完璧な文明人だというわけ」

「たいていの場合はね」わたしは言い添えた。

気分が滅入らないように、あえて冗談を言い合っていたのだと思う。このあたり一帯は本当に陰鬱な場所だ。時折霧のなかに、錫鉱山の水車が奇妙な生き物のように浮かびあがるだけで、それ以外はただ冷たく湿った霧が渦巻くなにもないところを、わたしたちは走り続けた。

「この荒れ地っていったいどれくらい大きいの？」わたしは訊いた。「ここって、バスカヴィルの犬がいるところじゃないわよね？」

「違うわ。あれはダートムーア。そこはもう過ぎている」

「よかった。よだれを垂らす大きな犬がいたりしたら、トイレを我慢できなくなるかもしれないわ」

「車を止めるから、道路脇ですればいいわ」ベリンダが言った。

「ベリンダ、そんなことできるわけないじゃないの」

「このあたり一帯、だれもいないのよ、ジョージー」ベリンダはブレーキを踏み、道路の片側に車を止めた。「ほら。茂みがあるわ」

わたしは渋々車を降り、とたんにじっとりと体にからみつく霧に包まれた。茂みのほうへと歩いていく。

「泥沼に気をつけて」ベリンダが背後から叫んだ。「ボドミン・ムーアは泥沼で有名なのよ」

「ありがとう」わたしは叫び返した。「一度、ダートムーアで泥沼を見たことがあるの。二度とごめんだわ」

「はまったの？」

「ううん、人が飲みこまれるのを見たの。怖かったわ」

「あなたって、面白い人生を生きているのね」ベリンダの声は霧のなかで妙な具合に反響した。車からほんの数歩しか離れていないのに、どの方角から聞こえているのかよくわからない。わたしは精一杯の早さで用を足し、道路に戻ってくることができたのでほっとした。車に乗り、じっとりした顔をぬぐった。「このあたりって本当にわびしいところね。コーンウォールって、みんなこんな風じゃないわよね？」

「もちろん違うわ。荒れ地だけよ。ボドミンの町に着けば、なにもかもよくなるから。コーンウォールはお天気がいいことで知られているのよ。英国のリビエラって呼ばれているんだから」

「そうね」わたしは霧の向こうに目を凝らした。

車はようやく高地を越え、初めて家が見えた。わたしたちはボドミンの町で紅茶とロールパンの休憩を取り、再び走りだした。

「もうそれほど遠くないわ」ベリンダの言葉どおり、細かい雨だけを残して霧は消えていた。車は、特徴のない灰色の石の家が並ぶ小さな鉱山の町をいくつも通り過ぎた。ベリンダはどうしてこの場所にそれほど魅力を感じているのだろうとわたしは不思議に思い始めていたが、口に出したりはしなかった。なにはともあれ、一番の友だちと冒険の旅に出ているのだ。アインスレーにひとり残されて、クイーニーはディナーになにを出してくるだろうと考えているより、はるかにましだ。

人の存在を示すようなものは見当たらなくなってきた。道路は、両側を石の壁に挟まれた、対向車が来たらどうすればいいのだろうと思うくらい細い小道に代わった。ベリンダでさえ速度を落とした。壁の向こうに時々ちらりと野原が見えて、そこには背の高い花崗岩の塊がいくつも立っていた。

「あれはなに？」わたしは尋ねた。

「ケルトの時代からある立石よ。コーンウォールにはああいうのがたくさんあるの。ストーンヘンジより古いのよ。人間を生贄にしていたんだと思うわ」

「素敵だこと。とても歓迎されている気がしてきたわ」

ベリンダが笑った。「もうすぐ海岸よ。このあたりのことは覚えているの」

ベリンダは速度を落とした。「あの標識にはなんて書いてある？」

わたしは窓の外に目を凝らした。「一方がセント・タディとセント・マビン、一方がセント・ブリオックとセント・イッセイ。本当の聖人（セント）じゃないわよね」わたしは笑いながら言った。

「コーンウォールの聖人なのよ。アイルランドからやってきた、最初のキリスト教の修道僧だったの」

「タディとイッセイが修道僧？」

ベリンダは肩をすくめた。「わたしに訊かないで。専門家じゃないんだから。教わったことを話しているだけ」

「それで、地図でどこを見ればいいの？」

「スプラットとロックとピティミ」

「適当なことを言っているでしょう」

ベリンダは笑った。「言っていないわよ。本当にそういう名前なの」

「スプラットが？　スプラットという名前の場所に人が住んでいるの？」

「それほど多くはないけれどね。ああ、そうだわ、地図にはロックとは載っていないの。トレベセリックかポルツェスで探して」

「ここには当たり前の名前はないわけ？」

「どちらもコーンウォール語よ。別の言葉なの。ウェールズ語みたいなもの」

「いまでもその言葉が使われているの？」

「いいえ。コーンウォール語を覚えているのは、もうごく一部の年寄りだけ。ほとんどすたれてしまったわ、残念だけれど」

「わたしは残念とは思えないわ。フランス語だけでも苦労しているんだもの」わたしは言った。

次の標識のところで車を止めた。日が暮れかかっていたので、読みにくくなっている。

「よかった、ポルツェスはまっすぐね」ベリンダが言った。「道は合っていたわ。もうすぐよ。

まだ開いている村のお店があったら、なにか食べるものを買っていったほうがいいかしら？」

「もう暗いわ。先に家を見つけたほうがいいと思う。あとで戻ってきて、今夜は近くのパブで食べることにすればいいんじゃない？」

「いい考えね」木立の下の急カーブを曲がると、雨粒が落ちてきて車の幌に降り注いだ。曲がった先にはきらめく水面が見えた。

「ようやく海ね」わたしは無事に着いたことに感謝の祈りを捧げた。

「正確には違うわ。あれはキャメル河口よ」

「キャメル（らくだ）？　コーンウォールにらくだがいるの？」

「そうじゃないの。キャメルというのは川の名前で、いまは満潮なんだと思う」ベリンダが言った。「干潮のときは、ここは砂州のようになるから。でもようやく終点が見えてきたわよ。トレンジリーはその先の海岸にあるの。わたしの記憶が正しければ、ポルツェスの先には大きな家が一軒あるだけで、あとは草と岩だけだったはず。だからホワイト・セイルズはきっと岬の向こう側ね」

道は、大西洋からの大きな波がうねる河口に向かってのぼっていく。両側は枯れた草とヒース以外はなにもない。また強くなってきた雨が、大西洋からわたしたちに向かって吹きつけていた。ワイパーが必死になって動いている。

「くそったれ」急カーブを曲がったところでベリンダがつぶやいた。いくらかスピードが出すぎていて、河口ではなく明らかに大西洋の縁に近づきすぎていた。淑女たるもの悪態をつくべきでないことはわかっているけれど、世の中には大目に見るべき状況というものがあって、崖から落ちそうになるのはそのひとつだ。ベリンダはひきつったような笑みを浮かべた。

「家にちゃんとした暖房装置があるといいわね。お風呂に入りたいし、熱い紅茶が飲みたいわ。使用人はいると思う？　いればいいんだけれど」

「そうね。でも、あなたが存在すら知らなかった家に、お祖母さまが使用人を置いておくとは思えない。わたしもお腹がすいたわ。パブがそれほど遠くないといいんだけれど」最後の村を出て以来、一軒の家も見かけていないことは認めたくなかった。前方には草に覆われた急斜面が広がり、その頂上は岩が露出している。道路はほんの通り道程度になっていた。

「これって変よ」ベリンダが言った。「全然記憶にないわ。トレンジリーの近くのはずなのに」ベリンダはごくゆっくりになるまで速度を落とした。「ほら、見て。わたしたちの祈りが通じたのよ。あそこにだれかいるわ。お願い、道を訊いてきてくれない？」

「この風雨のなか、車を降りろっていうの？　吹き飛ばされてしまうわ」

「あなたはスコットランドで育ったんでしょう？　もっとひどいお天気にだって立ち向かってきたじゃない。ほら、見て。あの人は吹き飛ばされていないわよ」

わたしは頭に巻いたスカーフをしっかり結ぶと、仕方なくすさまじい強風のなかに降り立った。その男性はゲートにもたれて、わたしたちを眺めている。濡れることをまったく気にしていないようだ。わたしは彼に近づいた。

「すみません、ホワイト・セイルズという家をご存じですか？」

「ああ」彼は熱心にうなずいた。年配の男性で、その顔は風雨にさらされ、何本か歯が欠けている。古いずた袋を肩にかけ、色褪せて形の崩れた帽子をかぶっていた。「魚！」

「いえ、魚はいりません。ホワイト・セイルズという家への行き方を知りたいんです」わたしはいらだちが声に出ないようにしながら言った。

「そうとも。魚だよ」男は強いなまりで言うと、にやにやとわたしに笑いかけた。こんな雨のなかで外にいる男は、いかれているに決まっている。

「ホワイト・セイルズ」わたしは辛抱強く繰り返した。「この近くの海岸にある家なんです。どうやって行けばいいのか、わかりますか？」

まるで違う惑星から来た生き物を見るみたいに、彼は上から下までじろじろとわたしを眺めた。「丸い小さな尻（リトル・ランプス）」彼はさらに熱のこもった口調で言った。

「もうけっこうよ」わたしは荒々しい足取りで車に戻った。

「むかつくじいさんなんだから」音を立ててドアを閉める。「人のことをじろじろ見ていたと思ったら、わたしのお尻は丸くて小さいですって。ずうずうしいったら」

ベリンダはわたしを見つめていたが、やがて笑い始めた。

「面白くないから。あなたは自分の体つきのことを男の人から言われても気にならないかもしれないけれど、わたしは違うの。寒くて、濡れていて、お腹が空いているときには特にね」

「彼は道を教えてくれていたのよ。思い出したわ。あの岬はリトル・ランプスっていうの。

この道で合っていたのよ」

「リトル・ランプス」わたしはつぶやいた。「岬になんておかしな名前をつけたのかしら。キャメルにスプラット、そしてリトル・ランプス。本当にばかげたところだわ！」

ベリンダは慎重に岬の向こう側に車を進めた。車が風にあおられているのがわかる。眼下では、岩の海岸で波が砕けているのが見えた。道は曲がりくねりながらのぼっていき、わたしたちは頂上を越えて海岸をあとにした。雨は強くなったときと同じように急速に勢いを弱め、荒れ模様の大西洋にかかる黒い雲の隙間から、沈みかけた太陽の最後の光が射しこんでいる。赤い太陽が、まるで燃えているかのようにあたりを赤く染める。丘の頂上には短く刈り込んだ草の上に大きな石が立ち、真っ赤に輝いていた。薄れゆく光のなかでその石は人間のように見えて、わたしは身震いした。

「ここって薄気味悪いところね」

「普段はそうじゃないのよ」ベリンダが言った。「昼間はもっと素敵だから。わたしにはいい思い出しかないの。もちろん祖母の本当の家は河口の近くだから、風からは守られているし、ここほどわびしくはないけれどね」

わたしたちは岬をのぼり、立石を通り過ぎて向こう側に出ると、そこには別の入り江が広がっていた。ベリンダが突然ブレーキを踏んだ。「見て。ここよ」

道路脇の門に標識があった。〈ホワイト・セイルズ〉と記されていた。

思っていたのとは違っていた。ベリンダはここにとどまって、どうにかしたがっている。はっきり言って、彼女は少しばかり楽観的すぎると思う。ひどい天気だ。寒くてじっとりしている。ダーシーが恋しい。

一〇月一五日　火曜日
コーンウォールにあるコテージ　ホワイト・セイルズ

ベリンダは道路脇の草の上に車を止めた。

「標識はあるけれど、家が見えないわ。どう？」

「わたしも見えない」開けたドアを、風がわたしの手からもぎ取っていった。風はさらにわたしの頭からスカーフをはぎ取り、コートを無理やり開かそうとしたので、あわててスカーフを押さえた。車につかまりながら、向こう側にまわった。ドアに叩きつけられそうになったベリンダが悪態をつくのが聞こえた。「正気の人間がこんなところに家を建てるものかしら？　そもそも、家はどこにあるの？」

　わたしたちはゲートの向こうに目を凝らした。次第に濃くなる闇のなかに、斜面をおりる急な階段が見えた。その下に家の屋根がある。

「あそこよ」わたしは言った。

「驚いたわ」ベリンダが言った。「祖母がなにも言わなかったのも当然ね。リウマチがあったら、あの階段はとてもおりられない。そもそもどうしてあんな家を買ったのかしら。きっとトレンジリーとセットだったのね。とにかく、ようやく着いたんだわ。行って、調べてみましょうよ」

　ゲートはきしみながら開き、わたしたちは階段をおり始めた。濡れていたし、急だったし、手すりもなかったから、なかなか大変だった。その家はちょっとした峡谷のなかにあったので、風はそれほどひどくなかった。

「食べものや生活必需品を持ってここをおりるのは、あまり気が進まないわね」ベリンダの声を風がさらっていく。「配達してくれる人がいるといいんだけれど」

「ここに間違いない？」わたしも声を張りあげた。「あなたのお祖母さまが欲しがるようなところだとは思えないんだけれど。それに、使用人がいないことは確かね」

　階段は右に曲がり、小さな橋の下の川を越えると、家が現われた――スレート屋根がある灰色の石造りのコテージだ。土台は岩で、海岸線からそれほど離れていない崖の側面に建てられている。家の片側は岩でできた自然の港に面していて、激しい波から家を守るように石の桟橋が作られていた。

「ああ、なるほどね」ベリンダが言った。「わかったわ。ここはきっと密輸業者のコテージとして作られたのよ。小さな港がすぐ横にあるから便利だもの。最近は釣り小屋として使われていたんだと思う。そうよ、だれかがそんな話をしていたことを覚えている。おじのフランシスが釣り小屋に泊まっていたことがあったんだけれど、彼は根っからの怠け者だから、なにか獲ってくるなんて期待しちゃいけないよって祖母が言っていたの」

「魚！」わたしは思わず声をあげ、ベリンダが不審そうにわたしを見た。「ホワイト・セイルズへの行き方を訊いたとき、あの老人がそう言ったのよ。地元の人はそう呼んでいるのかもしれない。魚小屋って」

「とにかく、たどり着いたわね」ベリンダが言った。「なかなか可愛らしい家じゃない？」

「そうね」わたしはそう応じたものの、それほどとは思えなかった。ざらざらしたコーンウォール石で作られた、シンプルな平屋建てのコテージだ。窓には白いよろい戸がついているが、そのうちのひとつははずれかけて風にぱたぱたとあおられ、いまにも飛んでいってしまいそうだ。風よけにする目的だったのか、家のまわりには低木が植えられている。階段を下までおりていくと、塩の味がした。ベリンダは玄関の前で立ち止まり、ハンドバッグのなかの鍵を探している。

「お願いだから落とさないでね。絶対に見つからないわよ」

「大丈夫。わたしはそこそこ有能だから」ベリンダは玄関へと階段をあがっていき、わたしに向かって鍵を振って見せた。鍵をまわし、誇らしげにドアを開ける。「電気が通っているなんて思うのは期待しすぎよね」彼女がつぶやき、わたしたちはかびくさくてじっとりした部屋に足を踏み入れた。ベリンダは再びハンドバッグを探り、ライターを取り出した。「煙草を吸う人がいてよかったわね」ライターの火をつけて掲げ、部屋を照らす。光のなかに浮かびあがった光景は、心躍るものとは言えなかった。一方の端にテーブルと二脚の椅子、もう一方にある暖炉の前に使い古したソファが置かれた居間。ベリンダが窓枠の上にあるオイルランプに気づいた。奇跡的にオイルが残っている。

「これのつけ方を知っている?」ベリンダがランプをテーブルに持ってきた。

「わからないわ。ラノク城で停電になったときにはこういうランプを使っていたけれど、つけてくれる使用人がいたもの」

「それが問題なのよね。わたしたちって自立できたことがないのよ」

「一番近い村に戻って、そこで夜を過ごすほうが賢明なんじゃない? どちらにしろ、食事をしなくてはならないし」

「さっきから食べることばかり言っているわね」ベリンダが言った。「妊娠しているの?」

「まさか」わたしはきっぱりと否定した。「普段からよくお腹がすくのよ。どこかで泊まって、朝になってからこの家を探検すればいいわ」

「それがいいかもしれないわね」ベリンダがうなずいた。「一番近いパブはどこかしら? ロックまで戻らなきゃいけないかもしれない。ポルツェスにパブがあったとは思えないわ」

「あの道をあのままずっと進んだら、なにかないのかしら？」

ベリンダは顔をしかめた。「しばらくはなにもないと思う。わたしが覚えているかぎり、このあたりの海岸は人気がないのよ。なにか食べたいのなら戻らなきゃいけないわ。そういうことなら、行きましょう。ライターも長くはもたないわ」

わたしたちは玄関のドアを閉め、再び階段をのぼった。車にたどり着いたときには、どちらも息を切らしていた。「コーンウォールの人たちってたくましいのね。ここはラノク城よりひどいわ」わたしはあえぎながら言った。

「朝になればなにもかもよくなるわよ」ベリンダが明るい口調で言おうとしているのがわかった。「温かいお料理を食べてなにかを飲めば、気分だってぐっとよくなるでしょうしね」

わたしがこっそり祈りを捧げているあいだに、ベリンダはなんとか車の向きを変えることに成功し、わたしたちは曲がりくねった道路を再び走り始めた。やがて、人の家の明かりが見えてきて、ありがたいことにそこにはパブもあった。けれど〈スマグラーズ・イン〉の外に車を止めたものの、人のいる気配が感じられない。

「パブはまだ開いているみたいだけれど、でもなんだか……」わたしは言った。

ベリンダはかまわず歩いていく。どっしりしたオーク材のドアを開けた。「大丈夫よ、行くわよ」

煙が立ちこめる暖かな店内に足を踏み入れた。天井にはオーク材の梁、壁は羽目板張りで暖炉では赤々と火が燃えている。数人の男性がテーブルを囲み、さらに数人がカウンターの脇に立っていた。大きな防水ブーツと漂ってくる魚のにおいから判断するに、漁師だろうとわたしは思った。少なくともそのうちのふたりがパイプを吸っていたので、その煙のなかで細かいところまで見て取るのは難しい。とはいえ、とりあえずほっとできる暖かさだ。わたしはベリンダのあとについてカウンターに近づいた。

「こんばんは」ベリンダが声をかけると、男たち全員が唐突に会話をやめ、パイプを宙に浮かせたまま、あんぐりと口を開けてわたしたちを振り返った。「まだ食事はできるかしら?」

カウンターの向こうにいたがっしりした体つきの中年女性は男性ふたりと話しこんでいたが、まるで宇宙人を見るような目でわたしたちを眺めたかと思うと、豊かな胸の前で腕を組んで言った。「悪いけど、バーに女性は入れないんですよ。女性用のラウンジは向こう」彼女は頭でそちらを示した。

ベリンダは面白そうにわたしを見た。「行きましょう。わたしたち、ルールを破っているんですって」わたしたちは再び風が吹きすさぶ夜のなかに出て、パブをぐるりとまわり、横手のドアからなかに入った。そこは同じパブの反対側だったが、あちら側ほど居心地はよくない。革の肘掛け椅子と天板がガラスのテーブルがそれぞれいくつかずつ置かれているだけで、暖炉に火は入っていない。天井から吊るされた電球が弱々しい光を放っていた。これほど温かみのない店もないだろう。ベリンダがつかつかとカウンターに歩み寄り、わたしはそのあとを追った。中年女性は男性から離れ、わたしたちに近づいてきた。「ちゃんとわかったみたいだね。で、なににします?」

「食べるものはなにがあるのかしら？」ベリンダが訊いた。「食事がしたいの」

「残念だけど、うちは食べものはないんですよ。夏のあいだ、観光客に出しているだけなんで」

「どこか近くに食事ができるところはないですか？」わたしは尋ねた。お腹が鳴り始めている。

女性はしばらく考えてから首を振った。幾重にもなった顎が揺れた。「ウェイドブリッジより手前にはないと思いますねえ。ここらの客は地元の人間ばかりだし、みんな食事は家でするんですよ。キャメルをまわって、パドストウまで行ったほうがいいんじゃないですかね。あそこではよその人間に料理を出すって聞いていますよ」

「そこはどれくらい遠いのかしら？」わたしは訊いた。

「車で来ているなら、河口をぐるりとまわらなきゃいけませんよね？　橋がないんだから。少なくとも一五キロはあるでしょうね」

わたしは絶望のまなざしをベリンダに向けた。

「食べるものは本当になにもないの？　一日中車を走らせてきて、わたしたち本当にお腹が空いているのよ」

「ペストリーはありますけどね」彼女は渋々答えた。「旦那が次の食事が待てなくなったときのために、余分に作ってあるんですよ。ミスター・トレベリアンは食欲旺盛なんでね。待っていてもらえるなら、オーヴンでいくつか温めてきますけど」

「素晴らしいわ」ベリンダが言った。「ありがとうございます。それからシードルをふたつお願い」

中年女性はなんなくシードルを注ぎ、大きなグラスをカウンターに置いた。「三シリングになります」

ベリンダが払った。

「それじゃあ、ここらに遊びに来たんですか？」女主人が訊いた。

「ええ、そうなの。この近くの家をつい最近、相続したの。ホワイト・セイルズっていうんだけれど、知っているかしら？」

「わかりませんねえ。近頃では、家になんだか洒落た名前をつけるじゃないですか」

「リトル・ランプスの向こうの海岸にあるの。でも、なかを見るのは朝まで待とうと思っているのよ。こちらに夜を過ごせる部屋はないかしら？」

「夜を過ごせる部屋？」女主人は、売春宿を経営しているのかと尋ねられたような顔になった。

「ここには部屋なんてありませんよ。ウェイドブリッジよりこっちにはないでしょうね。パドストウならあるかもしれない。夏の観光客がいなくなったら、どこも閉まってしまうんでねえ」

「そう。とにかく、ペストリーは喜んでいただくわ。温めてもらえるかしら」

わたしたちはグラスを持ってテーブルに行き、冷たい革の座席に腰をおろした。

「ずいぶん陽気な人だこと」ベリンダがこぼした。「コーンウォールの人って、もっと親しみやすいと思っていたんだけれど」

「女性だけで旅をしているのが気に入らないのかもしれない。わたしたちが、このあたりの男性を誘惑すると思っているのかも」

「え？　あんなおじいさんたちを？」ベリンダはくすくす笑った。

「あら、あなたはとても素敵だもの」

「本当に？　こんなおばさんが？」ベリンダはそう言いながらもうれしそうだ。「わたしのデザインなのよ、このケープ。どう思う？」

「素晴らしいと思うわ」

「ハロッズから注文をもらいたいって思っていたんだけれど、実のところ、もうお金は必要ないのよ。でも、ぼうっと過ごすつもりはないの。わたしはそういうタイプじゃないのよ。なにもすることもなしにスイスに身を隠していたときは、頭がおかしくなるんじゃないかと思ったわ」

「わかるわ。アインスレーにひとりで残されて、わたしもものすごく退屈だったの。ダーシーには近隣の人をもてなせばいいって言われたんだけれど、正直言って、考えただけで怖くって。生まれてこのかた、ティーパーティーなんて開いたことがないんですもの」

ベリンダは笑った。「お屋敷の女主人になったあなたが村じゅうの注目を浴びて、ガーデンパーティーを開いて、家畜のコンテストの審査をして、教区会の一員になって、ガールズ・ガイドを率いているところが想像できるわ」

「やめてよ」わたしは身震いした。「それがこれからわたしが歩む人生なんだって、ようやくわかってきたところなの。わたしにできるのかどうか、自信がないわ。うまくできるかどうかは、もっと不安。わたしがガールズ・ガイドを率いているところなんて、想像できる？」

「すぐにたくさん子供ができて、毎日が楽しくなるわ」ベリンダが言った。「そっちの方面では、ダーシーは時間を無駄にしていないはずよ」

「だといいんだけれど」

ベリンダはわたしの口調に気づいて、グラスから顔をあげた。「どうかした？　なにか問題でも？」

わたしは唇を嚙んだ。「わたしは結婚して三カ月になるのに、赤ちゃんの兆候がないの。あなたの言うとおり、ダーシーはとても熱心だから、わたしになにか問題があるんじゃないかっていう気がしてきているの。子供ができなかったら、どうしよう？」

ベリンダは疑わしそうに笑った。「三カ月？　ジョージー、そんなのなんでもないわよ。そんなにすぐに妊娠するのなら、わたしは今頃、山ほどの子供に囲まれていたでしょうね。実際、わたしは危険を顧みずに遊びまわっていて、たった一度ですんだのはとても運がよかったのよ」

「でも、対処していたって言っていたじゃない？」

「していたわよ。でもあれは、絶対安全じゃないの。それに、夢中になって注意がおろそかになることだってあるし。言い訳させてもらうと、あの人は本当にわたしと結婚したかったんだって信じている。それらしいことを言っていたもの」ベリンダはため息をついた。「とにかく、どれもみんな過ぎたことよ。なにもかもいいように収まったしね。だから男の人はもういらないの。これからは男っ気なしで生きていくのよ。純粋に純潔に」

わたしはくすくす笑った。「もう純潔は無理じゃない？」

「それなら純粋でいいわ。わたしは大成功を収めた女性実業家になって、あなたの山ほどの子供たちの名づけ親になるのよ」

女主人が巨大なペストリーがのった二枚のお皿を運んできたので、わたしたちは顔をあげた。ペストリーが上品な小さいものだったら足りないかもしれないと思っていたのだが、それはディナー皿いっぱいの大きさがあった。ひと切れ、口に運んだ。サクサクした温かいパイ生地のなかには、濃厚なグレービーソースに包まれたおいしい肉とジャガイモと根菜が入っていた。

「おいしい」わたしはつかの間、顔をあげてつぶやいた。

「そうでしょう？　コーンウォールのペストリーは、子供の頃わたしが好きだったもののひとつよ。鉱夫のために作っているのよ。昼食用に鉱山に持っていくの。ペストリーの縁は、鉱夫たちが汚い手で肝心な部分に触らないようにするためなのよ」

「面白い話ね」わたしはなんとかそう言うと、再び食べ始めた。

驚くほど強いシードルとペストリーをお腹に収めると、わたしはぐっと気分がよくなった。

なんでも来いと言いたいくらいだ。ベリンダも同じ気持ちだったらしく、こう言った。

「さあ、それじゃあ家に戻って、あのランプと格闘しましょうか。ほかに泊まれるところはないし、パドストウまで運転するような気分じゃないもの」

ホワイト・セイルズ
一〇月一五日の夜

ホワイト・セイルズというのは、粗末な漁師の小屋には上品すぎる名前だし、あまりにも辺鄙(へんぴ)なところにあるので、実在しない場所のように思えてくる。わたしはここにいたいとはそれほど思えないのだけれど、ベリンダはあいかわらずその気満々だ。

わたしたちは女主人からマッチをひと箱譲ってもらい、夜のなかを再び走り始めた。ホワイト・セイルズに着いたときには風は弱まっていて、はるか下で岩に打ち寄せる波の音が聞こえていた。

「懐中電灯を借りられるかどうか、訊けばよかったわ」危険な階段を手探りでおり始めたところでベリンダが言い、再びライターを掲げた。家のなかにはいると、オイルランプのガラスのほやをはずし、あれこれとふたりで話し合いながら、なんとか火をつけることができた。

「まだオイルが入っていてよかったわ」ベリンダがランプの明かりを大きくすると、柔らかな光が部屋を満たした。彼女があたりを見まわしながら言った。「まあ、見てよ。ストーブの脇に薪がある」

今度はわたしの腕の見せどころだった。使用人もなしに初めてロンドンにひとりで来たとき、火のつけ方を覚えたのだ。炎があがるとベリンダは感嘆の声をあげ、部屋はぐっと居心地のよさが増した。窓台にろうそくがあったので、それを持って家のほかの箇所を見てまわった。

「お願いだから、バスルームがあると言ってね」ベリンダが言った。

「キッチンには大きなシンクがあるわ」わたしはシンクに近づいて、蛇口をひねった。冷たいけれど、充分に勢いのある水が出てきた。蛇口を閉めた。

「こっちが寝室ね」ベリンダも探索している。

寝室はひとつきりで、ベッドと壊れそうな大きな衣装ダンスと背の高い整理ダンスが置かれていた。

「今夜は同じベッドで寝なければいけないみたいね。あなたがソファのほうがいいなら別だけれど」ベリンダが言った。

「ソファはごつごつしているし、長さが足りないわよ。少なくとも、このベッドは大きいわ」

「まずは、家具を買わないといけないわね」ベリンダはろうそくを持ったまま寝室を出ていき、キッチンへと向かった。暗闇にひとりで残されたくなかったので、わたしも彼女のあとを追った。薪を使う古いコンロとシンクがあり、食糧貯蔵室では興味深い発見をした。「見て。食べるものがあるわ」ベリンダが言った。「紅茶缶。それほど硬くなっていないパン、バター、チーズ、ジャム……最近、だれかがここに来たのね」

「あなたの弁護士が電話をかけて、必要なものを用意させたのかしら？」

「でも彼は、わたしがいつ来るのか知らなかったのよ。持っているのか売るのかを決める前に、一度家を見ておきたいって言っただけだもの」

「それじゃあ、地元の人間のだれかが釣りに行くときに使っているのかもしれないわね」

「それとも、おじのフランシスかも」不意にベリンダが言った。自信なさげな口ぶりだ。

「このあたりに住んでいるの？　あなたからその人の話は一度も聞いたことがないわよ」

「だって、嫌いなんだもの。祖母も彼のことはあんまり好きじゃなかったと思う。一家の持て余し者だったのよ。母の弟なの。ずっと年の離れた弟。身を固めたことも、仕事についたこともなくて、いつも借金だらけだった。ギャンブルはするし、お酒は飲むし、ろくでもない人たちと付き合っていたわ」

「その人はいまどこに？」

「さあ。祖母が家を売ったときに、いくらかをフランシスおじさんに渡したとは聞いたけれど、それっきり消息はわからない。モンテカルロにでも行ったんじゃないかしら」

「お祖母さまが亡くなって、そのおじさんはなにも相続しなかったの？」

「そうなの。全部、わたしのものになった。わたしが金持ちになったことを知った継母(ままはは)がどれほど怒り狂ったか、見せたかったわ。あれだけのことをしてやったんだから、もらったものを分けたらどうかですって。ずうずうしいったら！　学費は祖母が出してくれたんだし、わたしがたまに家に帰ると、あの意地の悪い性悪女に邪魔者扱いされたっていうのに」

「わたしとフィグみたいね」わたしはおおいに共感した。「でもお父さまはどうだったの？」

「パパ？　悪い人じゃないんだけれど、まわりでなにが起きていてもまったく見えていないのよ。自分の農園と豚と牡牛が大好きで、性悪女がわたしに辛く当たっていても全然気づかないの。まあ、どれも過ぎたことよ。わたしは自立しているし、明るい未来が待っているんだから」

　ベリンダはわたしにというよりは、自分に言い聞かせているように思えた。

「バスルームがまだ見つからないわ」わたしは指摘した。「用を足すために、嵐のなかに出ていくのはごめんよ」

「ここにはなさそうね」ベリンダはいらだったように言った。「ここの住人はおまるを使っていて、窓から中身を海に捨てていたに違いないわ」

「気分が悪くなるようなこと言わないで」わたしたちは不安をかき消すように小さく笑った。

やがてわたしたちは、キッチンの壁にそれまで気づかなかったドアを見つけた。その先は暗闇へとおりていく階段だった。

「いやだ、怖い。この下になにがあると思う？　まさかバスルームじゃないわよね？」

ベリンダはまるでゴシック小説の登場人物のようにろうそくを掲げ、わたしたちは一段ずつ階段をおりた。あえてベリンダを先に行かせたことを白状しておく。階段の下は大きなシンクのある石造りの地下室だった。魚のにおいがここにもこもっている。片隅に錆びた錫のバスタブがあり、別の隅にトイレがあった。どこに流れていくのかは考えたくなかった。

「あまりプライバシーがあるとは言えないわね」わたしは言った。

「プライバシー？　言いたいことはそれだけ？　ジョージー、これってとんでもないわ。夜中にここにおりてくることを想像してみてよ」ベリンダはおののいていた。「まずすべきは買い物だって言ったのは忘れて。最初はちゃんとしたバスルームよ」

「ここに、それだけの労力をかける価値があると本当に思う？」わたしは訊いた。「ものすごく辺鄙なところよ。本当にここにひとりでいたいの？」

「わからない。アイディアは気に入ったんだけれど、でも……ひと晩考えてみるわ。朝になれば、いい考えが浮かぶものよ」

わたしたちは交代で階段の上に立って見張りをし、用を足した。

「玄関に鍵をかけたほうがいいと思わない？　念のために」寝るための準備をしながら、わたしは言った。

「だれがこんなところに来るっていうの？　でも、そうね、ここには助けは来てくれそうもないものね」

ベリンダは大きな鉄の鍵をまわした。「満足？」ベリンダが訊き、わたしはうなずいた。

「あなたさえよければ、オイルランプはつけたままにしておきたい」ベリンダが言った。

「それがいいと思う。トイレに行きたくなったら、起こしてね」

「さっき、あんなにシードルを飲まなければよかったと思うわ」

「わたしもそう思う」

わたしたちはベッドに入った。ベッドはでこぼこしていて、どちらかが動くたびにスプリングがきしんだ。

「ロマンチックな逢い引きにこのベッドは勧められないわね」わたしが言うと、ベリンダが笑った。

「ちょっと想像してみてよ！」

わたしたちは不安なときに人がそうするように、横たわったまま笑った。

「寒い。あなたは？」ベリンダが訊いた。

「わたしも。毛布がじっとりしているのね」

「ケープを上からかけるわ。あなたのコートも」ベリンダは起きあがり、ケープとコートを毛布の上にかけた。

「こんなことを言い出したのはだれだったかしらね」

「とりあえずあなたはティーパーティーを開いてはいないし、ひとりぼっちでも退屈でもないと思うけれど」

「確かにそうね。冒険ではあるわ。よく自分に言い聞かせなくてはね——夜中に起きなければならなくなったときには特に」

「そのときはわたしを起こして。ろうそくを持ってあげるから」ベリンダが言った。

かけるものを増やしたおかげで体が暖まり始めた。風は収まり、聞こえるのは岩場に打ち寄せる遠くの波の音だけだ。やがてわたしは眠りに落ちた。真っ暗闇で目を覚ました。ランプのオイルがなくなったらしい。わたしは空を見つめながら、どうして目が覚めたのだろうと考えた。そのときまた、なにかが聞こえた……かすかな音。ドアがきしむ音だろうか？

風だと自分に言い聞かせた。ラノク城での経験から、古い家はきしんだり、ため息をついたり、身じろぎしたりして様々な音を立てることを知っている。わたしは寝返りを打って、もう一度眠ろうとした。うとうとしかかったところで、毛布がはがされてだれかが隣に潜りこんでくるのを感じた。ベッドのスプリングが不気味にきしんだ。バカなベリンダと、わたしは思った。ひとりでトイレに行ったらしい。わたしを起こさないなんて、ずいぶんと優しいんだから。

その人物がわたしの左側に入ってきたことに気づいた。ベリンダはわたしの右側に寝ていた。そちらに手を伸ばすと、温かな彼女の体に触れた。それなら、こっちにいるのはだれ？ダーシーだと思った。ダーシーがわたしを驚かせに来たのだ。これまでにも突然真夜中に現われて、わたしのベッドに潜りこんできたことがあった。けれどそのとき、わたしがここにいることをダーシーが知るはずもないと思い至った。ここの住所をミセス・ホルブルックには伝えていない。

即座に目を覚まし、体を起こした。「ベリンダ！　起きて。だれかがベッドにいる」

とたんに反応があった。侵入者が声をあげながら飛び起きたのだ。「なにごとだ？」

「なにがあったの？　どうしたの？」ベリンダが眠たそうに尋ねる。こんなことがあってすら目が覚めないのだから、男性とのあいだでいろいろ問題があった理由もわかる気がした。

心臓があまりに速く打っているせいで、まともに息ができない。ライターが灯され、癖のある黒髪がどこかダーシーに似ている若い男の姿が浮かびあがった。幽霊を見るみたいな目でわたしたちを見ている。船乗りが着るたっぷりしたジャージーのトップスを着て、まくりあげたズボンの裾から脚がのぞいていた。わたしたちを寄せつけまいとするかのように、顔の前にライターを掲げていた。

彼がベッドに潜りこんできたことに気づいたときのわたしと同じくらい、彼も怯えて見えるのが、唯一の慰めだった。

「あんたたちはいったいだれだ？」彼が訊いた。「ここでなにをしているんだ？」

ベリンダの意識がようやくはっきりしたらしかった。「わたしはベリンダ・ウォーバートン＝ストークで、ここはわたしの家よ。だからもっと重要な質問は、あなたはここでなにをしているの？」

「ここはもう何年も空き家だった。おれは漁から帰ってくるのが遅くなったときに、ここを使っていたんだ。海が荒れたときに船を入れておける小さないい港があるからな」彼は言葉を切ってしばらく考えていたが、やがて尋ねた。「ベリンダって言ったか？　レディ・ノットの孫娘の？」

「そうよ。祖母が亡くなって、わたしがその財産を相続したの」その口調は、極度の不安にかられたときに曾祖母であるヴィクトリア女王の真似をしてしまうわたしに似ていた。

「きみのお祖母さんはおれのことをかわいがってくれた」侵入者が言った。「ここを使わせてくれたんだ」

「本当に？　でも残念だけれど、それはもう過去の話よ。いますぐに出ていってちょうだい」

彼はいくらか体を近づけ、わたしたちをライターで照らした。「でもおれはきみを覚えているよ。昔は夏をここで過ごしていただろう？　子供たちのグループがあった。おれも親父の手伝いをする必要がないときは、そこに入れてもらっていた。ジェイゴだよ。覚えている？」

「ジェイゴ？」ベリンダがまじまじと彼を見つめた。「だってあなたは、わたしたちのまわりをうろついているだけの臆病でやせっぽちの男の子だったのに。それにあの頃は金髪じゃなかった？」

「そうなんだ。長年、日光にさらされたせいだ。あれから、それなりに成長して太くなったのさ」そう言って笑う彼を見て、ダーシーと似ていることにわたしは改めて驚いた。ものおじしない、うぬぼれとも取られかねない笑い。そのうえ、なかなかにハンサムだ。

「きみだってあの頃は顔色の悪いやせっぽちの女の子だったじゃないか。そばかすがあったし、髪だっていまほど濃い色じゃなかった」

「そうだったかもしれないわね」ベリンダが素っ気なく応じたので、わたしはかねがね抱いていた疑念が正しかったことを悟った――彼女は髪を染めている。「それじゃああなたはいまもここに住んで、漁を仕事にしているの？」

「漁はまあ、副業みたいなものだな。だがそうだ、いまもここで暮らしている」

「そういうことなら、夜中にあなたを追い出すわけにはいかないわね」ベリンダが言った。

「ソファで寝てくれていいけれど、同じことは繰り返さないでほしいわ」

「わかりましたよ、奥さま」彼は取り澄ました口調で言った。

「わたしは奥さんじゃないの」

「結婚していないの？」

「それって、見知らぬ他人に訊くにはずいぶんと失礼な質問よ。あなたは？」

「まだふさわしい女性を見つけていなくてね」

「わたしはキャリアを追求するのに忙しかったの」ベリンダはむっとしたような高飛車な態度を崩さない。「隣にいるわたしの友人はレディだし、結婚もしているわ」

「それはよかった」彼は面白がっているような笑みをわたしに向けた。「それできみは、ここで暮らすつもりで来たの？」

「まだなにも決めていないのよ」ベリンダが答えた。「とりあえず決まっているのは、長々とドライブしてきたあとだから、だれにも邪魔されず朝までぐっすり眠りたいということね」

自分もまた、この状況にわたしたちと同じくらい緊張しているとでも言わんばかりに、彼は咳払いをした。「わかったよ、ミス・ベリンダ。ありがたくソファを使わせてもらうよ。ボートを置いて帰りたくはないからね。でもこれ以上きみたちの邪魔はしない。おやすみ」

彼と彼のライターは居間へと出ていき、寝心地のいい姿勢を探しているのか、ソファがきしむ音が聞こえてきた。

「ほら、冒険だって約束したでしょう？ 退屈だとはとても言えないわよね」ベリンダが言った。「ジェイゴ——苗字はなんて言ったかしら？ 覚えていないわ。夏のあいだ、わたしたちと一緒にいた地元の男の子のひとりよ。一緒に遊んでいた子供たちのグループがあったの。ほとんどが夏のあいだだけここにやってくる子たちだったんだけれど、地元の子供も何人か混じっていたのよ」

「彼の父親は漁師だったの？」わたしは尋ねた。

「違うと思う。彼は確かにあの頃からかなり成長したわ」

「ハンサムだと思わない？ ダーシーによく似ている」

「そう？ 気づかなかった。いらついていたせいね」ベリンダはわたしに顔を寄せ、耳元でささやいた。「彼がなにをしていると思う？ 彼、魚のにおいがした？」

「しなかったわ。潮のにおいはしたかもしれない。海のにおいかしらね？」

「彼は漁をしていたわけじゃないっていうことよ、ジョージー。密輸していたのよ！」

一〇月一六日　水曜日
ホワイト・セイルズ

さらなる刺激！　真夜中の侵入者。そのうえ彼はベリンダを知っていた。ダーシーに話すことが山ほどある！

翌朝目覚めたときには侵入者は影も形もなく、小さな港にも船はなかった。彼は幽霊だったのかもしれないし、ペストリーの食べすぎで悪い夢を見たのかもしれないけれど、食料貯蔵庫から大きなパンの塊とチーズがなくなっていたことは確かだ。

「ずぶといことは間違いないわね」ベリンダが言った。「いったいなにを密輸しているのかしら？　大陸から煙草とお酒とか？　密輸業者のお気に入りはお酒よね」顔をしかめる。

「それよりひどいものじゃないといいんだけれど」

「麻薬っていうこと？　コカインとか？」

「武器かもしれない」

「武器？」わたしは思わず笑った。「なんのために？　わたしたちは無政府主義者の血筋じゃないわよ」

「武器の売買はお金になるのよ。それにこの国にも過激派はいるでしょう？　オズワルド・モズレー（英国・ファシスト同盟の指導者）と彼の仲間たち。共産主義者。アイルランド共和軍（IRA）活動家。その気になれば、売れるところはすぐに見つかるでしょうね。この家のなかに隠していないといいんだけれど」

「そもそもどうやって入ったのかしら？　それが知りたいわ」わたしは言った。「あなたがドアに鍵をかけたのに」

「そうね、かけたわ。調べてみましょうよ」

玄関の鍵はかかったままだった。窓も無傷だ。

ベリンダはけげんそうな顔になった。「煙突から入ってきたわけでもないでしょうに。地下室はどうかしら」

わたしたちはまた例の階段をおりた。明るいところで見ると、壁の高いところに小さな窓があって、石造りの床に弱々しい光を投げかけているのがわかった。

「あそこも無理ね」ベリンダが言った。「彼の肩幅は広かったもの」

「それには気づいていたのね」わたしはからかった。「これが、もう男の人はいらない、純粋に純潔に生きていくと言った女性の言葉なんだから」

「だからといって、男性の体を称賛するのをやめることにはならないわ。純粋な芸術的観点だから」ベリンダの言葉にわたしは声をあげて笑った。

地下室をさらに調べていくうちに、侵入者が真夜中にどうやって入ってきたのかが明らかになった。フックに吊るされた古いレインコートに半分隠れている壁のくぼみだとばかり思っていたところは、下へとおりていく狭い階段だったのだ。階段の下でチラチラと光が揺れているのが見える。「密輸業者の階段よ。ね、言ったとおりでしょう？　このコテージはそのために作られたのよ。だれにも見られない小さな港にこっそり船をつけて、岩場から品物を運び入れたんだわ。あの人、ここになにか隠していないでしょうね」

でこぼこしていて、急で、すべりやすい階段をわたしたちは慎重におりた。そこは岩場のなかにある浅い洞窟で、波しぶきが一番下の段にかかっていた。

「ここから家に入るのはあまり勧められないわね」わたしは言った。「すごく危なそうだもの。でも、なにかを隠しておけそうな場所は見当たらないわ」

「夜のあいだは船に残しておくのかもしれないわよ。まあいいわ。朝食にしましょうよ。お腹がぺこぺこだわ」

再び、階段をあがった。わたしはコンロに火を入れてトーストを焼き、紅茶をいれ、遠く広がる入り江を見渡せる窓のそばのテーブルに運んだ。ベリンダの言ったとおりだ。こちらの方角に人が住んでいる気配はなく、ただ草に覆われた崖があるだけだった。

「それで、今日の予定は？」わたしは訊いた。「まだここにいたいなんて言わないわよね？」

「あのベッドでもうひと晩過ごすのも、地下室のトイレを使うのもごめんよ。でもまだこのコテージをあきらめる気にはなれないの。わざわざここまで来たんだもの。あなたも急いでアインスレーに帰りたくはないんでしょう?」

「ええ、もちろんよ。あのベッドとトイレはお断りだというだけ」

「絶対にいやよね。夜中の新たな訪問者を防ぐ手立てがないんだから、なおさらだわ」

「まるで、このあともぞくぞくやってくると思っているような言いかたね」

「わからないじゃない? コーンウォールのこのあたりにはあまり仕事がないのよ。コミュニティ全体が密輸に関わっているかもしれない。ここが本部なのかも」

とてもありそうもないと感じたけれど、ベリンダがわたしと同じくらいここにはいたくないと思っていることがわかって、ほっとした。

「どこか泊まるところを見つけなくてはいけないわね。ホテルがないのなら、空いている部屋を貸してくれる地元の人間がいるはずだわ。それから便利屋を探して、ちゃんとしたバスルームが作れるかどうかを訊きたい。あの階段に頑丈なドアをつけられるかどうかも。鍵をかけられるドアをね」

うなずいた。

「それから不動産業者も探さないと。あなたが売りたくなったときのために」

ベリンダは窓の外に目を向けた。「素晴らしい眺めね? 今日の海は真っ青よ。カモメも飛んでいる。ロンドンの騒々しい暮らしから逃げてくるには、うってつけのところだわ」

「逃げたいの？」わたしは心配になった。「ベリンダ、人生をあきらめたようなことを言ってほしくないわ。あなたは昔からものすごく社交的だったじゃない。パーティーが大好きで、いつも楽しいことを追いかけていた」

ベリンダの視線はわたしを通り過ぎ、窓の外の景色に向けられている。

「一度咬まれると、二度目は臆病になるっていうことなんでしょうね。わたしは危険なことをたくさんしてきた。ほぼ無傷で切り抜けられたのは、運がよかったのよ」

「でもいつかは結婚したいと思っているんでしょう？」わたしは尋ねた。

ベリンダは肩をすくめた。「だれが結婚してくれるっていうの？　わたしは傷ものなのよ、ジョージー」

「それは違う。だれも赤ちゃんのことは知らないんだから」

「たとえ知らなかったとしても、わたしはパーティー好きのベリンダよ。遊ぶにはいい相手だけれど、親に紹介しようとは思わない」

「いつかきっとふさわしい人に会えるわ」わたしは彼女に近づいて、手を握った。

「だといいけれど。わたしが遺産を相続したという話が広まれば、事情は変わるかもしれないわね。お金に困っているお屋敷の持ち主は、まだ大勢いるでしょうし」わたしがなにか言う前に、ベリンダは言葉を継いだ。「でも、急ぐつもりはないのよ、ジョージー。わたしは、ファッション界でシャネルにも負けないくらいの名声を手に入れたいの」

「つつましい目標ね」わたしの言葉にベリンダは笑った。

ベリンダはお皿とカップをシンクに運んだ。「ひとつ言っておくわね。あの地下室で冷たいお風呂に入るつもりはないから。寝心地のいいベッドとちゃんとしたバスルームを探しに行きましょう。この家を整えることについて考えるのは、それからね。楽しいチャレンジじゃない？」

「ええ、そうね」わたしはそう応じたものの、これは大がかりなプロジェクトになるとひそかに考えていた。わたしたちはお湯を沸かして手早く顔を洗い、出発した。明るい光のなかであたりを見て、わたしはようやくこの地を正しく評価できるようになった。景色は確かに見事だ。右側は、広い入り江の上にそびえたつ花崗岩の崖しかない。海岸はなく、大西洋から打ち寄せる波は眼下の岩の上で砕けていた。カモメが旋回し、沖合にある岩でできた小さな島に水しぶきが飛んでいる。親しみやすい海岸線とは言えないと思った。海難救助船がさぞ活躍することだろう。

天気はすっかり回復していたので、ベリンダはブルータスの幌を外すと言い張った。

「そのためにスポーツカーを買ったのよ。髪を風になびかせるために」

「いまは一〇月だってわかっている？　風は冷たいわよ」

「ジョージー、そんな水を差すようなこと言わないの。あなたはラノク城で育ったんじゃないの。ハイランドの強風には慣れているはずでしょう？」

「それはそうだけれど、だからといって好きだったわけじゃない」わたしは言った。

「きっとわたしに感謝するわよ」ベリンダは平らに畳まれた幌を留めながら言った。それからエンジンをかけ、何度か失敗したあとでギアを入れると、車は勢いよく走りだした。「ほらね、爽快でしょう？」

彼女がおしゃれなドライブ用の帽子ではなく、馬の競技会のときにつけるようなスカーフを頭に巻いていることに気づいた。わたしは間抜けなことにフェルトのベレー帽をかぶっていたので、必死になって押さえていなくてはならなかった。立石がわたしたちを見おろしている岬に車を走らせる。明るいところで見ると、それは直立しているただの大きな花崗岩で、邪悪なところは少しもなかった。前方ではキャメル河口が日光を受けてキラキラと光っている。潮は引いていて、砂州のあいだを水が流れていた。道路の右側に沿って続く背の高いレンガの塀の背後にはオウシュウアカマツの木立があって、その中央に印象的な錬鉄のゲートと丘をくだっていく砂利敷きの私道が見えた。ゆうべは気づかなかったけれど、あのときはベリンダの運転する車が崖から飛び出さないよう祈ることに必死だった。

「あれが以前のお祖母さんの家？」わたしは尋ねた。

「違うわ。お祖母さんの家はもう少し先。ここほど立派じゃないわ。ここはトレウォーマ・ホールっていうの。地元のお屋敷よ。一度ガーデンパーティーに連れていってもらったことがあるけれど、なかには入らなかったと思う。いいところにあるでしょう？　崖の上にあって河口と海を見渡せるのよ」

「だれが住んでいるの？」

「コーンウォールの名家のひとつが持ち主よ。名前はトレファシス。このあたりのたくさんの土地や漁業権やほかにもいろいろ持っていて、ものすごくお金持ちなの。娘のジョンキルは、小さかった頃の遊び仲間のひとりよ」ベリンダは言葉を切り、顔をしかめた。「友だちのひとりって言おうと思ったんだけれど、それって正確じゃない。彼女はあらゆる意味でわたしより上だったのよ」

「あなたより上？　あなたのお祖母さまは貴族だったでしょう？　お父さまだって農民だというわけじゃない」

「それじゃあ、わたしよりも上だと彼女が自分で思っていたとだけ言っておくわ。ひとつには、わたしより二歳か三歳上だということがあったわね。とてもあか抜けていた。わたしは彼女に圧倒されていた。少し怖くもあったわ。彼女はローディーンに行ったの。ほら、英国一の女子校だって自称している学校よ。その後は、バルバドスやアルゼンチンやそのほかいろいろなところに土地を持っている父親と一緒に世界中を旅していた。そのうえ、とてもきれいだったの。それはそれは見事な金髪で、わたしにはどうしても真似できないおしゃれなシニヨンに結っていたわ。ひと筋の髪も乱れないのよ、ジョージー。どんなにいかれた悪ふざけをしたときでも」

「どんな悪ふざけだったの？」

ベリンダはにやりと笑った。「あら、若い子がやるようなことよ。海岸でたき火をしたり、密輸業者の古い洞窟を探検したり、すぐに沈むいかだを作ったり。ジョンキルはいたけれど、とても楽しかったわ」

「その一家はいまもあそこに住んでいるの？」

「だと思う」ベリンダはゲートの向こうに目を凝らした。「一四〇〇年代からずっと住んでいるもの」

「あなたの憧れのジョンキルは？」

「わからない。あの頃の友だちとは連絡を取っていないから。きっと同じくらい金持ちで素敵な人と結婚したんだと思うわ。完璧なふたりの子供がいるかもしれない」

「兄弟はいなかったの？」

「ええ、ひとりっ子だった」

「それじゃあ、だれが相続するのかしら？」

ベリンダはいらだたしげに笑った。「ジョージー、わたしにわかるはずがないでしょう？わたしじゃないことは確かよ。どうしてそんなことに興味があるの？」

「わたしはいつも相続に興味を引かれるの。きっとそれがわたしの家族にとってとても大事なことだからね」

「そうでしょうね」ベリンダはうなずいた。「あなたの大切な親戚のデイヴィッドは、数年のうちに君主制を台無しにしてしまうでしょうからね」

「言わないで」わたしは無意識のうちに身震いしていた。「国王陛下が亡くなったときには、彼が正しいことをしてくれるのを祈るばかりよ。そして陛下が九九歳まで生きてくれることを」

「あまり望みはないわよね？　病気が重いみたいだから」

「そうなの。最後にお会いしたときには、とても具合が悪そうだった」

「いつの話？」

「ケニアに新婚旅行に行く前よ。それ以来お会いしていないわ。もうお会いすることはないと思う。ダーシーと結婚したときに、王位継承権を放棄しなくてはいけなかったから」

「それって、ほっとするんじゃない？　もうバック・ハウス（バッキンガム宮殿のこと）に呼ばれることはないのね？」

「ある意味、ほっとしたわ。寂しく思うことはないだろうって考えていたんだけれど、メアリ王妃のことがとても好きになっていたし、王妃とお喋りできなくなるのはきっと寂しいと思うの。値段がつけられないほど高価な花瓶を壊したり、ペルシャ絨毯に紅茶をこぼしたりしたらどうしようって、いつもびくびくしていたけれどね」

　ベリンダは笑った。「でも王妃陛下は、いつもあなたに厄介で妙なことをさせていたわよね。デイヴィッド王子をスパイするとか」

「ええ、それは本当よ。とにかく、わたしと王家とは距離ができたということよ。真夜中に密輸業者と対峙するほうが、はるかに面白いわ」

　わたしたちは印象的なゲートをあとにし、河口に沿って走り続けた。コテージの集落とゆうべ寄ったパブ〈スマグラーズ・イン〉の前を通ったときには、ここがポルツェスの村だとベリンダが説明した。一軒の小さな店の外に、バスケットを腕にかけたふたりの女性が立っていた。ふたりはよそ者が珍しいのか、わたしたちをじろじろと眺めた。村を出ると、大西洋の強風にさらされていないせいか、景色は穏やかなものに変わった。木が多い――ゆうべ、木が暗いトンネルを作り、その枝から雨水が滴っていたのがこのあたりだと思い出した。

「ほら、見て。ここよ」ベリンダが興奮したように言った。「トレンジリー。ここが祖母の家」

ベリンダは門の前で車を止めた。ケルト十字架が彫られた二本の花崗岩の柱のあいだにある錬鉄の門は閉じられ、大きな南京錠がかかっている。私道の両側には、常に吹き続ける西風のせいで曲がってしまったイチイの木が並び、その奥に灰色の石造りのお屋敷の一部が見えた。

「ここにはいまだれが住んでいるの？」わたしは尋ねた。

「よく知らないのよ。シティから来ただれかだっていう話だけれど。なにかの投資家で、買ったはいいけれどほとんど使っていないの。ひどい無駄遣いだって祖母は言っていたけれど、でも当然ながら、一番高い値段をつけた人のものになるわけだから。だれかが住んでいるなら、調べられるわ。管理人がいて、なかを見せてくれるかもしれない。ぜひ見てみたいわね。とても大きな家で、地所のなかには川とちょっとした波止場もあるのよ。わたしたちが、不幸な結末を迎えたいかだを漕ぎだしたのがそこなの」ベリンダは当時を思い出して笑った。

「このあたりでは、〝トレ〟で始まるものが多いのはどうして？」わたしは訊いた。「トレヴォーマ、トレンジリー」

「〝トレ、ポル、ペンと聞けば、コーンウォール人だとわかる〟」ベリンダが引用した。「コーンウォールの言葉では、ペンは頭っていう意味だと思うけれど、ポルとトレの意味はわからない。その手の名前は確かに多いわね」

トレンジリーをあとにしてまもなく、わたしたちはロックの村に着いた。教会や店の並ぶ通りや〈トレファシス・アームズ〉というパブがある、村らしい村だ。

「ね、言ったとおりでしょう？」ベリンダが口を開いた。「あの人たちはこのあたり一帯の持ち主なのよ」

わたしたちは教会付属の墓地の外に車を止め、郵便局であり、釣り道具からお菓子まであらゆるものを売っている店でもある日用雑貨店に入った。どこか泊まれる場所はないかと尋ねると、カウンターの向こう側にいた愛想のいい顔つきの女性は眉間にしわを寄せた。「ここらでは思いつきませんねえ。パブのボブじいさんは、奥さんが死んだときに部屋を貸すのをやめたんですよ。洒落たホテルがあるのはニューキーだけだと思いますけど、冬のあいだはほとんどが閉めているんですよ」

「おしゃれでなくてもいいんです」ベリンダが言った。「相続したばかりの家に近いところにいたくて。そうすれば、改築するときも指示できますから」

「それはどの家かしら？」女性はかなり興味を引かれたようだ。地元の噂話の格好の題材だ。

「ホワイト・セイルズっていうんです。リトル・ランプスの向こう側にある岩場の上のコテージです」

「以前はトレンジリーのものだった家ですよね？　亡くなったレディ・ノットのものだった家？」

「ええ、そうです。わたしは彼女の孫で、わたしが受け継いだんです」

女性の顔いっぱいに笑みが広がった。「あなたはどこか見覚えがあると思っていたんですよ。名前を聞かせてもらえます？」

「ベリンダです。ベリンダ・ウォーバートン＝ストーク」

「そうそう、ミス・ベリンダ。まだ小さかった頃、よくここに来て、お祖母さんのところに泊まっていたわね。あなたのお母さんのことも覚えていますよ。よく似ている」

「本当ですか？」ベリンダはうれしそうだ。「お小遣いを持って、お菓子を買いにここに来ていたことを思い出したわ」

「ずいぶん昔の話ね。あの頃がなつかしいわ。あなたのお祖母さんは素敵な女性だった。上品で礼儀正しくて。なにが正しいとか、身の程を知るといったことにこだわるところはあったけれど、でもちゃんとした人でしたよ。いまはもうあの頃とは違う。新しく来た人たちは——まあ、違うんですよ。なんていうか——」彼女は唐突に言葉を切り、顔をあげた。用心深い表情になった。

振り返ると、ひとりの女性が店に入ってくるところだった。

「わたし宛てに荷物は届いているかしら、ミセス・ブリッグズ？」その女性が尋ねた。わたしたちと同じくらいの年で、先端が上を向いた鼻につり目、のっぺりした丸い顔にがっしりした体つきをしている。わたしはひと目で、彼女がお金のかかった装いをしていることを見て取った。ミンクのストールに流行の最先端の髪形。だがアクセントは間違いなく西部のものだった。

「残念ですが来ていません、ミセス・サマーズ」店主は堅苦しい口調で答えた。

「頭にくるわね」女性は腹立たしげに言った。「今日までに届けるって言っていたのに」

「このあとの配送で届いたら、お宅まで届けさせましょうか？」ミセス・ブリッグズが訊いた。

「ありがとう、お願いするわ。そうそう、せっかく来たのだから、プレーヤーズをひと箱いただいていこうかしら」

ベリンダに目配せされて、これ以上ここにいる理由がないことにわたしは気づいた。

「行きましょう、ジョージー。ウェイドブリッジまで行って、あそこで探しましょうよ。そこがだめなら、パドストウね」ベリンダが言った。

店を出ようとしたところで、背後から声がした。

「ちょっと待って。あなたを知っているわ。ベリンダじゃない？」

ベリンダは振り返り、こちらに近づいてくる女性を見つめた。

「ロージー？」ベリンダが驚いて尋ねた。

7

一〇月一六日　水曜日
コーンウォールの荒れ地のあちらこちら

　ゆうべはかなりびっくりした！　ベッドに見知らぬ男がいるなんて。もっと居心地のいい部屋がどうしても必要だ。それを探すことが今日の目的になるだろう。

「ロージー？」ベリンダが繰り返した。「ミセス・バーンズの娘の？」

「そうよ」若い女性が応じた。「あなたのお祖母さんが家を売って以来、会っていなかったわね。あれは――もう一二年前になるかしら？」

「それくらいね。あなたはいまもここに住んでいるの？　お母さんは引っ越したって聞いたけれど。バースでカフェを開いたんじゃなかった？」

「そのとおりよ。あなたのお祖母さんからまとまった額のお餞別(せんべつ)をいただいて始めたの。おかげさまでうまくやっているわ、ありがとう」

「でもあなたはここに残ったのね？」

「実を言うと、わたしはロンドンでしばらく働いていたのよ。でもいまはありがたいことに、戻ってきたわ。トレウォーマ・ホールに住んでいるの」

「どうして？」ベリンダは侮辱するつもりはなかったのだろうが、そう聞こえたのは確かだ。ローズの丸くて白い顔が赤らんだ。「あの家の女主人だからよ。わたしはトニー・サマーズと結婚したの」

今度はベリンダが困惑したような顔になった。

「トニー・サマーズ？　あなたがトニー・サマーズと結婚したの？」

ローズの顔に勝ち誇ったような笑みが浮かんだ。

「驚いたでしょう？　ちびのロージー・バーンズですものね」

「でもトニーがここに戻ってきていたなんて知らなかった」ベリンダはまだ混乱しているようだ。「トレウォーマ・ホール？　どうしてあそこに住んでいるの？　トレファシス家から借りているの？」

「いいえ。わたしたちが所有しているのよ」ローズがつんと顎をあげた仕草は、どこか虚勢を張っているように見えた。

「あなたたちに売ったの？」

ローズは首を振った。「いいえ、そういうわけでもないの。ジョンキルの両親が西インドで飛行機事故で死んだことは、聞いていないわよね？　ジョンキルがあの家を相続したの。

トニーはジョンキルと結婚したんだけれど、わずか一年後にジョンキルは死んでしまったのよ」

「お気の毒に。病気だったの？」

「事故よ。崖から落ちたの。崖の一部が崩れて、彼女も落ちてしまったの」

「なんていう悲劇かしら。人生を愛している人がいるとしたら、まさにジョンキルがそうだったのに」

「そうね。彼女は危険なことをたくさんしていた――ポロや狩りや荒い海でのサーフィンが好きだったけれど、最後は自分の家で命を落としたんだわ」

「それでトニーがトレウォーマを相続したのね？」

ローズはうなずいた。「トレファシスの家の人間は残っていなかったから、トニーが相続したのよ」

「ラッキーだったわね。あなたも。彼とはどこで再会したの？」

「ロンドンよ。びっくりよね？　わたしは秘書になる勉強をして、ロンドンで弁護士の秘書として働いていたの。カムデン・タウンで女の子何人かと一緒に住んでいた。おんぼろの部屋だったわ。ある日、ウェスト・エンドをぶらぶらしていたら、ハイドパークを散歩しているトニーとばったり会ったのよ。こんな偶然、信じられる？　彼はまだ妻を亡くした事実を受け入れようとしているところで、知っている人間に会えたことがうれしかったんだと思うわ。一緒に食事をして、しばらく手紙のやり取りをして、そしてこういうことになったというわけ」

「本当によかったわね」ベリンダは言ったものの、心から喜んでいるようには聞こえなかった。「お母さんも喜んでいるでしょうね」

「ええ。一緒に暮らそうって言ったんだけれど、母はいまの暮らしが気に入っているみたい。ようやく手に入れた自由を楽しんでいるのよ」ローズは一度言葉を切った。「それで、あなたはどうしていまになって戻ってきたの？　休暇かなにか？」

「そうじゃないの。祖母が残してくれた家を見に来たのよ」

「お祖母さんがとうとう亡くなったのは聞いたわ。残念だったわね。母が手紙で教えてくれたの。トレンジリーを売ってしまっていたのが惜しまれるわ。そうでなければ、ご近所になれたのに」

「祖母はバースにいい家を遺してくれたの」ベリンダが言った。「それからホワイト・セイルズっていうコテージも。知っている？」

「古い釣り小屋？」ローズはくすりと笑った「あんな家を持っているつもりはないでしょう？　崖の縁にへばりついていて、いまにも落ちそうじゃない。あそこにいたら、いやでもジョンキルのことを思い出してしまうでしょうね」

ローズはここで初めてわたしに気づいたらしかった。「ごめんなさい。あなたのお友だちとはお会いしたことがないと思うわ」

「あら、失礼。わたしったらマナー知らずだったわ」ベリンダはまだ動揺しているようだ。

「ローズ・サマーズ、こちらはわたしの親しい友人のレディ・ジョージアナよ。元々はラノクという苗字だったんだけれど、いまはミセス・オマーラ」

ローズはいくつもの指輪をはめたふっくらした手を差し出した。「お会いできてうれしいわ」そう言ったところで口をつぐみ、まじまじとわたしを眺めた。「あなたの写真を見たことがあるわ。この夏の〈タトラー〉誌に載っていた。あなたの結婚式。国王陛下と王妃陛下が参列されていて、王女さまたちがブライズメイドだった。そうよね？」

「ええ、そうよ」わたしはうなずいた。「王家の方々がずらりといらして、怖くてたまらなかったわ」

「でもあなたは王家の親戚なんでしょう？」

「ええ。国王陛下がわたしの父のいとこなの」

「驚いたわ」ローズは本当に感心したようだ。「あなたとミス・ベリンダはお友だちなのね？」

「スイスの学校で知り合って、それ以来の友人よ」

「会えてよかったわ。ここにいるあいだに、トレウォーマにお茶に来てちょうだい。ぜひ案内したいわ。近くに泊まっているの？」

「まだわからないのよ」ベリンダが答えた。「ゆうべ着いたところなんだけれど、いまのあの状態ではとてもホワイト・セイルズには泊まれない。ちゃんとしたバスルームさえないのよ。でもこの時期には借りられる部屋がないみたいなの。パドストウ行きのフェリーってまだあるかしら？　あそこで、ホテルか宿泊施設が見つけられるといいんだけれど」

「それなら、ぜひわたしたちのところに泊まってちょうだい」ローズが言った。「トニーは久しぶりにあなたに会いたいだろうし、わたしも話し相手が欲しいのよ。トレウォーマみたいな大きな家に閉じこめられていると、気持ちがふさぐんですもの」

「あら、だめよ」ベリンダの答えは、いささか性急すぎたようにわたしには感じられた。「迷惑をかけるわけにはいかないわ」

「全然迷惑じゃないの。使用人たちはたいしてすることもないし、軍隊をもてなせるくらいの部屋があるんですもの。どうぞ来てちょうだい」ローズはベリンダの腕に手を乗せた。「ぜひとも。わたしはひと足先に帰って、お部屋の準備をさせておくわね」

「あなたって本当に親切ね」ベリンダが言った。

「古くからの友人だもの、当然よ。昔話をたくさんしましょうね？」

「ええ、もちろんよ。本当に助かるわ、ローズ。少し時間をもらってもいいかしら？　ジョージーに港とフェリーを見せたいの」

「家の場所はわかるわよね？」ローズは笑い、通りに止めてあったぴかぴか光る新しいダイムラーへと歩き去っていった。

ローズの乗った車が走りだすと、ベリンダはようやくこちらに向き直った。その顔には、なんとも理解しがたい表情が浮かんでいた。

「彼女はとても親切ね」わたしは言った。「これでまともなバスルームが使えるし、きしらないベッドで眠れるわ」

ベリンダの顔を見て、わたしは口をつぐんだ。怒っているけれど、それだけではない。困惑もしている。

「どうしたの？」わたしは尋ねた。

「確かに昔の友だちよ」その口調は辛辣だった。「彼女が何者だか知っている？ わたしの祖母の料理人の娘だったのよ。普段はおばさんと一緒に暮らしていたけれど、夏のあいだはここに来ていたの。情けない子だった。わたしたちのまわりをうろうろして、グループに入れてもらいたがった。たいていは入れてあげたわ。ジョンキルは厳しいことを言っていたけれどね。彼女はわたしたちほど運動が得意じゃなかったの。岩場をのぼるときには、手を貸さなきゃならなかった。馬にも乗れなかったから、ポニーで出かけるときには一緒に行けなかった。そのうえ、仲間に入れてあげても少しもありがたがらなかったんだから。こそこそして、わたしのことを嗅ぎまわったりもしていた。わたしの日記を読んだり、告げ口をしたり」

「人はだれだって成長するものよ。初めてあなたと会った頃は、わたしは恥ずかしがり屋で不器用だったわ」わたしは言った。

「それはそうだけれど、彼女は料理人の娘だったのよ」

「ベリンダ、それってずいぶんお高くとまっていない？ 彼女がいい結婚をして、社会的立場がよくなったことを喜んであげるべきよ」

ないのよ。トニー・サマーズなの」

「彼女のことがあんなに嫌いじゃなかったら、喜べたと思うわ。でも、問題はそれだけじゃないのよ。トニー・サマーズなの」

「ここのグループの一員だったの？」

ベリンダはうなずいた。「グループのリーダーだった。彼とジョンキルが。わたしたちはみんなふたりに憧れていて、ついてまわっていたの。彼の父親はシティでなにかやっていた。銀行だか投資だか。ものすごくお金持ちだった。トニーはイートンに進んだの。毎年夏にはこのあたりに家を借りて、母親とトニーが来ていたわ。父親はロンドンに残っていた。当時から彼はすごくハンサムだった。すごく生意気で、すごく自信満々で。女の子はみんな彼にお熱だった。もちろんわたしも。でも彼はわたしに見向きもしなかった。わたしは二歳年下で、ひょろっとしていて、不格好だったから」

「それなのにどうして彼に会いたくないの？」わたしは尋ねた。

ベリンダは唇を噛んだ。ひどく不安なときにだけ見せる仕草だ。「数年前、ロンドンで彼とばったり会ったのよ。クロックフォーズで賭けをしていたときに。一緒にお酒を飲んだ。一九二九年の大暴落で彼のお父さんは財産を失くしたんですって。トニーは公認会計士のところで働かされていて、その仕事を嫌っていたの。涙が出るほど退屈だって。とにかく、わたしたちは一瞬で燃えあがって……激しい火遊びをしたのよ」ベリンダは言葉を切った。

「ハリウッドに行く前のことよ。わたしがそこで……知っているわよね」

うなずいた。知っている。彼女は恋に落ちて、裏切られたのだ。

「トニーはあなたとお似合いだったんじゃないかしら。たとえお金がなかったとしても。どうして終わったの？」わたしは訊いた。

「数週間一緒に過ごしたあとで、婚約しているって彼がぽろっと口を滑らしたの。そのときには知らなかったけれど、相手はジョンキルだったのね。ともあれ、ほかの女性と婚約している人と付き合う気はないって言ったわ」ベリンダは思い出すと心が痛むかのように、口を閉じた。

「あなたは正しいことをしたのよ」

「そうなんでしょうね。でもそのあとで、もしもわたしが付き合い続けていたら、彼は婚約を解消してわたしと結婚したかもしれないって考えたりしたわ」

「彼のことが本当に好きだったのね」

「若い頃の憧れが残っていたんだと思う。でも一緒にいて本当に楽しかったのよ。彼がローズと結婚したなんて信じられない。彼女のどこがよかったの？　宇宙で一番つまらない人だと思うわ。ものすごく退屈なんだから」

「それはわからないでしょう？　あなたが知っている頃から変わったかもしれない。それに、妻を亡くしたあと、ローズは傷心の彼を慰めたわけだから。彼はジョンキルを愛していたのね？」

「かもしれない」ベリンダは肩をすくめ、桟橋に近づいていく小さなフェリーに目を向けた。

「お金持ちの女相続人と結婚するいい機会だと思ったのかもしれない。彼はリスクを恐れない人だったから。信頼できるタイプではなかったけれどね。ほとんどベッドのなかで過ごした二週間、婚約していることをわたしに話さなかったくらいだもの」

「それじゃあ、トレウォーマに滞在するのは二重に気まずいっていうことね？」

ベリンダはいらついたように笑った。「そういうこと！」

8

一〇月一六日
コーンウォール、トレウォーマ・ホールに向かう

ようやく運が向いてきた。もうでこぼこしてきしむベッドで寝なくてもすむし、地下の恐怖の部屋ともお別れだ。このあとは居心地よく過ごせるはずだけれど、あいにくベリンダはあまりうれしそうではない。ああ、どうしよう。なにも問題がないといいんだけれど！

「長く滞在する必要はないわよ」ベリンダの車に戻りながら、わたしは言った。「ロンドンに戻らなくてはならなくなったって言えばすむことだもの」

「でもわたしはコテージの近くにいて、作業の具合を見ていたいのよ。そのためには、あそこは理想的だわ。わたしが大人になればいいだけのことよ。トニーには冷静で丁重な態度を取って、ローズには礼儀正しくして。ミセス・サマーズ」ベリンダは首を振った。「トレウォーマの女主人にあれほどふさわしくない人はいないわ」

「驚かされるかもしれないわよ。彼女はロンドンに行って秘書になるだけの積極性があったんだから。このあたりの漁師と結婚したりはしなかった。それに、いいものを着ていたのは確かね」わたしはふと思いついて、指を振った。「あなたが彼女の服をデザインしてあげるといいわ。親切にしてくれたお礼として。きっと喜んでくれるわよ」

「そうかもしれないわね」ベリンダは考えているようだ。「とにかく彼女には、わたしたちの侵略に備える時間が必要だと思うわ。少し港を散歩したほうがいいでしょうね」並んで歩き始めたわたしに、ベリンダはさらに言った。「彼女はあんなに大きな家で使用人を扱えているのかしら。料理人の娘だっていうことは、みんなが知っているはずよ。見くびられているんじゃないかしら」

「かわいそうなローズ」わたしは言った。「彼女が気の毒になってきたわ」

「気の毒？　とんでもない。彼女はこれ以上ないものを手に入れたじゃないの。このあたり一帯で一番いい家とトニー・サマーズを。それ以上なにを望むというの？」

「嫉妬しているのね。だからそんなにいらついているんだわ」わたしはからかうように言った。

ベリンダはうなずいた。「そのとおりよ。うらやましくてたまらないわ！」

「でもあなたはずっとここに閉じこめられたくはないでしょう？　大きな家の女主人でいるのは、退屈で孤独なものなんだっていうことがわたしもようやくわかったところなの。あなたは昔からにぎやかなことが大好きだったじゃない」

「もうそうじゃないのよ」ベリンダはため息をついた。「覚えているでしょう？　純粋で純潔。今後のわたしにふさわしいのは修道院だけかもしれないわ」

ベリンダの顔を見ると、笑いたくてぴくぴくしているのがわかった。

「またわたしをからかっているのね。とにかく、これって落馬みたいなものよ。あなたはもう一度乗り直さなくてはいけないの。それと同じことだわ。あなたは悪い経験をしたけれど、またいい人と付き合うことを考えるべきよ」

「ロージー・バーンズのような人にさらわれていない相手が残っているのならね！」ベリンダはそう言うと、先に立ってすたすたと歩きだした。

わたしたちは河口にやってきた。小さなフェリーが乗客を降ろし、反対側にあるパドストウへと戻っていく。ここから見るかぎり、防波堤の上に見える丘の斜面に家が貼りついている、伝統的なコーンウォールの港町だ。河口のこちら側には風雨を避けられるような入り江はなく、桟橋があるだけだった。ほとんどの船は沖合に係留されていて、引き潮のいまは、露わになった砂地に乗りあげている。桟橋の脇には釣り道具の店があって、船舶用エンジンからバケツ、鋤、若い行楽客のための小エビ釣り用網まで、あらゆるものを展示していた。この時期にはあまり需要はないだろうとわたしは思った。

「あまり見るものもないわね」ベリンダが言った。「どこもがらんとしている」

「一〇月だもの。それに、昨日の天気を考えれば、ここに来ようと思う人はあまりいないでしょうからね。あれって釣り船かしら？　それともただの娯楽船？」

ベリンダは船を眺めた。「釣り船はパドストウにあると思うわ。あそこにはいい港があるから。船が一年の半分以上砂州で動けなくなっていたら、漁師として生計を立てていくのは難しいもの」

「ローズにどれくらい時間をあげればいいと思う？」わたしは尋ねた。風が出てきていて、なにも遮るもののないこの場所はかなり寒い。「紅茶かコーヒーが飲めるところがないか、探したほうがいいんじゃないかしら？」

ベリンダはためらった。「もう少し時間を稼げるもののほうがいいわ。行くなんて言わなければよかった。でも、ほかにどうしようもなかったわよね？　彼女はきっと断らせてくれなかったわ」

「元気を出して。楽しくなるかもしれないわよ」わたしはベリンダの肩に手を乗せた。「おいしい食事と寝心地のいいベッドはあるんだから」

「ローズと過ごす時間を楽しいとは思えないわ」ベリンダは身をくねらせて、わたしの手を払った。「それにトニーのことが不安なの。ローズとの夫婦生活が満足いくものじゃなくて、彼がわたしとの関係を再開させたがったらどうする？」

「そうしてほしければ、わたしがぴったりあなたにくっついているわ。でもかわいそうなローズのことは、好意的に解釈してあげるべきよ。もしあまりにも居心地が悪かったら、なにか理由をつけて出ていけばいい」

ベリンダはうなずいた。しばらくトレヴォーマのある方角を眺めていたが、やがて釣り道具店のほうに向き直った。「あそこで、お茶が飲めるところを教えてもらえるかもしれない」

ベリンダが店にはいろうとしたちょうどそのとき、いくつかの包みを抱えた男性がなかから出てきた。危うくぶつかりそうになった。

「おっと、申し訳ない」彼が言った。それから彼は目を細め、眉間にしわを寄せて言った。「なんてこった、ベリンダじゃないか。いったいここでなにをしているんだ?」

「フランシスおじさん!」ベリンダが叫んだ。「おじさんがここにいたなんて全然知らなかった」

「そうなんだ。ここしばらくは、おとなしくしているってわけだ」

彼の顔を改めてよく見たわたしは、ベリンダと似ていることに気づいた。ベリンダと同じ黒い目とまっすぐな鼻をしているけれど、目の下のたるみと二重顎のせいでせっかくの顔立ちが台無しだ。粋なマリンキャップをかぶり、クラーク・ゲーブルのような細い口ひげをたくわえている。かつてはハンサムだったのだろうが、長いあいだ享楽的な暮らしを送ってきたに違いない。

「いまはどこで暮らしているの?」ベリンダが訊いた。「ここに家を買ったの?」

「家というわけじゃないんだ。おまえほどの財産はもらえなかったからな。道路で暮らさずにすむだけのほんのささやかなものをもらっただけだ。あいにくおれは気に入られていなかった。金のこととなると、母さんはおれを信用していなかったんだ。子供のこづかいみたいにわずかな額の手当を定期的にもらっているよ。そういうわけで、船を買ったんだ。小さいけれどいい船だ。全長一二メートル。暮らすには充分だ。パドストウに係留してある。気分に任せて、海岸をあっちに行ったりこっちに行ったりしている。気が向けば、海峡を渡ることもある。自由奔放、そいつがおれだ」

彼の声は体の割に甲高くて、厚みがなかった。笑顔で話してはいるものの、人に気づかれるのを恐れているかのようにあたりをちらちらと見ていることにわたしは気づいた。

「それよりも、おまえはここでなにをしているんだ？」彼が訊いた。「このあたりに来る用はないはずだろう？トレンジリーはもうとっくに手放したんだから」

「実を言うと、わたしが相続したもののなかにホワイト・セイルズっていう釣り小屋があったの」

「あのぼろ小屋か？　なんとまあ、おまえがもらったのか。あんなところをどうするつもりだ？　ブランデーを密輸するくらいにしか使えないじゃないか」

「そうなの。ひどい家よね」彼女が言った。

「あそこに泊まっているわけじゃないだろう？」

「ゆうべは泊まったけれど、もうたくさん。でもトレヴォーマに招待されたのよ。あそこははるかに文明的よ。そうじゃない？」

「トレヴォーマか。そいつはずいぶんと出世だな。まあ、あそこの新しい持ち主は気に入らない奴だがね」

「トニー・サマーズのこと？　知っているの？」

「サマーズ。そうだ、そういう名前だった。知り合いだとは言えないが、そいつのことなら知っている。川のこのあたりの係留権を持っているんだが、値上げしたんだよ。大金を請求してきた。蟹やロブスターを獲る権利もだ。あのサマーズの野郎と現地法と対決しなければ、ロブスターを獲ることもできなくなってしまったのさ」彼はぽってりした指をベリンダに向かって振った。「奴はぜいたくに暮らしているんだろうが、おれのような地元の人間は賃料を払うために四苦八苦しているって伝えておいてくれ。共産主義者たちに乗っ取られたときには、その代償を払うことになるんだってな」

ベリンダは笑った。「共産主義者がいつ乗っ取るって言うの？　まさかおじさんが共産主義者だなんて言わないでね。おじさんは昔から楽しいことばかり好きだったはずだもの」

「あのサマーズの野郎が当然の報いを受けるところを見られるなら、喜んで宗旨替えするさ」フランシスが言い返した。「あそこにいるあいだに、あいつの紅茶に殺鼠剤を入れてくれたらありがたいね。おじさんのためにやってくれないか？」

「ひどいことを言うのね」

彼は甲高い声で笑った。「冗談さ、冗談。さてと、おれはもう行かないと。こいつを持ってパドストウ行きのフェリーに乗る前に、ちょっと用事があるんでね。船の底を修理しなきゃならないんだ。それじゃあな。おまえがここにいるあいだに、パブで会えるといいな。トレンジリーで過ごした楽しかった頃の思い出話でもしようじゃないか」

彼は返事を待つことなく、桟橋のほうへと歩きだした。

ベリンダがわたしに向き直った。「あなたを紹介しなくてごめんなさいね。でもあの人のこと、大嫌いなの。昔から。子供の頃だって信用したことはなかったわ。膝の上に子供を乗せて一緒に遊んでいるふりをしながら、体をまさぐるような人なのよ」

「ひどい」

ベリンダはうなずいた。「幸いなことに、あの頃彼はめったに家にはいなかった。いつだって一攫千金を狙った計画を立てているか、大陸に連れていってくれる人間を探しているかだったから。祖母はすっかりあきらめていたわ。〝あの子はいずれわたしを破滅させるよ〟って言っていた。いったいどうしてここに戻って来る気になったのかしら？　地元の漁師と飲み交わすのを楽しむタイプだとは思えないし。密輸がまだ行われているのなら、そっちのほうがよっぽど彼らしいわ」

ベリンダは歩き始めた。「行きましょう。充分時間をつぶしたと思うわ。トレウォーマで待つ次の不愉快な対決に向かいましょうか」

一〇月一六日
コーンウォール　トレウォーマと呼ばれる家

ホワイト・セイルズよりも状況がよくなるのかどうか、確信がない。ベリンダは全然乗り気ではないけれど、好むと好まざるとにかかわらず、もう行くことは決まってしまった。実を言えばわたしは、トニーに会って彼がどんな人なのかを知りたくてたまらない。

わたしたちはベリンダの車に戻った。雨が降り出す前にまた幌をつけることに彼女が反対しなかったのでほっとした。なんとか幌をつけ、わたしたちは岬に向けて河口を戻り始めた。しばらくはどちらも無言だった。潮が満ちてきて、打ち寄せる大きな波が砂州を呑みこんでいく。痛々しく横たわっていた船は、再び水面で揺れていた。

最後の家の前を通り過ぎた。前方に見えるのは、道路の一方の側の草に覆われた岬と反対側のぎりぎりまでせり出した岩場だけだ。道がのぼり始めると、風が真正面から勢いよく吹きつけてきた。

「幌をつけていてよかった。そうでなければ、ベレー帽はとっくになくなっていたところよ」わたしは言った。

「ものすごい風ね。車が崖の向こうに飛ばされないように、ハンドルを握っているのも大変よ。ジョンキルが風に吹き飛ばされたって聞いても驚かないわ。そもそも彼女は崖の上でなにをしていたのかしら」

「ちょっと変よね」わたしは応じた。「だって生まれてからずっとあの家に住んでいたんでしょう？　崖の縁に近づくのが危険なことくらいわかっていたはずなのに」

「その下でなにかが起きていたのかもしれない。船が座礁したとか、満ちた潮のせいで孤立したただれかが助けを求めていたとか。確かめるために縁に近づいて、そして落ちてしまったのかも」

「そうかもしれないわね」わたしはうなずいた。「トニー・サマーズはさぞ悲しんだでしょうね。結婚して一年しかたっていなかったんですもの」

「それでも彼は大きなお屋敷を相続したのよ」ベリンダが指摘した。「実家が財産をなくしたときだったから、都合がよかったでしょうね」

いったいなにが言いたいのだろうとわたしは鋭いまなざしを彼女に向けたが、彼女は前方の道路を見つめるだけだった。

「さあ、着いたわ」ベリンダが言った。「ローズはゲートを開けたままにしておいてくれたのね。気が利くのね」

ベリンダが本当にそう思っていっているのか、それとも皮肉なのか、今度もわたしには判断がつかなかった。車はゲートを通り過ぎた。私道はカーブしているので、その先にある家は見えない。曲がった先は小さな森のようになっていて、道路の両脇の木々の枝が頭上で交差していた。夏には緑の天蓋になるのだろうけれど、いまはもう一〇月だし、海からの強風も相まって、からみあう枝はすっかり葉を落とし、黄色と茶色の絨毯が私道を覆っていた。まるで骨ばった指がわたしたちを狙っているような感じがして、木立を抜けたときにはわたしはほっとした。私道は再びカーブし、今度は背の高い茂みが両側に現われた。わたしは園芸の専門家ではないけれど、しゃくなげだろうと思った。もちろんいまは花をつけていないけれど、とても高く伸びていてその向こう側はなにも見えない。

茂みの合間から、不意に飛び出してきた人影があった。ベリンダは息を呑んでブレーキを踏んだ。私道が曲がりくねっていたので、ベリンダがいつものようなスピードを出していなかったのが幸いだった。そうでなければ、轢(ひ)いていただろう。昨日わたしが道を尋ね、歯のない口で笑いながら〝丸い小さな尻〟と言った老人だとわたしはひと目で気づいた。彼はいま私道の真ん中に立ち、どこか呆けたような顔でわたしたちを見つめている。車に近づいてきて、運転席に身を乗り出した。

「あんたを知っているよ」彼は言った。「魚小屋のことを訊いてきただろう？　見つかったかい？」

「ええ、無事に見つけたわ。ありがとう」ベリンダの口調はとても丁寧だった。彼は少しばかり顔を近づけすぎだ。

「あそこはあんたたちみたいな若いお嬢さんがいる場所じゃないよ。そうだろう？」

「確かにみすぼらしかったわ」ベリンダが答えた。

「ほらね。ゆうべ、言ったとたんに思ったんだ。ハリー、おまえは間抜けだ、あそこはあんたたちにはふさわしくないところだって、若いお嬢さんに言わなきゃいけなかったって。それじゃあ、代わりにここに来たんだね？」

「ええ、ミセス・サマーズが招待してくれたの」

彼はベリンダの顔の前で指を振った。「ここは確かに立派だが、昔みたいじゃない。前の旦那さまが生きていた頃とは違う。素晴らしい紳士だったよ、あの人は。奥さまもだ。崖から落ちたお嬢さんもだ。でもいまは彼女が引き継いだ。だろう？　昔の使用人はみんないなくなった。グラディスをくびにした。マージーはどうだ？　馬の扱いがあんなにうまかったウィルまでも。みんないなくなった」彼は言葉を切り、遠くを見やった。ベリンダが早く車を出したいと思っているのはわかったけれど、彼が片手でサイドウィンドウを押さえていた。「前の旦那さまはわしにちょっとした仕事をくださってた。本物の紳士だったよ。いまのあの人たちはわしにいてほしくないんだ。彼女はわしにいてほしくないんだ。なんでだかわからんよ。わしはなにも話していないのに。でもなにを見たかはわかっているんだ」彼はまた言葉を切り、わたしたちには見えないなにかを見つめた。「だがあんたたちはきっと大丈夫だ。あんたたちみたいなよそ者は。うん、あんたたちは大丈夫だ」彼はそう言い残すと向きを変え、再び茂みのなかに姿を消した。

「わたしたちは大丈夫だってどういう意味かしら?」わたしは身震いした。

「ただの頭のおかしな男というだけよ」ベリンダがアクセルを踏むと、車は勢いよく走りだした。次のカーブを曲がると、突然視界が開け、目の前に家が現われた。それは、ベリンダの祖母のもののようなシンプルなコーンウォール石の家ではなく、かなりけばけばしい建物だった。元々はごく普通の邸宅だったものが、代々受け継がれていくうちに建て増しされていったのだろう。両側に塔があり、切り妻屋根があり、玄関へとあがる広々とした階段がある。ひとことで言うと、やり過ぎたゴシック建築といった感じだ。

「ずいぶんと奇怪な建物じゃない?」ベリンダが言った。「コーンウォール石のシンプルなラインを消してしまって、家を台無しにしているわね。ヴィクトリア朝時代の人にはなにも建てさせるべきじゃなかったのよ」

わたしはうなずいた。

観賞用の池がある砂利敷きの前庭を通り抜け、ベリンダは広々とした階段の下で車を止めた。従僕が現われて、わたしのためにドアを開けてくれた。

「トレウォーマにようこそ、マイ・レディ」彼が言った。「荷物をお持ちしましょうか?」

彼は車を降りるわたしに手を貸してからトランクを開け、わたしたちのささやかなスーツケースを取り出した。

「重要なのはあなたで、わたしはどうでもいい客だって彼は聞かされているみたいね」ベリンダが小声で言った。彼女はマントを整え、風にさらわれそうになったスカーフを手で押さえた。「まあいいわ」わたしを見て、大きく深呼吸をする。「さあ、行きましょうか」

思わず笑みがこぼれた。「まるでライオンの巣に入っていくみたいな言い方ね」

「それよりはるかにひどいわよ。でも、数日のことならなんだって我慢できるものよ。クリスマス休暇のあいだ、義理の母親にだって礼儀正しくしていたんだから」

「わたしはそれよりずっと長いあいだ、フィグに礼儀正しくしていたわよ。おかげで、人格が高められたと思うわ」

「わたしは、人格を高めたいとは思わないわね」

「なによりあなたはローズを好意的な目で見てあげなくてはいけないと思う」わたしはさらに言った。「彼女はだれからも望まれていないと思って不安だったから、いやな子供だったのかもしれない。いまは自分の家の女主人になったわけだから、とても魅力的になっているかもしれないわよ」

ベリンダは顔をしかめた。「あなたっていつからそんな聖人になったの？　結婚したせいで、それほど分別がある落ち着いた人になったわけ？」

「退屈だっていう意味？　そうじゃないことを願うわ。でもおじいちゃんと一緒に過ごしたことで、いい影響を受けたんだと思う。おじいちゃんはいつだって人のいいところを見て、あわてて判断をくだしたりしないのよ」

「確かにそうね」ベリンダは優美な子ヤギの革の靴で上品に階段をあがりながら言った。「あなたのおじいさんは素晴らしい人だわ。わたしの祖母も祖母なりに素晴らしかった。礼儀作法とかそういうことにはとてもうるさかったけれど、わたしのことはかわいがってくれた。死んだお母さん以外、祖母だけだったわ」

わたしはベリンダのあとを追って階段をあがりながら、考えていた。以前は、問題を抱えて訪ねていくのはわたしのほうだった。より世間を知っていて、より分別があって、そして間違いなくより世慣れた人として、わたしは彼女を頼っていた。けれどその関係は変わったようだ。いまはわたしが安定した生活を送っていて、彼女のほうがわたしを必要としている。興味深い。

玄関にたどり着いたので、それ以上のことを考えている時間はなかった。広々とした濃い色の羽目板張りの玄関ホールの片側には、バルコニーに通じる曲線の階段があった。その上には巨大な木製のシャンデリアが吊るされている。床は大理石で黒と白の格子柄だ。牡鹿や水牛といった、狩りで仕留めた様々な動物の頭部が壁からわたしたちを見おろしていた。わたしがこれまで見たなかでももっとも陰鬱な玄関ホールだ。わたしが育ったのは、陰鬱さの基準で言えばとんでもなく高いランクにあるラノク城だというのに。

わたしはその女性が口を開くまで、背の高い鉢植えの棕櫚の木の脇に立っていたことに気づかなかった。

「トレウォーマにようこそ。マイ・レディ、ミス・ウォーバートン=ストーク。わたしは家政婦のミセス・マナリングと申します。ここでの滞在が快適なものになりますように願っております。ジェイムズがコートをお預かりします」彼女が言うと、従僕が前に出てコートを脱ぐわたしに手を貸し、それからベリンダのケープを受け取った。

「あなたのお祖母さまのことは大変尊敬いたしておりました、ミス・ウォーバートン＝ストーク。本物のレディでした。とても残念です」従者がわたしたちのコートを運んでいくあいだに、家政婦はわたしに向かって言った。「公爵さまの妹で国王陛下の親戚であられるレディ・ジョージアナ・ラノクでいらっしゃいますね。この家にお迎えできて光栄です、マイ・レディ」

「どうもありがとう」わたしは言った。「でも、わたしは結婚したのでただのミセス・オマーラになったのよ」

「レディはなにがあってもレディなのではありませんか？　こちらへどうぞ。ミセス・サマーズがモーニング・ルームでお待ちです」

彼女は完璧な家政婦の風刺画のようだ。その顔は、年は取っているもののしわはなく、表情もない。髪は灰色の波のような形に完璧に整えられている。顔には一切の色合いがなく、まるで白い襟のついた黒いワンピースの上で頭蓋骨が浮いているようだった。

彼女は先に立ってホールを横切り、長く暗い羽目板張りの廊下を進み、何度か角を曲がり、ある部屋のドアを開けた。そこは背の高いアーチ形の窓から刈り込まれた芝生とその先の岬を見渡せる、気持ちよく暖められた部屋だった。火が燃えている大きな大理石の暖炉のまわりに肘掛け椅子とソファが置かれていて、肘掛け椅子のひとつに座っていたローズがわたしたちを見て勢いよく立ちあがった。

「ああ、よかった。ここがわかったのね。どう思う？　素敵な部屋でしょう？　わたしのお気に入りの場所なの。大きすぎないし、威圧される感じもないから。コーヒーにする？　それとも先にお部屋が見たい？」

「これだけの風のなかをいらしたのですから、お客さま方は髪を整えたいのではないかと存じます」ミセス・マナリングが言った。「わたしがお部屋に案内いたしますか、奥さま？」

「いいえ、その必要はないわ。わたしがするから。あなたはコーヒーと料理人手作りのジンジャーブレッドを持ってきてくれないかしら？」

「承知いたしました、奥さま」家政婦は淡々と応じた。

「お部屋は西棟に用意してくれたのよね？」

「いいえ、奥さま」家政婦はやはり抑揚のない声で言った。「東棟に用意いたしました。ピンクの部屋とラベンダーの部屋です」

わたしはローズの顔を見つめていた。いらだちと恥ずかしさに赤く染まっている。

「でもわたしはあれほど……ふたりには岬の景色を楽しんでほしかったのよ」

「お二方はロンドンからいらしたのですから、このあたりの涼しい気候には慣れておられません。わたしが選んだ部屋のほうが小さいので、速く暖まります。朝、目覚めて着替えをなさるときには、きっと感謝なさるはずです」

ち目はない。

「そうかもしれないわね」ほかになにか言いたいことがあるのは明らかだったが、ローズは客の前で争うつもりはないようだ。賢明だと思った。あの家政婦を見るかぎり、ローズに勝ち目はない。

「お二方はメイドをお連れになっていないようですね」ミセス・マナリングが言った。「エルシーに荷物を片付けさせましょう。あの子はずいぶん進歩しているようです。学ぶ意欲がありますね」歩きだしたわたしたちに向かって、彼女が言い添えた。「停電に備えて、どちらのお部屋にもオイルランプを用意してあります。嵐が来ると、このあたりでは頻繁に停電になりますから」

「わかったわ、ミセス・マナリング」ローズはいらだちを隠せなくなっている。これではまるで、家政婦のほうが指示を出しているみたいだ。

ローズはわたしたちを連れて部屋を出ると、長い廊下を進み、階段をあがった。ふたつの棟をバルコニーがつないでいる。ローズは右側の棟を眺めてためらったが、やがて左に折れて、腹立たしげに進みだした。左側の棟までやってくると振り返り、階段の下のホールにだれもいないことを確かめてからつぶやいた。「あの女のせいで頭がおかしくなりそうよ。わたしがなにを命令しようと、彼女は自分のやりたいようにやってしまうの。あなたたちには本当に西棟からの眺めを楽しんでほしかったのよ。素晴らしいの。でも彼女はあっちの部屋を使いたがらない。幼い頃、ジョンキルが使っていた部屋だったからよ」

「それじゃあ、彼女はずっとこの家にいるの?」ベリンダが訊いた。「ジョンキルが子供だった頃から?」

「そうなの。ものすごく長いあいだいるわ。いったい何歳なのかなんてだれも知らない。本当は魔女で、何百年も生きていて、若返りの薬を飲んでいるんじゃないかと思うくらいよ」ローズはひきつったように笑ったが、だれかに聞かれるのを恐れているみたいにうしろをちらと見たことにわたしは気づいた。「ジョンキルが小さかった頃、世話をしていたのよ。彼女を崇拝していた。ジョンキルには後光が射していると思っていたんでしょうね。ミス・ジョンキルはものすごくかわいらしくて、ものすごく乗馬が上手で、頭がよくて、ピアノも上手だったんですって。わたしがそのどれでもないことを思い知らせるように、ねちねちと繰り返すの」

わたしたちは、一方に窓が並ぶ長い廊下を進んでいた。その窓からは、ふたつの棟のあいだにある幾何学的配置の庭園が見える。

「問題は」ローズはさらに言った。「彼女は恐ろしいほど有能だっていうことなの。この家は時計みたいに正確に運営されている。なにもかもがあるべきところにあって、なにもかもがぴかぴかに光っている。彼女は毎朝、その日のメニューを持ってわたしのところに来るんだけれど、いつだって完璧なの。わたしはなにひとつ変える必要もつけ加える必要もない。トニーが何時になにを食べたいか、彼女は正確にわかっているみたい。不気味だわ」

ローズは左側にある最初のドアの前で足を止めた。「待って。ここがピンクの部屋だったかしら? 覚えられなくて」彼女はドアを開けて、なかをのぞいた。「ああ、合っていたわ。

ほらね、言ったでしょう？　ベッドは整っている、暖炉に火は入っている、化粧台には花が飾られている。いまは一〇月だっていうのに。もちろん温室で育てたものよ。なにもかもが完璧なの」

「わたしは、どうしようもない使用人を扱わなくてはならなかった経験があるの。だから、わたしだったらありがたいと思うわ」

ローズはため息をついた。「ありがたいと思うべきなんでしょうけれど、おかげでこの大きな家をうろうろする以外、なにもすることがないのよ。トニーはいろいろと忙しいの――ここの地所だけじゃなくて、内陸のほうに広い農場があるし、海外にも土地を持っているから。だから彼は毎日忙しくて、満足していて、一方のわたしはすることもないというわけ」

「よくわかるわ」わたしは言った。「わたしも同じ悩みを持つことになるでしょうね。大きな家を相続したんだけれど、夫が留守のあいだはやっぱりすることがほとんどないの。孤独よね？　ダーシーは近隣の人をもてなせばいいって言うの――ランチやティーパーティーをして、地元の人たちと親しくなるようにって。でも最初の一歩を踏み出すのが難しいわ」

「あなたは大丈夫よ。本物のレディですもの。あなたのパーティーにはみんな喜んで来るでしょうし、地元の慈善事業にはあなたを招こうとする。でもわたしは――わたしが料理人の娘だっていうことはみんなが知っている。わたしの前ではだれもがそれなりに礼儀正しいけれど、陰でなにを言っているのかはよくわかっているの。そもそも、ここは辺鄙過ぎるのよ。近くにあるのはほとんどが漁師の家なんですもの。トレンジリーにだれも住んでいないのが残念だわ」

「ロンドンからだれか来たって聞いたけれど。銀行家かだれかが」ベリンダが問いかけるようにローズを見た。

「よくわからないのよ。どれも噂にすぎないの。ギリシャ人だという人もいれば、ユダヤ人の投資家だっていう人もいる。どこの人であれ、大金持ちであることは間違いないわね。悪事に手を染めているんだろうってトニーは考えている。うしろ暗いお金だろうって。なかはすっかり改装したみたい。でも、ほんの数えるほどしか来てはいないと思う。来るときには、使用人も食べ物も飲み物も全部、持ってくるのよ。地元の人はそれが気に入らないのね。なにも恩恵を受けられないから。いい印象は持たれないけれど、でも彼は気にしていないんだと思う」

「その人が銀行関係なら、トニーが知っているんじゃないかしら?」わたしは言った。「彼のお父さまがその手の仕事をしていたと言っていなかった?」

「財産を全部失うまではね。トニーのご両親は突然イタリアに行ってしまったの。最近はフローレンスで静かに暮らしているわ。わたしは一度お会いしたきりよ。この冬に会いに行こうってトニーに言ったんだけれど、地所の仕事が忙しいらしくて」ローズはベリンダを見た。「あなたがここにいるのを見たら、彼はさぞ驚くでしょうね、ベリンダ。きっとあなただってわからないわ。とても魅惑的なんですもの」

「ありがとう」ベリンダが応じた。「そうありたいわ」

「ベリンダは自分のブランドを立ちあげようとしているところなの」わたしは言った。「パリで働いていたのよ」

「すごいわ」その口ぶりは、どこかクイーニーを思わせた。自分の理解の範疇(はんちゅう)を越えたなにかを想像しようとしている、不満げな使用人。

「あら、わたしの鞄をもう運んでくれたのね」ベリンダが言った。「それなら、わたしがこの部屋を使ってもいい？　それともあなたが使いたい、ジョージー？」

「いいえ、使ってちょうだい。わたしはどこで寝るのも平気だから」わたしは言った。

「もうひとつの部屋もここと同じくらい素敵よ」ローズが言った。「案内するわ」

わたしの部屋は隣だった。あまりわたしの好みではなかった――くつろぐには少しばかりラノク城に似すぎている。壁は羽目板で、家具もどっしりとした暗い色だが、カーテンと窓下のベンチに置かれたクッションは薄紫色だ。ここの暖炉にも火が入っていて、温かく迎えてくれているようだった。窓からの景色はしゃくなげの茂みがある庭とその向こうの木立が大部分を占めていたけれど、遠く右側に曲がりくねった河口がかすかに見えた。

「とてもいいお部屋ね」わたしは言った。「わたしたちを泊まらせてくれて、本当にあなたって親切なのね」

ローズは顔を赤くした。「ベリンダのお祖母さんはわたしの母にとてもよくしてくれたの。母がカフェを開くことができるくらいの遺産もくれた。本当に感謝しているの。それに、話し相手ができてうれしいのよ。昔の友人だとなおさらだわ」

「バスルームは廊下の反対側の突き当たりよ。申し訳ないけれど」ローズが言い添えた。「どうして彼女がこの部屋を選んだのか、よくわからない。きっと理由があるんでしょうね」

「心配しないで。どちらも素敵な部屋だわ」ベリンダが言った。「それにわたしたちはどちらも、バスルームまで延々と歩くのには慣れているから。そうよね、ジョージー?」

ローズは、わたしたちが髪を整え、ベリンダが赤い口紅を塗り直すまで待っていた。わたしはいまだに日常的に化粧をする習慣がない。ローズはわたしたちを連れて再び廊下を戻っていき、階段のところで立ち止まった。「やっぱり、あなたたちに見せておきたいわ。こっちよ。西の棟はぜひ見てもらわなくては」

わたしたちは彼女のあとについてバルコニーに出ると、ホールを横断し、さっきと同じような廊下に入った。突き当たりまで進み、ローズがドアを開く。そこは日光が降り注ぐ美しい部屋で、河口とその向こうの大西洋を見渡す素晴らしい景色が広がっていた。整えられたベッドには白いレースの枕が置かれ、窓には白いレースのカーテンがかかっている。ひとつの窓の前に置かれた白い化粧台の上に、裏側が青いエナメルのブラシのセット。その上の棚には陶器の人形がいくつか。ベッドの上にはローブが広げられ、その脇にはスリッパが並べられていた。

「ここがあなたの部屋なの?」わたしは尋ねた。

ローズは首を振った。「いいえ、ジョンキルの部屋よ。だれも使っていないの。ミセス・マナリングが昔のままにしているのよ。向こう側は彼女の子供部屋。いつか、わたしたちがその子供部屋を使えるようになるといいんだけれど」

ローズは不安そうに小さく笑った。わたしにはその気持ちがよくわかった。ローズはジョンキルの部屋を出ると、隣の部屋のドアを開けた。そこは完璧な子供部屋だった。天蓋のある白いベビーベッド、窓の下には揺り木馬、人形の家、子供が座れる大きさの頑丈そうな木の手押し車には様々な人形やぬいぐるみが乗っている。いまもだれかが暮らしているように見えた。この部屋の持ち主の子供はいま遊びに出かけていて、いまにも真っ赤な頬をした少女が、人形たちに冒険の報告をするために駆けこんできそうだ。わたしは窓に近づいて外を眺めた。

「それじゃあ、あなたの寝室は家のこちら側なの？」ベリンダが尋ねた。

「いいえ。ジョンキルが死んだあと、トニーはもうこの景色は見たくないって言うものだから。彼女が落ちた崖が見えるのよ。だからわたしたちの寝室は、あなたたちの部屋がある廊下の突き当たりよ」

「そう」ベリンダが言った。「トニーは、彼女が落ちたところを実際に見たわけじゃないんでしょう？」

「その話はやめましょう」ローズが言った。その顔には、わたしには読み取れないなにかが浮かんでいる。懸念。危険な場所を歩いているかのような、恐怖に近いなにか。

「ここにいらしたんですか、ミセス・サマーズ」ドア口から声がして、わたしたちは飛びあがった。ローズがうしろめたそうに振り返ると、ミセス・マナリングが胸の前で腕を組み、明らかな非難の表情で立っていた。「おふた方が、わたしが準備した部屋で満足してくださるとよろしいのですが」

「ええ、もちろんよ」わたしは答えた。「ミセス・サマーズは、家のこちら側からの景色を見せてくれたの」

「そうなの」

「ジョンキルは子供の頃、この部屋が大好きだったんでしょうね」ベリンダが言った。

「ミス・ジョンキルはなにもかもを愛していらっしゃいました。人生を愛されていました。〝起きて、外に行くのが待ちきれないわ、マニー〟毎朝、わたしがおぐしを梳かしに行くたびに、おっしゃっていたものです。毎日一〇〇回、梳かしていました。金糸のような髪でしたよね？　お嬢さまはラプンツェルで、その髪はいつか窓から垂らせるくらいに長く伸びるんだとわたしはよく言っていました。そうしたらお嬢さまはなんとお答えになったと思います？〝王子さまが髪を伝ってのぼってきたら、痛いと思うわ〟本当に機知に富んだお子さまでした」

「見るべきものは全部見たと思うわ」ローズが彼女を遮った。「コーヒーの用意はできた？」

「それをお伝えするためにお探ししていました、奥さま」ミセス・マナリングが言った。「モーニング・ルームにコーヒーをご用意してあります」

廊下を歩き始めると、背後で鍵をかける音がした。ミセス・マナリングがわたしたちについて階段をおりてくる。おり切ったところで玄関のドアが開き、木の葉と共に風が吹きこんできた。光を背にして立つ男性は長身で肩幅が広く、目が覚めるような金髪に日に焼けた肌をしていた。コーンウォールにはハンサムな男性が大勢いるらしい。

「まあ、トニー、帰ってきたのね」ローズが言った。「お客さまがいらしているのよ、ダーリン。古い友人がふたり、来てくれたの。素敵でしょう？」

トニー・サマーズがホールをこちらに歩いてくる。ハリス・ツイードのジャケットに乗馬用ブーツという格好だ。

「だれか来るなんて言っていなかったじゃないか、ローズ。知っていたら、ちゃんとした格好をしていたのに」彼は手を差し出しながら近づいてきた。「初めまして。ぼくはトニー――」言葉が途切れた。「なんてこった。ベリンダ！」

10

一〇月一六日

わお、ローズ・サマーズにばったり会ったりしなければよかったのにと思う。とてもよくしてもらっているのに、もうすでにここは居心地が悪い。ミセス・マナリングは完璧すぎる。彼女がわたしの家政婦じゃなくて本当によかった。

「こんにちは、トニー」ベリンダが驚くほど淡々とした口調で言った。「また会えてうれしいわ」

「彼女がわかったのね」ローズが言った。「驚いたわ。彼女がお祖母さんのところに滞在していて、一緒にあの波止場からいかだを漕ぎ出していた頃とは、すっかり変わっているのに」

「確かに、あの頃よりずっときれいになったね」トニーが言った。イートン校で教育を受けた人間らしい、品のいいどこかのんびりした口調だ。わたしは彼がじっとベリンダを見つめていることに気づいた。「いったいどうしてこんなところに？」

「友人のレディ・ジョージアナと数日滞在するつもりなの」ベリンダが答えた。「相続した地所を見に来たんだけれど、それがホワイト・セイルズだったのよ」

「ホワイト・セイルズ？」

「古い釣り小屋よ」ローズが口をはさんだ。「知っているでしょう？　リトル・ランプスの向こう側」

どういうわけかそれを聞いて、わたしは女子生徒のように笑いたくなった。わたしは本当に、洗練された大人の女性としての振る舞いを学ばなくてはいけない。もう結婚したのだから。

「ああ」トニーはうなずいた。「小さくて変な港があるところだね。きみのような都会の女性のための家じゃない。売るつもりなの？」

「まだ決めていないの。あのままでは使えないことは確かね。相当手を入れる必要があるけれど、たまに来てゆっくりできるコテージがコーンウォールにあるのは素敵だと思うのよ」

「そうだね。それはいいと思うよ」

わたしはベリンダを見つめる彼の様子を眺めていた。彼女が隣人になるのを歓迎するとほのめかしているのは明らかだ。「それじゃあ、きみたちはこの家に滞在するんだね？」

「わたしが招待したのよ」ローズが言った。「かまわなかったかしら？」

「ここはきみの家でもあるんだよ。それに来客があるのはいつだって歓迎だ。魅力的な人ならなおさらね。ぼくに地所を案内させてほしいな。それから農場も。とてもいい感じなんだよ。ジャージー種の牛を飼っているんだ。ぜひクロテッド・クリームを味わってほしいね。ロンドンで売る方法を考えているところなんだ」

「モーニング・ルームでコーヒーの用意ができているのよ、トニー」ローズが言った。「冷めないうちに行ったほうがいいわ」

「ミセス・マナリングは火傷するほど熱いのを用意してくれているよ」トニーは言葉を切り、満足そうにうなずいた。「彼女は素晴らしいだろう？　この家は時計のように正確に運営されているんだ」彼はさっきのローズの言葉をそのまま繰り返した。「食事も期待してほしいね」トニーはわたしたちを振り返り、その言葉を強調するかのように、唇を指で押さえた。

「彼女が辞めないでくれて本当によかった。本当に彼女を愛していたのだとわたしは思った。ジョンキルが――」そのあとの言葉を呑みこんだ彼の顔が、一瞬苦痛に歪んだ。

コーヒーのあとは、トニーがワゴン車でわたしたちを農場へと連れていってくれた。ローズが一緒に行くと言い張ったので、車内はかなり窮屈だった。「もう長いあいだ牛を見ていないんだもの」ローズが言った。「子牛たちはずいぶん大きくなったでしょうね」

「おいおい、ローズ。きみはいつでも好きなときに牛を見られるじゃないか」トニーが言った。

「でもあなたは一度もわたしを誘ってくれたことがないわ」ローズは静かに言った。

「きみを誘う必要はないだろう？　ぼくの妻なんだから」

車に乗りこむときには、張り詰めた空気が漂っていた。ローズは、トニーをベリンダとふたりきりにしたくないのだろうと思った。車は厩舎の並ぶ庭を通り過ぎた。

「乗馬がしたければ、いい馬が何頭かいるよ」トニーが言った。「今日は無理だが、明日なら一緒に行ける。早朝のひと乗りだ」

「彼女たちはあなたみたいに早起きはしたくないと思うわ」ローズの声はいらついていた。

「自分が馬に乗れないし、乗ろうともしないからと言って、だれもが馬を嫌っているとは思わないほうがいい」

「わたしは別に馬を嫌ってなんかいないわよ。ただ、乗り心地のいい自動車でどこでも行けるのに、硬い鞍の上でどすどす揺られる意味がわからないだけ」

「しばらく滞在するなら、狩りにも行けるよ」トニーが言った。

「残念ながら、狩り用の服を持ってきていないわ」ベリンダが応じた。「それに、ほんの一日か二日いるだけだから」

「もっと長くいてもらいたいね。どうして急ぐんだい？」

「わたしが家に帰らなくてはいけないの」ベリンダが答える前にわたしは言った。「留守のあいだに新しい料理人を探しておくって、夫に約束したのよ」

「彼はどんな仕事を？　それとも貴族だから、とりたててなにもしていないのかな？」

「彼はスパイなの」わたしは答えた。

トニーは笑った。「まさか。本当に？」

「いろいろな任務で世界を飛びまわっているのよ。でも貴族は貴族よ。それに大きな屋敷を手に入れたばかりなの」

「それはそれは。やることがたくさんあるだろう？　ぼくがここに来たときに気づいたみたいに」

「わたしたちに農場はないわ。屋敷だけ。でも地所がかなり広くて、ここしばらく放っておかれていたのよ」

わたしたちは白く塗られたゲートを抜け、クリーム色の牛がいる野原にやってきた。大きくて黒い目と長いまつげがとても愛らしい。

「ぼくが農夫に向いているかどうかはわからない」わたしたちの賛辞の言葉を受けてトニーが言った。「家畜の世話をするのはやりがいのある仕事だが、世界はまだまだ広いのに、これから一生、毎日これを続けるのはどうなんだろう？　ぼくたちにはバルバドスに土地があるんだ。サトウキビだよ。面白いかもしれないな」

「わたしはバルバドスを好きになる自信はないわ」後部座席からローズが言った。「ものすごく暑いんでしょう？　それに使用人がみんな現地人なのよ」

「ローズ、きみは田舎者すぎるよ。旅は視野を広げてくれるんだよ。ベリンダはよく知っているよね？」

トニーがベリンダのほうに視線を向けたのを見て、彼女がわたしをふたりのあいだに座らせたのは正解だったと思った。後部座席のローズが気の毒だった。

別の廊下の先にある食堂でのランチにはトニーも加わった。ひとりでこの家のなかをうろついたりしたら、迷子になりそうだ。ダイニング・テーブルは優に三〇人が座れる大きさがあって、その一方の端にわたしたちは四人で座った。ローズとトニーだけの食事はどれほど寂しいだろうと考えずにはいられない。あるいは、来客がないときにはもう少しこぢんまりした部屋を使うのかもしれない。そう思ったところで、スコットランドではわたしたちもこういった部屋で食事をしていたことを思い出した。それが貴族の習慣だ。ランチはパセリソースをかけたハムステーキとブラックベリーとリンゴのクランブルだった。どちらもおいしかった。

「少し休む？」ローズが尋ねた。「わたしはいつもそうしているの」

「いいえ、トレンジリーを近くで見ることができるなら、行ってみたいのよ」ベリンダが言った。「いまだれも住んでいないのは知っているけれど、海岸線から岩場をのぼれば地所内に入れると思うの」一度、言葉を切った。「番犬みたいなものはいないわよね？」

「聞いたことはないわ」ローズが答えた。

「窓からなかをのぞけるだろうから、どんな感じなのかをジョージーに見てもらえるわ」

「あなたが見ても、きっとわからないと思うわ」ローズが言った。「とても現代的なものになっているって聞いたわ」

わたしたちはなんとか玄関ホールに戻り、コートを着て出発した。晴天のうちに明けた朝がしばしばそうなるように、外は雲が広がっていた。「家を見るまで、降り出さないことを願うわ」

「こっそり忍びこんで大丈夫なの？　正面のゲートには、あんな大きな南京錠がついていたのよ」

「なにも泥棒に入ろうって言うんじゃない。ちょっと見るだけよ。警備の人間がいても、わたしがだれなのかを説明すればきっとわかってもらえる」

わたしたちは道路脇に車を止め、徒歩で小さな浜におりた。ほぼ満潮になっていたので、砂地はほんの数十センチしかなく、そこもいまにも波に飲みこまれてしまいそうだ。ベリンダは進むべき道を知っている人間らしい自信に満ちた足取りで進んでいき、浜の奥にある岩場をのぼり始めた。わたしはもっと頑丈な靴を履いてくればよかったと思いながら、そのあとを追った。古いひも付き短靴があれば、もっとよかった。わたしたちは栈橋が見えてくるまで、岩場を海岸線に沿って進んだ。

「ほら、ここよ」ベリンダは勝ち誇ったように言った。

ベリンダは先に立ってのぼっていく。のぼりきった先は、草に覆われた断崖だった。前方に家が見える。裏手には新しい温室が建てられ、家の片側にはかつての家庭菜園とリンゴの果樹園、もう一方にはテニスコートがあった。

「なつかしい」ベリンダが言った。「ネットを張って、芝生にラインを引いてテニスをしたものよ。厩舎はどうしたのかしら？　たまにしか来ないのなら、馬を飼おうなんて思わないはずよね」

「ガレージに変えたんじゃないかしら。最近はたいていの人がそうするわ。でもわたしはダーシーとふたりで乗れるように、馬を二頭飼えればいいと思っているの。地元で狩りをするときに乗りたいのよ」

「町で暮らしていて残念に思うのがそれよ」ベリンダが言った。「ここまではまずまずね。さあ、家を見に行きましょうか」

ベリンダは芝生を直進するのではなく、家のすぐそばに近づくまで片側にある木立に沿って進んだ。「こっちの端に応接室があるの。その隣が小さな居間、それから書斎、東に面しているのがモーニング・ルームよ。食堂は正面」

ベリンダはきれいに刈られた芝生の最後の部分を走り抜け、一番近くの窓に近づいた。

「ああ、もう。カーテンが全部閉まっている。こんなのってないわ。少し開いているところが一カ所くらいあるはずよ。待って、なかが見える気がする。なんてこと、ひどい色使い。それにあの家具ときたら。祖母が草葉の陰で嘆くでしょうね。ほら、ちょっと見てみて、ジョージー」

砂利を踏みしめる足音が聞こえたのはそのときだ。「だれか来るわ」わたしはベリンダのコートの袖を引っ張った。

ベリンダが振り返った。男性がこちらに向かって歩いてくる。「大丈夫よ。ジェイゴだわ。ここでいったいなにをしているのかしら。きっとろくなことじゃないわね。どんな言い逃れをするのか、聞いてみましょうよ」

「おい！」ジェイゴが足を速めた。「ここでなにをしているんだ？」

「こんにちは、ジェイゴ」ベリンダが言った。「また会ったわね。わたしは昔、ここに住んでいたのよ。覚えているでしょう？　それよりも、あなたはここでなにをしているの？」

「おれはここで働いている。あんたたちは不法侵入だぞ」

「ここで働いているの？　本当に？」

「ああ、本当だ。さあ、出ていってもらおうか」

「いいじゃないの、ジェイゴ。そんな硬いことを言わないで。わたしが昔暮らしていた家をジョージーにひと目見せてあげたいだけなの」

「もうひと目見ただろう。悪いが帰ってくれ。ここの持ち主は、人が地所に入ってくることにひどく神経質なんだ。そもそもどうやって入ってきた？」

「岩場からよ。昔そうしていたみたいに」

ジェイゴは天を仰いだ。「そんなことをするには、きみは少しばかり年を取り過ぎているんじゃないか？　潮はあっという間に満ちてくるって、わかっているだろうに。取り残されることになるぞ」

「わたしたちなら問題なく帰れるから。ありがとう」

「いますぐに戻ればね」ジェイゴは言葉を切り、ため息をついた。「わかったよ、きみたちを気の毒だと思って、ゲートから帰してやるべきなんだろうな。死体がふたつ見つかったと言って、気に病むのはごめんだからね」

ジェイゴは建物に沿って足早に歩き始めた。彼についていくためには小走りにならなければいけなかった。「ごめんなさい」ベリンダが言った「あなたが困ったことにならないといいんだけれど」

「大丈夫さ。ここにはおれしかいないから」ジェイゴが応じた。「だが、きみたちは運がよかったよ。この家の持ち主はここに美術品のコレクションを置くことを考えているんだ。南フランスのヴィラにある、かなり高級な絵とかをね。そうしたら、番犬を飼うつもりでいるよ」

わたしたちは家の正面に出た。そこは美しい幾何学的配置の庭で、薔薇の列は冬に備えて刈り込まれている。ヒイラギはすでに赤い実をつけていたが、この時期はそれ以外に色はなかった。

「春にはあの茂みにライラックが咲くのよ」ベリンダが言った。「木立には一面に水仙が咲くの」

「素晴らしいよな?」ジェイゴが笑顔でベリンダを振り返った。

「庭はいまも手入れされているのね」ベリンダが言った。「庭師を住まわせてはいないの?」

「ああ、ここには住んでない。冬のあいだは、週に一度来てもらっている。たいしてすることはないからね。それに、家政婦も住んでいないよ」

「だからあなたがここを見張っているっていうこと?」

「そんなところだ」ジェイゴは地所の正面にある木立を抜けると、巨大な鉄のゲートではなく壁に近づき、蔦に半分隠れた小さなドアを開けた。

「そんなものがあるなんて知らなかった」ベリンダが言った。

「なかったんだ。おれみたいな人間が出入りするときにメインゲートを開けなくてもいいように、ボスが作らせた」わたしたちが通れるように、ジェイゴはうしろにさがった。「家のなかを見せてやれなくてすまない。だが……」

「いいのよ、わかるから。あなたは命令を受けているんですものね」ベリンダが言った。

「ありがとう、ジェイゴ。あなたって、いろいろな才能があるみたいね」

「きみはその半分も知らないさ」ジェイゴは気を引こうとするようなまなざしをベリンダに向けた。それを見て、嫉妬がちくりとわたしの胸を刺した。それとも後悔だったかもしれない。わたしは結婚した。もう二度と軽はずみなことはできない。けれどそのとき、ケニアにいる英国貴族たちがなにをしていたかを思い出した。結婚していようがいまいが、彼らはまったく気にしていなかった。いいえ、わたしは絶対にあんなふうにはならない。あんなに素晴らしい夫がいるのだから、幸せだと思わなければ。

「意外な展開だったわね？」背後でゲートが閉まり、歩き始めたところでベリンダが言った。「ジェイゴは本当にあそこで働いているのか、それとも彼も不法に侵入していたのか、どちらかしらね？　わたしたちを早く追い出したくて仕方がなかったみたいじゃない？」

「彼は管理人か警備員で、自分の仕事をしようとしていただけよ」わたしは言った。

「それとも、あの家を密輸した品物の保管場所に使っているのかもしれない。港があるのは都合がいいもの。離れに隠しているのかも」

「ベリンダ、どうして彼が密輸しているって思うの？」

「だって、ほかにどんな理由があって真夜中にホワイト・セイルズに忍びこんでくるっていうの？」ベリンダはあきれたように首を振った。「そして、その翌日に奇跡みたいにここで会ったのよ？　それにね、フランシスおじさんも密輸に関わっていたとしても、わたしは少しも驚かないわね。〝ちょっと用事がある〟って言っていたでしょう？　なにかうしろ暗いことがあって祖母に秘密にしておきたいときに、昔から彼はそういう言い方をしていたのよ」

「どちらにしても、わたしたちには関係のないことよ。わたしはあの家を外から見たし、とてもきれいでちゃんと手入れされていることもわかったわけだから、あなたも満足でしょう？　そろそろ戻って、現実に立ち向かわなくてはね」

ベリンダはため息をついた。「トレウォーマに急いで戻りたいとは思わないわ。あなたは？」

「わたしもよ」

「それじゃあ、あなたも感じたのね？　あの張り詰めた空気。妙な雰囲気。ローズは明らかに不安そうだった」

「あんな家政婦がいつもそばにいて、指示を無視されていたら、あなただってそうなるんじやない？　どうしてローズは彼女をくびにして、もっと扱いやすい人を雇わないのかしら」

「できないんだと思うわ。わたしはだんだんローズが気の毒に思えてきたの。料理人の娘だっていうことをみんなに知られているんだもの、大変よ」

「それにだれもがジョンキルのことを崇拝しているしね。トニーも含めて」わたしは指摘した。

ベリンダはうなずいた。「長くはいないから。約束する。ホワイト・セイルズをどうするかを決めたら、すぐに帰りましょう。そうだわ」わたしの腕をつかんだ。「いま、見に行きましょうよ。バスルームを作れるかどうか確かめるのよ」

「それから電気も」わたしは言い添えた。「ランプが消えたら、夜は怖いもの」

「怖かったわよね。売りに出して、さっさと帰るのが一番いいんじゃないかっていう思いがどんどん大きくなってきているの。でもそのたびに、あそこがコーンウォールとわたしの最後のつながりなんだって思うのよ。母はあそこで育ったし、わたしには子供の頃の幸せな思い出がある」

「あなたはお金持ちになったじゃない、ベリンダ。違うコテージを買えばいいわ――現代的な設備があるものを」

ベリンダは笑った。わたしたちは車に乗りこんで走りだし、だれかに見られているかもしれないので、トレウォーマの前は速度をあげて通り過ぎた。ホワイト・セイルズに向けて岬を走っていく。岩だらけの小島に打ち寄せる波が、水しぶきをシーツのように広げている。

カモメが甲高い声で鳴きながら旋回している。車を降りてゲートを開けると、あの小さな港が見えて、その価値がよくわかった。防波堤には激しく波が当たっているが、その内側の海面は穏やかだ。防波堤に一艘のボートがつながれているのを見て、わたしは驚いた。

「見て」ベリンダに言った。「あれってジェイゴ？　今朝はなかったわ」

「ジェイゴのはずがないわ。トレンジリーにいたんだから。でも、あそこの桟橋に彼のボートはなかったわよね？」ベリンダはわかったような顔をわたしに向けた。「面白いわね。密輸作業の一環かもしれない――運びこんだ品物をだれかが受け取りに来たのよ」

「ジェイゴが隠せるようなところがあったかしら？　今朝はなにもそれらしいものはなかったでしょう？」

「下の洞窟じゃない？　満潮になると水があふれるはずだから、あそこは危険ではあるけれど」ベリンダはわたしの肩をポンと叩いた。「ほら、侵入者がいるのかどうか、確かめに行きましょうよ。彼らはもう何年も、なんのおとがめもなくこのコテージを使っていたのかもしれない。やめさせるのよ」

「ベリンダ、彼らが密輸をしているのだとしたら……。危険かもしれない。注意したほうがいいわ」

「ばかばかしい。招かれざる客だっていうことを教えるなら、早いほうがいいのよ」

決然として階段をおりていくベリンダをうしろから見つめながら、わたしは彼女の勇気に感心していた。どうしてわたしはいつもいつも、悪い結果ばかりを考えてしまうのだろう？

彼女は絶対にそんなことをしないのに。子守から、用心深くなるように育てられたせいかもしれない。〝前を見て歩くんですよ。あわててはいけませんよ〟子守はいつもそんなことを言っていた。実際わたしはここ最近、何度か危険な目に遭っている。世の中には暴力的で、自暴自棄で、人を殺すことすらできる人間がいることは知っていた。

コテージにたどり着いた。ベリンダはためらわない。鍵を開け、暖炉の灰が冷え切っていないせいで、まだ暖かさの残る居間へと入っていく。今朝のトーストとなにかほかのもののにおいがした。煙草の煙。わたしはベリンダを見た。

「だれかいる」わたしは小声で言った。

ベリンダはうなずくと暖炉に近づき、火かき棒を手に取った。「そうみたいね。調べましょう」寝室のドアをゆっくりと押し開ける。だれもいない。

「それなら地下室ね」ベリンダは声を出さずに口の動きだけで言うと、階段をおり始めた。なかほどで足を止め、わたしにも止まれと合図を送ってきた。ちょろちょろという水音が聞こえ、部屋の奥に立つ男が便器に向かって用を足しているのが見えて、わたしは当惑した。ベリンダはわたしに問いかけるようなまなざしを向け、それから火かき棒を、次に男を見た。彼女が言いたいことは伝わってきた。男がほかに気を取られているあいだに、殴ろうと考えているのだ。わたしは必死になって首を振り、音を立てないように階段を戻り始めた。ベリンダもついてきた。

「下にだれかいるの？　充分に待ってから、彼女は大声で呼びかけた。いますぐ出てきなさい。でないと、不法侵入で通報するから」

ごそごそする音に続いて、男の声がした。

「ベリンダ？　おまえか？　おれだよ。フランシスだ」

彼の姿が見えてきた。ひどく決まりの悪そうな顔で、わたしたちを見あげている。

「ここでなにをしているの？」ベリンダが訊いた。まるで、数時間前と同じことの繰り返しだ。ここでは、だれもがだれかに会って驚いている。

「ボートを出したんで、昔の家をちょっと見ておこうかと思ってね。記憶どおりの不気味なところかどうかを確かめたかったのさ」

「どうやって入ったの？」

「わかるだろう？　いつもそうしていたところからだよ」彼はますます気まずそうな顔になった。「洞窟から。壁に階段があるんだ」

「不法侵入だってわかっている？　階段をあがって、玄関から出ていってくれるかしら？」

あがってきた彼は、疑わしそうにベリンダを見た。「その火かき棒を置いてくれないか。おれは泥棒じゃない」

「盗めるものがないからでしょう」

「おまえのことをとてもかわいがっていたおじさんに、よくもそんなひどいことが言えたもんだ」

「フランシスおじさん、あなたが死にかけているお祖母さんの手から指輪を抜き取っていくような人だっていうことは、よくわかっているの。お願いだから自分のボートに戻って、夕日のなかに去っていってちょうだい」

「言わせてもらうがね」彼は憤然として言った。「おまえには家族を大切にしようという気持ちがないのか。おまえの老いたおじがせっかく訪ねてきたというのに、紅茶の一杯も出さずに嵐のなかに放り出そうっていうのか」

「残念だけれど、紅茶を飲んでいる時間はないの」ベリンダが応じた。「この家をもう一度見るために来たのよ。ちゃんとしたバスルームを作れるかどうかを確かめるために――プライバシーのあるものをね」そう言い添えて、意味ありげに彼を見た。「でも、そろそろトレウォーマに戻らないと、あの人たちが心配するわ」

フランシスは炉棚にもたれ、煙草ケースを取り出した。煙草を一本出してくわえると、わたしたちに勧めることなく火をつけた。深々と煙を吸いこんでから、口を開く。

「それで、どんな具合だ？　噂どおり、派手なのか？　あそこの持ち主のサマーズの野郎は？　おまえは奴を知っているんだろう？」

「昔のことよ」ベリンダが言葉を選びながら答えた。「子供の頃、一緒に遊んだわ」

「おまえが？　奴はこのあたりに住んでいたのか？　覚えていないぞ」

「夏のあいだ、家を借りていたのよ。彼のお父さんはシティの大物だったの」

「その頃おれはここにいなかったんだろうな。つまり、おまえたちは幼馴染みと言うわけか。都合がいいな」

「彼の奥さんもそうなの」

「奴はトレファシスの娘と結婚したんだろう？　まあおれは、ずいぶん長いあいだこの国を留守にしていたわけだが、噂は耳に入ってくるもんだ」

「そうよ。ジョンキルと結婚したけれど、あいにく彼女は死んでしまった。彼はいま子供の頃の知り合いだった別の人と結婚している。ローズ・バーンズよ」

「バーンズ？」フランシスは眉間にしわを寄せた。「聞いたことがあるな」

「お祖母さんの昔の料理人の娘」

「ロージー・バーンズ？　なんてこった。料理人の娘がトレウォーマの女主人になって、世襲貴族のおれが小さなボートで寝泊まりしているってわけか？　いったいこの世はどうなっているんだ？」

ベリンダは声をあげて笑った。「今朝、共産主義を支持していたのはおじさんだったじゃない。万人の平等っていうやつよ」

フランシスは立ちあがり、あたりを見まわした。「こぢんまりして、なかなかいいところじゃないか。風を避けられるし、邪魔されることもない。だがおまえはここを持っていたいわけじゃないんだろう？」

ベリンダは再び笑った。「老いたおじさんにあげたらどうだって言いたいの？」

「そうしたからって、おまえが困るわけじゃない。おまえにはバースに家があるし、金も宝石もある。困っている親戚にわずかな施しをするのは立派なことだと思うぞ」

「自分の分はもらったはずよ、フランシスおじさん。お祖母さんはトレンジリーを売ったときに、それなりの金額を渡したと思うけれど」

「言っただろう？　その大部分は手当という形になっているんだ。非難がましくてしみったれた銀行の支店長が、ちびちびとしか出してこない。人生を楽しむにはとても足りないよ」

「仕事を見つければいいんじゃないかしら」

「この年で？」

「言うほどの年じゃないでしょう？　五〇歳にはなっていないはずよ」

「だがおれは世襲貴族だぞ。おれたちは仕事なんてしないんだ。おれたちは所有する。馬で狩りをする。命令をくだす。おれがトレウォーマに住むべきだ。あの屋敷の主人はおれであるべきなんだ。あんな成りあがりのサマーズと料理人の女房じゃなくて」

「人生は厳しいものよ、フランシスおじさん。残念だけれど、その事実を受け入れなくてはいけないようね。わたしたちはもう行かなきゃいけないの。だから、お願いだから帰ってちょうだい」ベリンダは彼を押しやり、玄関のドアを開けた。全員が外に出たところで、鍵をかけた。

「おまえは恩知らずで思いやりのない女だな。いつか後悔するぞ」フランシスは断崖を削って作った石の階段を、ボートに向かって荒々しい足取りでおりていく。

わたしは階段をのぼって車に向かった。ベリンダがあとからついてくる。のぼりきるまで、わたしたちはどちらもなにも言わなかった。

「ああ、もう」長い階段だったのでベリンダはいくらか息を切らしながら言った。「ひどい気分よ。彼にコテージをあげるべきだったと思う？　だってわたしはすべてを相続したのに、彼はボートで暮らしているのよ」

「彼は浪費家だって言ったわよね？　それに子供の頃、体に触られたって」

「それはそうよ。でも親戚なの。それにわたしはあのコテージを本当に必要としているわけじゃない」

「あなた次第よ、ベリンダ。でもあなたは彼になんの借りもないとわたしは思うわ」

わたしたちは車に乗りこみ、ベリンダがエンジンをかけた。

「あなたの言うとおりね。わたしはお人よしすぎたわ。それにもし彼がここを手に入れたら、不正な目的のために使うに決まっているもの」

岬に沿って車を走らせながら、わたしたちは海へと出ていくボートを眺めていた。大西洋を背景にしたそのボートは、ひどく小さく見えた。

一〇月一六日
コーンウォール、トレウォーマ

ホワイト・セイルズでの不愉快な出会いのあと、トレウォーマに戻る。わお、今夜がひどく緊迫した雰囲気になりませんように。

トレウォーマに戻ってみると、わたしの荷物は片付けられ、洗面道具は化粧台に並べられ、ジョンキルの部屋と同じように、スリッパはベッド脇に置かれていた。メイドが片付けるあいだ、きっとミセス・マナリングが監視していて、わたしの持ち物も調べたに違いない。ダーシーとわたしの新婚旅行の写真以外、面白いものなどなかっただろうけれど。

わたしたちは階下におり、何度か間違った角を曲がってキッチンやら書斎やらに迷いこんだあと、ローズがお茶を用意していると言いにきたメイドに長広間まで連れていってもらった。本当になんてややこしい家！　中世の時代には広間として家族がそこで過ごしていたに言い難い。

違いない部屋に、ローズは座っていた。海を見渡せる広々とした部屋で、壁には戦闘風景を織りこんだタペストリーが飾られ、窓には濃い色のベルベットのカーテンがかけられている。一方の側には音楽家が演奏できるようなミンストレル・ギャラリーと呼ばれるバルコニーがあり、中央には牛の丸焼きができそうなくらい大きな暖炉がある。親しみの持てる部屋とは言い難い。

けれどそこには素晴らしいお茶が用意されていた。クロテッド・クリームとストロベリージャムを添えた温かいスコーンに、様々な種類のメレンゲ菓子、エクレア、アイシングを施したケーキ。わたしは、ローズがおいしそうにたいらげるのを眺めながら、大丈夫だろうかと心配になった。トニーには移り気なところがあると聞いている。

お茶をいただきながら楽しくお喋りをしたあとは、ローズが敷地内の散歩をしようと言いだした。大西洋から黒い雲がむくむくと広がってきていて、玄関を出たときにはかなり怪しい空模様になっていた。

「雨になるわよ、ローズ」ベリンダが言った。「あとにしたほうがいいと思うわ」

「ベリンダったら、つまらないことを言わないの。コーンウォールの雨がどんなふうだか、よく知っているじゃないの。たいていは細かい霧雨よ。ぜひ、あなたたちに庭を見せたいの。わたしもまだ全部はよく知らないのよ」

期待に満ちた目で見つめられ、ベリンダは肩をすくめて言った。

「わかったわ。ただの雨だものね。死ぬわけじゃないわ」

ラノク城で育ったわたしは、雨や雪やみぞれや雹(ひょう)には慣れていたからどちらでもよかったが、自慢できるだけの家があるのに、ローズがどうしてそこまで庭を見せたいと思うのかが不思議だった。

わたしたちは家の前面に沿って進み、中央にギリシャ神話の精霊の像があるきれいに手入れされた芝生を歩きだした。いまの時期、縁を取り巻く花壇に花はなく、その向こうの薔薇のあずまやも刈りこまれて裸の枝になっている。とりたてて美しいと思える風景ではなかったから、ローズはどうしてわたしたちを家から連れ出したかったのだろうと、わたしは改めて考えた。ミセス・マナリングのいないところに行きたかったのかもしれない。

ようやく芝生のなかほどまで進んだところで、激しい雨が降り始めた。コーンウォールの霧雨などではなく、まさに土砂降りだ。あっという間にわたしたちは冷たい雨に全身びしょ濡れになり、あわてて家に駆け戻らなくてはならなかった。ミセス・マナリングが、わたしたちの愚かさに舌打ちしながら出迎えた。そういうわけでローズは庭の代わりに、いくつかの大広間を案内してくれた。どれも間違いなく素晴らしかった。白いグランドピアノとフルサイズのハープが置かれた音楽室。革装の本がずらりと並んだ暗くて、陰気な書斎。家族の肖像画が飾られた応接室。世界中の様々なところに農園を開いたトレウォーマのかつての所有者たちが持ち帰ってきた興味深い品々が、いたるところに飾られていた。書斎には、美しい蝶たちが並ぶガラスケース。いまにも襲いかかろうとするキングコブラのはく製は、恐ろしいくらい迫力がある。鮮やかな色合いの鳥たちのはく製。壁に飾られた人相の悪い仮面と剣や短剣(ダガー)や片刃の曲刀(カトラス)といった数々の奇妙な武器。

「これはいったいなに？」ベリンダが、人間の歯らしいもので飾られた剣の前で足を止めて尋ねた。

「ああ、それ？」ローズは顔をしかめた。「ボルネオの首狩り族の剣よ。それは、その剣の持ち主が倒した人たちの歯。ぞっとするでしょう？　どこかに、干し首もあるはず。それよりも、廊下の突き当たりにあるかわいらしい温室を見に行きましょう。あそこには不快なものはなにもないし、お天気のいい日はとても気持ちがいいのよ」

白い籐の家具と背の高い植物でいっぱいの温室は快適だった。「蘭もあったのよ」ローズが言った。「でも残念ながら、わたしは植物を育てるのが得意じゃないの。世話をしようとしたんだけれど、枯らしてしまったわ。ミセス・マナリングは怒ったけれど、わたしはなにか役に立つことがしたかっただけなの。ただ給仕されるだけで、なにもすることがないのって辛いのよ」

「よくわかるわ」わたしは言った。「犬を飼ったらどうかしら。何匹か。犬がいると、家が家らしく感じられるものよ。それに、いい友人になれるわ」

「わたしは犬が怖いの」ローズが言った。「子供の頃、嚙まれたことがあるのよ。あなたのお祖母さんの犬だったわ、ベリンダ」

「老犬のスピンゴ？　わたしが覚えているのはあの犬だけだけれど、人を嚙むような子じゃなかったわよ」

ローズは首を振った。「でも噛んだの」

「犬は、怖がっている人間がわかるのよ」わたしは言った。「人の恐怖を感じて、犬も不安になるのね」

「トニーはずっと犬を飼いたいって言っているの。ジョンキルは二匹飼っていたんだけれど、彼女が死んだときに処分されたの」

「なんてこと――だれがそんなことを？」わたしは子供の頃に飼っていた犬たちが大好きだった。

「知らないわ。その頃わたしはこのあたりにはいなかったから。ロンドンにいたのよ、話したでしょう？」

「そうだったわね」

言葉を交わしながら、わたしはうっとりと景色を眺めていた。温室は家の裏に面していて、崖とその向こうの海が見える。天気のいい日には素晴らしい眺めだろう。あいにく今日は雨がガラスを叩き、波が荒々しく川を遡っていた。ここは、いろいろな意味で素敵な家になれたはずなのに、どこもかしこもひどく冷たく感じられたし、廊下はどれも長くて暗く、わたしは気がつけば背後を振り返っていた。

「トレウォーマに幽霊は出る？」うっかりそう尋ねてしまってから、軽率だったと気づいた。ローズはここで暮らしていかなくてはいけないのだから。

ローズはうなずいた。「二階に幽霊が出る部屋がある。ベランダの向こうよ。家族ではない人間がそこに泊まると、若い女性の幽霊が出るの。もちろんわたしはそこで眠ったことはないわ。トニーはジョンキルと結婚していた頃、一度試しに眠ったことがあるんだけれど、幽霊は出なかったんですって。家族の一員になっていたからしいけれど、出なくてよかったわ」

ひととおり見終わったところで、ディナーのための着替えに部屋に戻ることにした。階段をあがっていると、ミセス・マナリングがどこからともなく現われた。「お着換えをお手伝いできるメイドがひとりしかおりませんので、もうおひとりの手伝いはわたしがいたします」彼女が言った。

「あら、ミセス・マナリング、その必要はないわ。レディ・ジョージアナもわたしも着替えなら自分でできるし、それに見てのとおり、髪はさっと梳かすだけで大丈夫なの」

「承知いたしました、ミス・ウォーバートン＝ストーク。ですが、とりあえずエルシーを行かせます。イブニングガウンのホックを留めるには人の手が必要でしょう」

「あいにくわたしたちはイブニングガウンを持ってきていないのよ」ベリンダが応じた。「わたしの家をちょっと見るだけで、だれかの家を訪ねる予定にはしていなかったものだから」

ミセス・マナリングは、イブニングガウンを持ってきていないのは大罪だとでも言わんばかりのまなざしでしばしベリンダを見つめていたが、やがて言った。「ミス・ジョンキルのドレスが合うかもしれませんね。あなたは、彼女と同じような素晴らしくすらりとした体形をしておられますから。それからあなたも、マイ・レディ」

「まあ、とてもそんなものを……」わたしは言いかけたが、彼女は手を振ってそれをいなした。

「ほかにだれが着るというんです？　あれほど美しいガウンなのに、袖を通す者もなく、衣装ダンスのなかでずっと放っておかれているんです。わたしが選んで持ってまいります」

そう言って彼女はその場を離れていった。わたしは当惑してベリンダを見た。

「まったく気が進まないわ。どうやったら逃げられるかしら？」

「無理だと思うわよ。妙なことになったわね」

ミセス・マナリングは二枚のロングドレスを抱えて戻ってきた。ベリンダはエメラルドグリーンのギリシャ風のドレスで、わたしのは淡い青色だった。わたしたちが着替えるあいだ、ミセス・マナリングはメイドに指示を与えるためにその場に残っていた。ガウンはどちらも申し分なく美しかったが、わたしは階段をおりるときには、息を止めなくてはならなかった。トニーとローズは長広間でお酒を飲みながらわたしたちを待っていた。わたしたちに気づいて、ふたりは顔をあげた。

「まあ、素敵なドレス」ローズが言いかけたが、トニーは自分の目が信じられないようにわたしたちを見つめている。

「それは、ジョンキルのドレスじゃないのか？」

「どちらもそうよ」ベリンダが答えた。「だれかの家を訪ねる予定はなかったからドレスを持ってきていないってミセス・マナリングに言ったら、ジョンキルのドレスを着るように言われたの」

「ふたりともとてもよく似合っているよ。実に目の保養になるね。そのまま持って帰るといい。ここにあっても使い道がないからね」

「あら、ミセス・マナリングはこれをわたしたちにくれるつもりはないと思うわ」

「ぼくの亡くなった妻のガウンをどうするかを決めるのは、ミセス・マナリングじゃない」トニーが言った。「きみが欲しいのなら、それはきみのものだ。さて、なにを飲む？　シェリー？」

わたしたちはそれぞれシェリーのグラスを受け取り、暖炉に近づいた。海からの風が吹きこんでいて、壁のタペストリーを大きくはためかせている。イブニングガウンだけでは少しばかり寒かった。ローズは明らかに口数が少ない。ミセス・マナリングが毛皮のストールも貸してくれればよかったのにと思った。ローズは明らかに口数が少ない。ジョンキルのドレスを見て、トニーが失ったものの大きさを改めて思い知らされたのかもしれない。自分が、死んだ美しい女性には決してかなわないことを。

「それで、牛をどう思った？」いつのまにか暖炉の前にやってきたトニーは、ベリンダにいささか近すぎる位置に立っていた。

「きれいなまつげをしていると思ったわ」ベリンダが言った。

トニーは笑った。「いかにも女性らしいな。あの桁外れの乳房じゃなくて、まつげに目が行くんだから」

「男性はそっちに目が行くんでしょうね」ベリンダが応じた。

ふたりの会話が浮ついた雰囲気になっていくのを感じて、わたしはサイドテーブルに並べられた写真立てに目を向けた。そのうちのひとつに目が留まった。若い子たちのスナップショットだ。少女たちはショートパンツをはいて、髪を結んでいる。トニーがいた。その頃でさえハンサムで自信に満ちた顔つきだ。金髪の人目を引く少女はジョンキルだろう。どこか反抗的なまなざしでカメラを見つめている。一番うしろから丸い顔をのぞかせているローズは臆病で気弱そうだ。五本の横板を張ったゲートに座っているのは……。「これってあなたなの、ベリンダ？」わたしは尋ねた。

ベリンダが写真を見ようとして近づいてきた。トニーがそのあとをついてくる。

「あらいやだ。わたしったら、ひどくない？　やせっぽちだし、カメラをにらんでいるし」

ベリンダはトニーに向き直った。「この写真は初めて見たわ。わたしたちのグループの写真だけれど、祖母が引っ越す前の年の夏に撮ったものね。ローズ、ゲートのうしろに立っているのがあなたね。まあ、ジェイゴを見て。背が高かったのね？　彼も痩せていたんだわ」

「たしか彼はあなたにお熱だったんじゃない、ベリンダ？」ローズが言った。

「お熱というほどじゃなかったわよ」ベリンダは頬を赤らめた。「わたしが学校に行くためにここを離れる前、一度キスしたわ。悪くなかったわよ」

「あいつか。好きだったことは一度もないな。戻ってきているって知っている？」

「ええ、今日ばったり会ったわ。トレンジリーで働いているって言っていた」

「そうなのよ。あそこを買った外国の紳士のところで働いているの」ローズが言った。

「外国の紳士！」トニーは見くだすように鼻を鳴らした。「かなりの悪党だと聞いているけれどね。怪しいことばかりだ」

「どういうこと？」わたしは尋ねた。

「彼の金の出どころをいろいろと聞いているよ。どうもうさんくさいね」

ベリンダはまだ写真を眺めている。「わたしのうしろにいる色の白い男の子はだれ？」そう言ったあとで、記憶が蘇ったのか口がぽかんと開いた。「コリンだわ、そうでしょう？すっかり忘れていた。かわいそうなコリン」

「コリンってだれ？」わたしは尋ねた。「初めて出てきた名前だけれど」

「彼はひと夏しかここにいなかったんだ。どこかに滞在していた避暑客だよ。ぼくたちはいつも、ほんの数週間だけここにいる子たちとも遊ぶようにしていたんだ。コリンはぼくたちにまとわりついていたよ。こっちから誘ったことはなかった。退屈な奴だったからね。なにかというと統計を持ち出す、頭のいい奴だった。グラマースクールに通っていたんだ」それが罪であるかのように、トニーはにやりと笑った。

「おかしくないわよ、トニー」ローズが不意に口を開いた。ずっと黙りこくっていたので、彼女の存在をわたしは忘れかけていた。「あなたとジョンキルは彼をしつこくからかっていたじゃないの」

「追い払おうと思ったわけじゃないさ。あいつはそれでも顔を見せていた」

「仲間に入れてほしかったのよ。わたしと同じように。よく彼のことをそんなふうに言えるわね。まるでなにもなかったみたいに」

トニーはローズに背を向けた。「わかったよ。そんなに怒らなくてもいい。ぼくたちはみんな辛い思いをしたんだ。でもあれは事故だった。そうだろう？　知らなくて当然だよ」

「なにを知らなかったの？」わたしは尋ねた。

「彼が泳げなかったことだ」

わたしは説明を求めてベリンダを見た。「川を歩いて渡ってみないかって、ジョンキルがわたしたちをけしかけたの。彼女は一度馬で渡ったことがあって、潮の具合をちゃんと見計らえば渡れるはずだって言うのよ。それで、わたしたちは渡り始めた。砂州の一部は歩くのが難しかった。砂が柔らかいから。何度も動けなくなって、結局戻ることに決めた」ベリンダは大きく息を吸った。「でももう潮が満ちてきていた。走りだしたわ。コリンがついてきていないことに気づかなかった。ひとりで取り残されてしまったの。彼の叫び声が聞こえて振り返ったら、もう膝まで水につかっていた。わたしたちは叫んだわ。〝泳いで〟って。〝泳げない〟っていうのが返事だった。ジェイゴとトニーが彼のところに戻ろうとしたんだけれど、彼は波に足をすくわれたの。しばらく手足をバタバタさせていたと思ったら……」ベリンダは言葉を切り、もう一度息を吸った。「それっきり、見えなくなった。流されたの。散々探したけれど、翌日になって別の海岸で死体で見つかったわ」

「考えてみれば、そもそもあんなことに参加しようとした奴がばかだったんだ。自分が泳げないことはわかっていたんだから」トニーが言った。「ぼくたちは川を渡ろうとしていたんだぞ」

「彼は仲間に入れてほしくて必死だったのよ、トニー。そしてわたしたちを信頼していた」ローズが言った。「あなたとジョンキルはいかにも自信に満ちているように見えた。わたしはあなたについていかなかったでしょう？　あなたが危ないことをしすぎると思ったからよ」

「きみは昔から、少しでも危険なことをするのを怖がるからね。だが彼が泳げないことを知っていたら、ぼくは奴を止めていたよ。だいたい夏にコーンウォールにやってきて、泳ぎを覚えない人間なんているのか？　ここはビーチがすべてじゃないか。そうだろう？」トニーは落ち着かない様子で笑った。「実はあとになって、彼が泳げないことを知っていたとジョンキルは打ち明けたよ」

気まずい沈黙が広がり、やがてトニーが言い添えた。

「いかにもジョンキルらしいよ。そうだろう？　それで危険が増す。彼女は危険なことが大好きだったんだ」

背後のテーブルでなにかがぶつかる音がして、わたしたちは振り向いた。ミセス・マナリングが東洋の青銅の像を倒していた。彼女はあわてて像を元通りにした。

「暖炉の火を確かめに来たんです、サー」彼女は言った。「ディナーは一〇分後です」

不穏な話を聞いたあとにしては、ディナーは驚くほど円滑に進んだ。ベリンダが最近までパリで過ごしていたことやマダム・シャネルの様子、ケニアへのわたしの新婚旅行や様々な野生動物の習性などが話題にのぼり、楽しい会話が交わされた。わたしは、テントの外をうろつくライオンや車の前に現われた象といった、動物たちとの危険な遭遇について語った。かなり感心してくれたようだ。料理は素晴らしかった。これほどの食事を手配できるのなら、トニーがミセス・マナリングを手放したがらないのもうなずけた。クルトンを浮かべたコンソメスープから始まり、ロブスターのサラダ、かりかりの上皮とセージと玉ねぎの詰め物をした豚のもも肉と続いた。デザートはクロテッド・クリームを添えたチョコレートムースで、最後がアンチョビ・トーストだった。上等のワインと共に料理を楽しんだわたしは、食事が終わる頃には満足してくつろいだ気分になっていた。

トニーが葉巻を吸っているあいだ、女性陣はコーヒーを飲んでいようとローズが提案した。

「今夜は葉巻をやめて、きみたちと過ごすよ」トニーが言った。「機知に富んだ友人と過ごせる機会はあまりないんだ。ここはかなり辺鄙だからね。バルバドスにある地所を調べに行くべきだって、ずっとローズに言っているんだよ。あまりうまくいっていないようなら、売ってしまってロンドンに家を買ってもいい」

「維持費を考えて」ローズが言った。「使用人を置いておかなくてはならないのよ」

「仮の宿にすればいいいさ。ベリンダの馬小屋コテージのように」

ローズは鋭いまなざしを彼に向けた。「ベリンダが馬小屋コテージを持っていることをどうして知っているの？」

トニーは面白がっているように見えた。「彼女からさっき聞いたんだ。それともジョージアナだったかな。メイフェアにあるって言ったかい、ベリンダ？」

「ナイツブリッジよ」

「ああ、そうだった。近頃は馬小屋コテージがとても人気らしいね。かつてはそこに馬を入れていたと思うと、なんだか笑えるよ」彼はまた笑い、それから話題はバルバドスとわたしたちがカリブ海について知っていることに移っていった。

暖炉のそばの肘掛け椅子に腰をおろすと、メイドのひとりがコーヒーを運んできた。ローズはひと口飲んで、顔をあげた。「不思議ね。今夜はあんまり苦くないわ」そう言って小さく笑う。「コーヒーが好きだったことはないの。きっと、大人になるまで飲んでいなかったせいね」

「それでもきみは試してみようとしている。ひとつの進歩ではあるね」トニーが言った。

ゆうべはあまり眠れなかったので疲れている、部屋に引き取ってもいいだろうかとベリンダが言い出したときにはほっとした。わたしもそれにならって彼女と一緒に部屋を出た。階段をあがり切ったところで、ベリンダはほっとしてため息をついた。

「とてもこれ以上は我慢できそうにないわ、ジョージー。トニーったらなにを考えているのかしら。わたしの馬小屋コテージに行ったことがあるってほのめかすなんて。そのうえ、コリンとのあの恐ろしい出来事を思い出させるんだから」

「悲しい出来事よね。さぞ辛い思いをしたんでしょうね」

「それが妙なことに、わたしたちのだれもたいしてショックを受けなかったのよ。当時はまだ子供だったのね。〝かわいそうなコリン〟と思っただけで、その後は彼のことは忘れていた」

「彼のご両親はどうしたの？　家族は？」

「よく覚えていないわ。ここでお葬式をするのではなくて、家に帰ったはずよ。わたしたちは警察に事情を訊かれて、満ち潮と競争しようだなんてばかなことをしたって言われた。それからわたしはスイスの学校に行って、それっきり思い出すこともなかったの」

バルコニーまでやってくると、そこでミセス・マナリングが待っていた。どこからともなく現われるのは、彼女の不可思議な能力らしい。「いますぐにエルシーをよこします、ミス・ウォーバートン＝ストーク」彼女は言った。「レディ・ジョージアナのドレスはわたしがお手伝いいたします」

「待っていてくれなくてもよかったのよ、ミセス・マナリング。お互いのホックをはずせばすむことですもの」わたしはベリンダをちらりと見た。

「それがわたしの仕事です、マイ・レディ。わたしはこれまで、すべきことをしなかったことは一度もございません。この三〇年間で一度も」彼女はわたしについて寝室に入ってきた。淡い青色のシルクのドレスを頭から脱がされ、下着姿で彼女の前に立っているのは妙なものだった。なんの変哲もない日常遣いのコットンのものではなく、花嫁衣裳としてゾゾが持って帰ってきてくれたセクシーなパリ風の下着をつけていればよかったとわたしは思った。ミセス・マナリングはそのドレスをベッドの上に置いた。

「これはとてもよくお似合いでした、マイ・レディ。どうぞお持ちください。これはふさわしい方に着ていただくために作られたのです」

「それはできないわ、ミセス・マナリング」わたしは言った。「それに、これはあなたのものではないでしょう？　この家のいまの女主人のものだわ」

「あの人にこれが着られるとお思いですか？」彼女は愚弄するように鼻を鳴らした。「たとえサイズを直したとしても、あの人に女主人の役が務まるとでも？　旦那さまもです。金持ちの家の生まれかもしれませんが、お金と育ちは釣り合うものではないとわたしは考えています。わたしは正しい振る舞いをおふた方にお教えしなければならなかったのです。旦那さまはそれなりに学ばれたようですが、残念ながら彼女は見込みがありませんね」ミセス・マナリングはドレスを抱えた。「薄紙に包んでおきます。ミス・ジョンキルの服でほかに合うものがないかどうか、ご覧いただくといいかもしれません。いずれ、すべてを慈善事業に寄付することになると思います。これまでは、ミス・ジョンキルの思い出を残しておくために、そのままにしてあったのです。でもそのうちあの女が権利を主張しだして……」

床板のきしむ音がしてだれかが廊下を近づいてくるのがわかったので、彼女は言葉を切った。

「なにも問題はない？」ドアの向こうからローズの声がした。「なにか必要なものはないかしら？」

「わたしがお手伝いをしています、ミセス・サマーズ」家政婦が落ち着いた声で返事をした。「お休みになってください。わたしが戸締まりをして、すべて問題ないようにしておきますから」

ミセス・マナリングは勝ち誇ったような顔でわたしを見ると、ドレスを抱えて部屋を出ていった。

一〇月一七日　木曜日
コーンウォール、トレウォーマ

この家の居心地が悪いことはわかっていた。ああ、最初から来なければよかった。

その夜、わたしは悪夢を見た。ロブスターとポークと濃厚なデザートの取り合わせが悪かっただけかもしれないけれど、とても現実的な夢だった。わたしは長くて暗い廊下がある、ここではない奇妙な家にいた。自分がどこに向かっているのか、前方になにがあるのかはよく見えない。わたしはダーシーを探して走っていた。彼の名前を呼ぶと、何者かが背後から現われてわたしの肩に手を置いた。心臓が飛び出そうなほど驚いた。だれだろうと振り返ると、声がした。「ここに彼はいない。彼は行ってしまった。この道は破滅に通じるだけだ」そしてその人物は笑った。男か女かもわからなかった。

目が覚めると、世界は真っ白だった。夜のあいだに海霧が広がっていて、窓の外はほんの数メートル先までしか見えない。一番手前の木々でさえ、かすかな灰色の影になって浮かんでいるだけだった。ミセス・マナリングが朝の身づくろいの手伝いに来なくてよかったと、わたしは心から安堵した。だれにも邪魔されることなく顔を洗い、着替えを終えた。階下におりるとトニーだけが起きていて、ひとりでキドニーとベーコンを食べていた。

「いつも朝食にはごちそうが並ぶんだ」彼が言った。「好きなだけ食べてくれ。ぼくは行かなきゃならないんでね。子牛のことで訪ねてくる人間がいるんだよ」

わたしはコーヒーを注いで、テーブルについた。

「農夫でいることに満足しているの？」わたしは尋ねた。「以前にしていたこととは、全然違うでしょう？」

「けっこう気に入っているよ。父はぼくにも自分と同じような財務の仕事をさせたかったんだが、ぼくは父ほど数字が得意じゃなくてね。それでも父はぼくを会計士にした。死ぬほど退屈だったよ。いまのほうがずっとぼくには合っている。好きなようにうろつけるし、冬にはあちらこちらの適度に暖かい場所に快適な家がある。この家についても、考えていることがあるんだ。ふたりで暮らすには大きすぎるだろう？　高級ホテルにして、ゴルフ・コースを作ったらどうかと思ってね」にやりと笑うと、彼は急に若くて素朴な男に見えた。「ベリンダはまだ起きていないの？　彼女のコテージ――ホワイト・セイルズ――のことを考えていたんだ。地元の建築業者を紹介するから、住めるようにできるかどうか見てもらうといい。彼女が時々ここに来てくれたら、楽しくなるだろうな。少しはこのあたりも明るくなるよ」

彼は言葉を切り、あたりを見まわしてから言い添えた。「農夫でいることの欠点のひとつだよ。社会生活がとんでもなく味気ない」

どう応じるべきかわからなかった——ベリンダに興味を示すのはいいことではないと警告する？　そうする代わりにわたしはサイドボードに歩み寄り、スモークしたタラとスクランブルエッグを皿によそった。トニーは自分の皿を押しやり、立ちあがった。

「いい一日を。ぼくは牛の男とデートだ」

食べ終わる前にベリンダとローズがやってきたので、わたしたちはしばらくそこで紅茶を飲みながらお喋りをした。

「朝食のあとは散歩をしようと思っていたのよ」ローズが言った。「敷地の一番いいところをまだ見ていないでしょう？」

「散歩をするようなお天気じゃないと思うわ」ベリンダは霧に目を凝らした。「それにわたしは、コテージをどうにかしてくれる建築業者を探さなくてはいけないのよ」

「それはトニーに任せればいいわ。地元の業者を紹介するってゆうべ言っていたから。そもそも、このお天気で運転は無理よ。作業車に衝突するか、さもなければ道路からはずれて崖から落ちてしまうわ」

ベリンダはなにか言いかけたが、結局肩をすくめた。「いいわ、散歩に行きましょう。あの崖の近くに行かないのならね。ジョンキルと同じ運命をたどるのはごめんだわ」

ローズはうなずいた。「もちろんよ。信用して。わたしは崖の上には近づかないの。わたしのことはわかっているでしょう? 昔から臆病なんですもの。ジョンキルにはよくそのことでいじめられたわ。トニーにもね」ローズはばつが悪そうに笑った。「それじゃあコートとスカーフを取りに行きましょうか。あなたたちにぜひとも見せたい場所があるの。独特なのよ」

コートのボタンを留めていると、ミセス・マナリングが現われた。「まさかこの天気に外出するつもりではありませんよね、ミセス・サマーズ?」

「散歩するのもいいかと思ったの」彼女に対するときにはいつもそうなるように、ローズの顔が赤くなった。

「気をつけなければ、肺炎になって戻ってくることになります。外はひどく寒いですから」

「たっぷり着込んだし、彼女たちにどうしてもわたしたちの庭を見せたいのよ。昨日は雨が降り出したから、途中で切りあげなくてはならなかったの」

ミセス・マナリングは顔をしかめた。「そういうことでしたら、ランチには熱いスープを用意しておくように料理人に言っておいたほうがいいでしょう。注意して歩いていただきたいです。ここの敷地には危険なところもありますから」

ローズが玄関のドアを開けると、冷たく湿った空気が流れこんできた。外を歩きたいと思うような日ではないが、ローズが決然とした足取りで歩きだしたので、あとをついていくほかはなかった。ローズは先頭に立って芝生を横切り、雑木林へと入っていく。

「あそこを見るまで待って。驚くわよ」

視界はほんの数十センチしかなく、小道は急勾配の土手のあいだを不意にくだり始めた。そこは小さな谷だった。道の両側は頭よりも高い茂みで、傍らでは細流が丘の麓に向かって石の上をコポコポと流れていく。やがてあたりに、幅五、六〇センチはあろうかという大きな葉をつけた植物が見えてきた。どこか非現実的で異世界のもののような雰囲気があって、一枚の葉に触れたわたしは、それが人を食べる植物であるかのようにぎくりとした。

「すごいでしょう？」ローズの声は妙な具合に反響して聞こえた。「ビーチまでずっと続いているのよ。ここは風から守られているから、外来の植物が育つの。トレファシス家の先祖がカリブ海から南国植物を持って帰ってきたのよ。夏には蘭も咲くし、花をつける蔦もあるわ。いまの時期はちょっと殺風景だけれど」

「あの恐ろしい形の植物はなに？」直径一メートルはありそうなほぼ円形の葉をつけた、さらに大きな植物に近づきながら、わたしは尋ねた。それはわたしたちの背よりも高く、細い小道にせり出している。わたしは慎重にその脇を通り過ぎた。

「名前は忘れたけれど、コーンウォールではよく育つのよ。グンネラとかいう名前じゃなかったかしら」

「ミセス・マナリングに訊くのね。彼女なら知っているわよ」ベリンダが素っ気なく言った。

「なんだって知っているんだから」

「まったくそのとおりよ」ローズの口調は険しかった。振り返ってうしろを確かめてからわたしたちに近づいてきた。「あのね、今日が散歩にふさわしくないお天気だっていうことはわかっていたんだけれど、あなたたちを家から連れ出したかったの。話を聞かれる恐れのないところに」彼女はまた不安そうにあたりを見まわした。「感じたでしょう?」

「なにを?」ベリンダが尋ねた。

「あの家よ。空気。危険な雰囲気。破滅の予感」

「なにを言っているのよ、ローズ。確かにあの家は少し暗い感じはするけれど、でも……」

「あそこに住み始めたときから、わたしは感じていたの」ローズが言った。「まるでじっと息を潜めて、悪いことが起きるのを待っているみたいだった」

「悪いことって?　あなたはなにを怖がっているの?」わたしは訊いた。

ローズは声を潜めた。小さな滝を落ちる水音に紛れて、聞き取るのが難しいくらいの声だった。「ジョンキルの死は事故じゃないの。突き落とされたんだと思う」

「どうしてそんなふうに思うの?」ベリンダが訊いた。

ローズはわたしたちからほんの数センチにまで顔を近づけた。

「彼女が落ちたところに行ってみたのよ。そこの崖は花崗岩なの。しっかりした花崗岩。石灰岩や砂岩みたいに崩れたりしないわ。それに、だれかが一部を削り取ったみたいな跡が岩に残っていたの。崖が崩れたように見せかけるためじゃないかと思う」

「でもだれがそんなことをするの?」わたしは尋ねた。「ジョンキルに敵がいたの?」

ローズはわたしの袖をつかんだ。「トニーだと思うの。トニーが彼女を殺したのよ」

「どうしてそんなことをするの?」

「ジョンキルは誠実な妻じゃなかった。複数の愛人がいたのよ。トニーへの愛情が冷めたんだと思う。きっと退屈に感じ始めたんでしょうね。ほら、彼女はハラハラするようなことが好きだったから。ベリンダ、あなたはもういなくなっていたけれど、ジョンキルは運転できるようになるとすぐに親からスポーツカーを買ってもらったの。暴走していたわ。実際に、子供を轢いて殺してしまったのよ。子供がボールを追いかけて飛び出してきたんだって彼女は主張したし、そのとおりだったのかもしれないけれど、いつだって止まれないくらいのスピードで運転していたのは事実だわ」

「その事故はどこで？」わたしは訊いた。

「ロックの村よ」

「ジョンキルが崖から突き落とされたというあなたの話が本当だとして、どうしてその子供の親戚が復讐したんだとは思わないの？　どうしてトニーの仕業だって言いきれるの？」

「いろいろな人から話を聞いた結果よ。ジョンキルは離婚したがっていたんだと思う。もしそうなったら、トニーはトレウォーマを失うわ。トレファシスのありがたい財産も」

ベリンダが首を振った。「わたしには信じられない、ローズ。トニーはそんなことをする人じゃないでしょう？」

「以前ならわたしだって信じなかった。でもいまは違う。ジョンキルが死んだあと、どうして彼は使用人全員をくびにしたんだろうってよく考えるの。残っているのはミセス・マナリングだけで、それって彼女が知り過ぎているからじゃないかと思うの。トニーは彼女を恐れているのよ。わたしみたいに」ローズは数歩進んでから振り返った。「最悪なのはね、彼はわたしのことも殺そうとしているんじゃないかっていうことなの」ごく声を潜めて彼女は言った。

「あなたを殺す？」あまりの衝撃に、わたしは思わず口走っていた。「どうして？」

ローズはわたしたちを見ていられなくなったのか、顔を背けた。

「彼は最初からわたしを愛していなかったから」

「ローズ、そんなことを言うものじゃないわ」ベリンダが言った。

「彼はあなたを愛しているわよ。そうでなければ結婚しないわ」彼女がひどく落ちこんでいるのがわかったので、わたしは優しく言った。

ローズの顔は気まずさを絵に描いたようだった。「彼がわたしと結婚したのは、わたしが身ごもったからよ。愚かな一夜の結果。少なくともそのとき彼は正しいことをしてくれたけれど、わたしを愛していなかったことは確かよ。わたしにとっては、夢が現実になったようなものだったわ。自分の幸運が信じられなかった。だって、トニー・サマーズよ——わたしが知るかぎり結婚相手としては最高だし、ハンサムだし、わたしはトレウォーマの女主人になれるんだから」

「それでなにがあったの？」ベリンダが尋ねた。「赤ちゃんは？」

「三カ月で流産したの。トニーは激怒したわ。わたしは彼が望むような妻じゃなかった。社交上のたしなみもないし、上流階級の人たちがするようなことはできない。だから彼はわたしを排除しようとしているのよ」

「どうしてそう思うの？」ベリンダが訊いた。

「彼はわたしをだまそうとしたの」

「だましてどうしたの？」ベリンダは心配そうなまなざしをわたしに向けた。

背後の茂みでなにかがこすれる音がした。ローズはまた不安に満ちた表情であたりを見まわしたが、鳥にすぎなかった。「船があるのよ。小さなヨット。トニーはヨットに乗ろうってしつこくわたしを誘うの。わたしが水が苦手なことを知っているのよ。彼がなにを考えているのか、想像がつくわ。充分な沖合まで出たところで、わたしを海に突き落とすつもりなんだわ。そして〝かわいそうなローズ。気分が悪くなって船べりから顔を出したら、大きな波がきて落ちてしまった。助けようとしたが、波にさらわれてしまった〟って言うんだわ」

ローズは手で口を押さえた。「事故でなければならないのよ。乗馬にも誘われる。わたしが落馬するってわかっているのね。それにコーヒーのこともある」

「コーヒーって？」わたしは訊き返した。

「ゆうべ、このコーヒーは苦くないってわたしが言ったことを覚えている？　いつもは苦いの。コーヒーが嫌いだって認めたくないから、実は飲まずに植木鉢に捨てているの。わたしが応接室でコーヒーを飲んでいるあいだ、いつもならトニーは食堂に残ってブランデーと葉巻を楽しんでいるんだけれど、ゆうべはあなたたちがいたからトニーも一緒に来た。そうしたら、コーヒーは苦くなかった。だから考えたの。彼はいつも、コーヒーになにかを入れてわたしは訊いた。「でも食堂に残っているのなら、どうやって彼にそんなことができるの？」わたしは訊いた。

「コーヒーはテーブルの上の魔法瓶に入れてあるのよ。食事の前に毒を入れることはできるわ。時々、用を足すために席をはずすこともあるもの。チャンスはいくらでもあるわ」

ベリンダがローズの肩に手を置いた。「ローズ、全部あなたの想像にすぎないと思うわ。あなたはこんな大きな家にひとりだし、慣れない暮らしをしているし、そのうえ赤ちゃんを亡くしたショックで……。精神的に参っているんだと思う」

ローズは首を振った。「いいえ、残念だけど想像なんかじゃないのよ、ベリンダ」

「またすぐに赤ちゃんができるわ。そうすればすべてがうまくいくし、トニーも満足するわよ」

ローズはまた首を振った。「わたしはもう赤ちゃんができないだろうってお医者さまに言われている。最初の赤ちゃんは管のなかにいて、なにかが破裂したんですって。トニーがわたしを排除したいと思うもうひとつの理由がそれよ」

「ああ、ローズ」ベリンダの口調は優しかった。「そんなに落ちこまないで」

ローズはそれを聞き流した。「そもそも彼がわたしに魅力を感じたことがあったのかしら。ただ慰めてくれる相手が欲しかっただけなんだと思う。いまはもうわたしに興味がないのよ。昨日、あなたを見る目つきを見てわかった」

「男の人はみんなああいう目つきでわたしを見るのよ」ベリンダが不用意なことを口走った。

「わたしはそういう女なの」

「彼が結婚したかったと思うのは、あなたのような人なんだわ」ローズはいまにも泣きだしそうだ。「トニーにはもうわたしが必要じゃなくて、わたしを排除する一番手っ取り早い方法が事故に遭わせることなのよ」

ローズは前に立って歩きだし、巨大な葉とせり出した蔦のあいだを足早に進んだ。ささやかな海岸へと階段をおりていくとそこは小さな入り江で、黒っぽい水が数メートル先に打ち寄せていた。まわりにそそり立つ崖は霧に溶けこみ、岩を流れてきた細流は砂の上で川になり、河口へと飲みこまれていく。頭上のどこかでカモメが鳴いていた。

「それで、どうするつもりなの？」ベリンダが尋ねた。

「わからない。それが問題なの。わからないのよ。あっさりあきらめて離婚してあげると彼に言って、おとなしく元通りの暮らしに戻るべきなのか、それとも斧が振りおろされるのを待つべきなのか」

わたしは言葉が見つからなかったが、ベリンダが言った。「ローズ、あなたの考えすぎよ。ジョンキルは残念な事故に遭っただけだし、いまの話を聞いてもあなたの身に危険が迫っているとは思えない」

「問題は、わたしには頼れる人がだれもいないということなの。母さんは遠いバースだし、わたしがここに住んでいたことはない。休暇のあいだ、あなたのお祖母さんの家で母さんと一緒にいただけだもの。あなたと同じで、夏を過ごしていただけ。だからだれも……昨日あなたを見かけたときは、奇跡かと思ったわ。これで仲間ができた。これで証拠になる」

彼女がそう言い終えたとたん、どこかで小石が跳ね、わたしたちの傍らの海岸に落ちてきた。さらにもうひとつ、そしてもうひとつ。

ローズがわたしの腕をつかんだ。「ほらね。だれかがわたしたちのあとをつけてきたのよ。だれかが上にいて、いまにも岩がわたしたちの頭の上に落ちてくるんだわ」

「鳥が崖に留まって、ぐらぐらしていた石が落ちてきただけよ。鳴き声が聞こえるでしょう?」

「もう戻らないと」ローズが言った。「これ以上、ここにはいられない」

彼女は階段へと歩きだした。

ベリンダはもう一度わたしをちらりと見てから、ローズのあとを追った。わたしは最後尾で階段をあがりながら、気がつけば霧に隠れた崖の上を眺めていた。ベリンダと同じく、わたしもすべてはローズの想像だと思っていたけれど、また石がぱらぱらと落ちてくると、確信が持てなくなった。

一〇月一七日
コーンウォール、トレウォーマ

わたしたちは本当に恐怖の館に滞在しているの？　ランチにやってきたトニーは陽気でくつろいだ様子だったので、わたしはローズが言ったことをとても信じられなかった。けれどあの海岸では——あのときは確信が持てなかった。

その後はなかなかベリンダとふたりきりになる機会がなかった。午前中はローズがぴったりとわたしたちにくっついて離れず、やがてトニーがやってきて、コテージの工事をしてくれるだろう地元の信頼できる建築業者数人の名前をあげた。ランチのあとで彼らに会いに行こうとベリンダが言った。食事はあいかわらずおいしかった——リーキとジャガイモのスープ、地元で獲れたマトウダイのグリルとカスタードをかけた蒸しスポンジプディング。出発しようとすると、ローズが自分も行くと言い出した。「わたしもコテージを見てみたいの。

それに、トニーが紹介した業者のひとりを知っているのよ。ここのバスルームを手掛けてくれたの。だからわたしがいると役に立つと思うわ」

わたしたちになにが言えるだろう？　そういうわけで、外出着に着替えて車で出発した。ちゃんとしたバスルームと、トレウォーマにあるような温室を作ればきっと素敵になる――なるかもしれないとローズが切り出した。「でも、ここに住む気はないんでしょう？　ここはひどく辺鄙だもの。ひとりだと怖くない？」

「わたしはずっとひとりで暮らしてきたのよ、ローズ。それに、ここにはほんの短期間の滞在になるでしょうね。来るときは、ジョージーと一緒よ」

「近くに友だちがいるのはいいものでしょうね」ローズの口調には渇望の響きがあった。わたしは彼女が気の毒でたまらなくなった。トニーがどんな目でベリンダを見ていたのか、どんなふうにベリンダに言い寄ろうとしていたのか、わたしは知っている。彼がローズに飽きて、新しい生活を始めたいと思う理由も残念ながら理解できた。けれど、彼女を殺そうとする？　とても信じられなかった。

コテージを出て、トニーが教えてくれた建築業者のところに向かった。その事務所はもっとも近い町であるウェイドブリッジにあった。

「申し訳ありません。ミスター・ハリスはいま来客中です」受付係が言った。「それほど長くはかからないと思います」

椅子に腰をおろし、紅茶が運ばれてきたちょうどそのとき、男性ふたりが熱心に話しこみながら現われた。戸外で過ごしてきた人間らしい風雨にさらされた顔の年配の男性が、若いほうの男性の背中を叩きながら言った。「心配はいりませんよ、ミスター・ジェイゴ。素晴らしい仕事をしてみせますから。パリの婦人の間(ブドワール)みたいになりますよ」いかにもうれしそうな笑い声は途中で咳に代わった。

若いほうの男性がジェイゴだと気づいたのはそのときだ。彼も同時にわたしたちに気づいた。

「やあ、また会ったね。おれたち、よくばったり会うじゃないか」彼の視線はベリンダから離れない。「コテージのことで来たんだろう？　このハリスじいさんは腕がいいんだ。だが、しばらくは頼めないよ。おれが先にトレンジリーのでかい仕事を頼んだからな」

「そのとおり、ミスター・ジェイゴ」ミスター・ハリスが言った。「それじゃあ、ちょっとなかに入って書類を完成させてもらえますかね。ご婦人がたの話はすぐにうかがいますから」

「やあ、久しぶりだね、ローズ」ジェイゴが言った。「お屋敷の女主人の生活を楽しんでいるかい？」くすくす笑う。「きみに会ったら、敬礼しなきゃいけないのかな？」

「ばかなこと言わないで、ジェイゴ」ローズは顔を真っ赤にした。「あなたは自分の力でのしあがったんじゃないの」

「おれはしがない雇われ人さ。地主とは違う。さて、もう行かないと。それじゃあ」

「あいかわらず厚かましい人ね」男たちが部屋のなかに姿を消すと、ローズが言った。

「のしあがったってどういう意味？」ベリンダが尋ねた。「トレンジリーで彼と会ったって話したでしょう？　そのときもあまり親しみやすい感じじゃなかったわ。彼はいまあそこの管理人なの？」

「いいえ、トニーが話していた外国人の下で働いているのよ。名前はなんていったかしら。パノポリス？　そんな感じの名前よ。トニーが知っているわ。あまり信用できないって思っているみたい。わたしの言っている意味、わかるでしょう？　彼がどうやってそれだけのお金を手に入れたのか、どうしてコーンウォールの荒れ地に家を買ったのか、よくわかっていないのよ。ジェイゴはあの家の管財人なんだけれど、ほかの不動産の管理もしているらしいわ。フランスの大きな葡萄園とか、アルゼンチンの牛の牧場とか、オイルタンカーとか」

「ジェイゴが？」ベリンダはぞっとしたような声になった。「それなのにわたしは……」

「密輸業者だと思っていたのよね」わたしは笑いながら言った。

「だって、密輸をしていたんじゃなかったら、わたしのコテージでなにをしていたわけ？」

まさにそのときドアが開いて、ジェイゴが出てきた。わたしたちにうなずいてから建物の外へと出ていく。その顔には面白がっているような笑みが浮かんでいたから、ベリンダの最後の言葉が聞こえたのかもしれない。

「彼とトニーはあまり仲が良くないのよ」ジェイゴの姿が見えなくなると同時にローズがつぶやいた。「このあいだは言い争いをしていたわ」

「原因はなに？」ベリンダが尋ねた。

「ロブスターの権利に関することだと思う。トニーは彼にうぬぼれるなってはっきりと言っていた。丸く収まったとは言えないわね」

ミスター・ハリスが近づいてきたので、ローズは言葉を切った。時間ができたらすぐにコテージを見に行くと彼は約束した。「ですが、まずはトレンジリーにバスルームをもうふたつ作らなきゃならないんですよ。あの外国の男が連れてくる客はみんな、それぞれのバスルームが欲しいらしくてね。それもバスタブだけじゃだめなんです。信じられないかもしれませんが、シャワーもいるんですよ。もちろん、ビデという妙な仕掛けもね。それがなにかはわたしに訊かないでくださいよ」

「ずいぶん静かね」トレウォーマに戻る車のなかで、わたしはベリンダに言った。「コテージにそれだけの手間をかける価値があるかどうか、考えているの?」

「いいえ、ジエイゴのことを考えていたの。彼は地元の子よ。たいした教育も受けていないはずだわ。その彼がどうやってあんな仕事につけたのかしら?」

「彼はオックスフォードの奨学金を得たの」ローズが言った。「母がそう言っていた。とても信じられなかった。だって――彼もわたしと同じで、あなたたちみたいな上流階級の人たちの前だと全然意気地がなかったんだもの。あの頃はわたしたちと一緒にいたけれど、ほとんど話はしなかったでしょう?」

「コリンを助けようとしたことは覚えているわ」ベリンダが言った。「彼は泳ぎが上手だったのね？」

「ええ。でも、どうしようもなかった。潮が満ちてくるときは、流れがとても速くなるの。コリンは押し流されて、水に飲みこまれて見えなくなった」

わたしたちは黙ったまま車を走らせた。もし自分が友人を溺れさせてしまったらどうするだろうとわたしは考えた。彼らはできることをした。少なくともジェイゴは彼にできることをした。おそらくはトニーも。けれどジョンキルはコリンが泳げないことを知っていた。そしていま、ジョンキルも死んだ。ベリンダの誘いを断って、安全だけれど退屈なアインスレーに留まっていればよかったとわたしは思い始めていた。

ベリンダも同じことを考えていたようだ。お茶の前に身支度を整えるために二階にあがってすぐ、彼女がわたしの部屋のドアをノックした。

「コテージのことは忘れて逃げ出すのはどう？　ジョージー、こんなことになるってわかっていたら、あなたを誘わなかったわ」ベリンダはドアを閉めてわたしのほうに近づいてきた。

「ローズは頭がおかしいんだと思う？　わたしはトニーをよく知っているの。彼が妻を殺そうとするなんてとても信じられない」

わたしはうなずいた。「でも彼女が怯えているのは間違いないわ。それに、ジョンキルの死は事故じゃなかったって彼女が考えるようになったのには、なにか理由があるはずよ。目撃者でもいないかぎり、事故じゃないことを証明するのは難しいもの」

「トニーが使用人全員をくびにしたってローズは言ったわよね？　そのうちのだれかがなに

かを見たのかもしれない」

「そうだとしたら、その人間を近くに置いて見張っていたいはずよ。好き勝手にお喋りさせるんじゃなくて。彼はミセス・マナリングだけを残した。窓から外を眺めている人間がいたとしたら、彼女だわ」

「でも彼女はジョンキルを崇拝していたのよ。トニーがジョンキルを突き落とすところを見ていたなら、すぐに警察に通報していたでしょうね」ベリンダが言った。

もっともだ。「とにかく、できるだけ早く逃げ出すという意見には賛成よ。業者はトレンジリーの工事を終えなければなにもできないんだから、彼に鍵を預けておいて、時間ができたときにコテージを見て連絡してほしいって頼んだらどうかしら？」

「いい考えね。なにか言い訳を作って、明日の朝には帰りましょう」

「ローズをこのまま残していっていいと思う？　わたしたちがいなくなったあと、彼女が恐ろしい事故にあったりしたらどうする？」

「永遠にここにいるわけにはいかないのよ。そうでしょう？　自分がどういう人生を送りたいのかは、彼女が自分で決めなくてはいけないの。それに、わたしはいまでも全部彼女の想像だと思っているわ」ベリンダが言った。

「あなたはどうだか知らないけれど、わたしはおいしい紅茶が飲みたい気分よ。お天気のせいで、骨の髄まで凍えたわ。昨日いただいた小さなケーキとスコーンは素晴らしくおいしかったじゃない？」わたしは言った。

おいしかったとベリンダも言ったので、お茶が用意されている長広間に向かうと、話し声が聞こえてきた。

「トニーが帰ってきたんだわ」ベリンダが言った。「ああ、もう。いいわ、堂々と立ち向かうだけね」

さらに近づいていくと、肘掛け椅子の背もたれの上からのぞいている髪が金色ではなく黒であることがわかった。分け目も真ん中だ。

こわばった笑みを浮かべたローズが、ティーカップから顔をあげた。

「ふたりが帰ってきたわ」彼女が言った。「驚くわよ、ベリンダ。だれだと思う?」

「フランシスおじさん」ベリンダがつぶやいた。

「挨拶をするために寄ってくれたの。わたしがここに住んでいることをつい最近になって聞いて、結婚のお祝いを言いたかったんですって。子供の頃のわたしや母さんの料理をとてもよく覚えてくれているの。優しいと思わない?」

「とても優しいわね」ベリンダの声はガラスを切れそうなくらい鋭かった。

「そのうえ、ここでたったひとりの姪に会えて、実にうれしいよ」フランシスが言った。

「トニー・サマーズにもお祝いを言いたかったんだがね。若い頃の彼のことは覚えているよ。ヨットの扱いがうまかった。いまも乗っているのかい?」

「小さなヨットがあるわ」ローズが答えた。「でもいまは乗っている時間があまりないの。地所や農園の管理でとても忙しいから」

「おれの船で働くべきだね。一二メートル級のを持っているんだ。荒れた海も問題なく乗り越えるぞ。で、ならず者の旦那はいつ帰ってくるんだい、ローズ?」

「わからないわ。普段はお腹が空くと帰ってくるの。でもどうして彼がならず者なの?」

「奴はおれのような貧しい人間を犠牲にしてぼろもうけしているからさ。奴が係留料金を倍にしたのを知っているか? ロブスターの権利もだ。奴はこのあたりの海岸のいいところを全部独占している。漁のための罠を仕掛けようとすると、奴が横取りするんだ」彼女の支持を得ようとしているときに、夫を非難するのは賢明ではないと気づいたのか、彼は言葉を切った。「まあ、彼はよくわかっていないのかもしれないな。係留や権利については、管財人か事務所のだれかに任せているのかもしれない」

「トニーに管財人はいない」ローズが言った。「秘書と海外の農園を監督している人はいるけれど、それだけよ。それに、彼が係留料金の話をしていたのは覚えているけれど、世界大戦以来値上げはしていないはずだわ」

「それはそうかもしれないが、そのせいでおれのような人間が窮地に陥っているのは確かなんだ。わずかな金で暮らしているんだからな。おれの母親——あんたの母さんのかつての雇い主だ——は、ここにいる姪にすべてを遺したんだ。なにもかもだぞ。息子をすっからかんで放り出したのさ」

ぎこちない沈黙があった。「それって正確じゃないわ、フランシスおじさん」ベリンダが口を開いた。「お祖母さんがトレンジリーを売ったとき、半分はおじさんに遺したじゃないの」

「ああ、信託という形でね。子供の小遣いみたいに、ちびちびと受け取っているよ。まともなボルドーや上等のステーキにも足りない額だ」

ベリンダはソファの背に手を当てたまま立っている。「フランシスおじさん、関係ない人たちの前で不満を述べるのはどうかと思うわ。ローズに気まずい思いをさせているのよ。親切にお茶を振る舞ってくれたというのに」

「ローズはいいだろうさ。いい暮らしをしているんだからな。彼女の母親だってそうだ。軽食堂が開けるだけの金をおれの母親がやったって聞いている。同じことをひとり息子のためにしてくれたなら、おれだって今頃はなにか商売をやっていただろうに」

だれもなにも言おうとはしない。フランシスはチョコレート・エクレアにかぶりついた。

「実にうまい。おれみたいな貧乏人にはごちそうだ」彼は不意に立ちあがった。「さてと、長居しすぎたようだ。トニーが帰ってくるのを待つのはやめておこう。たいして意味はないだろうからな。おいとまするよ。紅茶をごちそうさま、ローズ。おいしかった。あんたの母さんのレベルにかなり近づいているよ。ケーキは自分で焼いたのか？」

「まさか。ここには腕のいい料理人がいるの」ローズは呼び鈴を手に取った。「だれかに玄関まで送らせるわ」

「大丈夫だ。ひとりで帰れる。子供の頃、よくここに来ていたからな。おれはフェラーズ・トレファシスと仲がよかったんだ。飛行機事故で不慮の死を遂げた奴だよ。おれたちは家じゆうを走りまわったもんだ。ありとあらゆる場所を知っていた。そしてあのパーティーときたら！　かくれんぼにはうってつけの家だったよ」

フランシスは笑みを浮かべて言ったが、やがて真顔になった。

「この家にまた活気を取り戻してほしいよ、ローズ。おれたちには明るさとか、笑いとかいったものが必要なんだ。さてと、それじゃあな、ベリンダ。いまのうちに金持ちの自分を堪能しておくんだな」

彼は荒々しい足取りで部屋を出ていき、通りすがりにぶつかったヒンドゥーの神の像がテーブルの上でぐらぐら揺れた。

一〇月一七日
トレウォーマ

明日の朝には帰ろうとベリンダが言った。大賛成だ。フランシスおじさんとのやりとりがとどめだった！　なんて不愉快な人だろう。彼と義理の母親に我慢しなくてはならなかったベリンダが、逃げ出したくなったのも無理はない。フィグはひどいと常々思っていたけれど、あそこまでひどくはない！　わお、フィグのことを好意的に考えているくらいだから、わたしはホームシックにかかっているらしい。

「おじがごめんなさいね」フランシスがいなくなるやいなや、ベリンダが謝った。「とんでもない人だわ。昔からずっとそう思っていたけれど」

「実を言うと、わたしもそう思っていたのよ」ローズが言った。「この話をするつもりはなかったんだけれど、昔、この家を訪れたとき、キッチンの外の廊下に追いつめられて体を触られたことがあるの。胸を撫でまわして、よく育っているじゃないかって言ったわ。ショックが大きすぎてだれにも話さなかったけれど、それ以来、彼には近づかないようにしていた」

「わたしも同じような経験があるわ。彼がまた訪ねてきたら、あなたは留守だって言うように使用人に頼んでおくことね。トニーにも言っておいたほうがいい」

ローズは居心地悪そうに身じろぎした。「問題は、トニーが地元の料金をすべて値上げして、このあたりの大勢の人を怒らせたっていうことなの。ずっと同じ場所に船を係留していたお年寄りたちは、突然、倍の金額を払わなくてはならなくなったのよ。考え直したほうがいいってわたしは言ったんだけれど、トニーはここの人間も時代についていく必要があるって言うばかりで。コーンウォールがどんなところだか知っているでしょう？　昔からなにひとつ変わらないのよ」

温かいスコーンをのせた皿が運ばれてくると、気まずい雰囲気はゆっくりとほどけていった。

「あなたのおじさんが来たことはトニーに黙っていたほうがいいと思うの」玄関ホールからトニーの声が聞こえると、ローズが言った。「一日働いてきたあとだから、いやな思いをさせたくないのよ」

妙な話だとわたしは思った。彼に殺されるのではないかと怯えていたはずなのに、夫を気遣う献身的な妻のような口ぶりだ。

わたしたちはディナーに備えて着替えをするため、それぞれの部屋に向かった。ベリンダが自分の部屋の外で足を止めて言った。「フランシスおじさんがとどめになったわね。わたし、恥ずかしさで死にそうだったわ。彼の頭に紅茶をぶちまけないようにするのが精いっぱいだったんだから」

わたしはその有様を想像してくすくす笑った。「トニーからもっといい条件を引き出すためにあなたを利用しようとしたんでしょうね」

「そうに決まっているわよ。なんて陰険な人かしら。祖母が信用しなかったのも当然よ。よくもここに来られたものだわ。朝になったらすぐに帰りましょう」

部屋に入ったわたしはぎょっとした。ミセス・マナリングがベッドの脇に立っている。

「お戻りですね、マイ・レディ。お着換えのお手伝いに参りました。青のガウンを用意しておきましたが、同じものを着るのが気が進まないようでしたら今夜は別のものを持ってきましょうか？」

「ミセス・マナリング、ご親切にありがとう。でも、喜んでこのきれいなドレスをもう一度着させてもらうわ」

「とてもよくお似合いです。金色の髪を引き立てますから」

わたしは気まずい思いで彼女にセーターを頭から脱がせてもらい、彼女の手を借りてスカートを脱ぎ、青いイブニングガウンを着た。ホックを留めてもらうとき、彼女の冷たい指がむき出しの背中に触れた。その指はどこか爬虫類を連想させて、わたしは身震いしたり、払いのけたりしたくなるのをぐっとこらえた。

「化粧台の前に座ってもらえれば、わたしが髪を整えます、マイ・レディ」彼女はそう言うと、押しつけるようにしてわたしをスツールに座らせ、ブラシを手にして一定のリズムで髪を梳き始めた。不安に張り詰めた表情のわたしが鏡に映っている。わたしの髪は短いし、癖もない。数回梳かせば充分なのに、ミセス・マナリングはひたすら梳かし続け、わたしは叫びたくなった。

「なつかしいです」彼女が言った。「ミス・ジョンキルの美しい髪が金糸のように輝くまで、梳かし続けたものです。この家のいまの奥さまは、わたしがお仕えするだけの価値がありません。あの人にはわからないのです。本当のレディでなければ、使用人に仕事をさせることはできないのです」

「彼女は努力しているわ、ミセス・マナリング。彼女にとっては慣れないことだし、励ましてもらうことが必要なのよ。彼女がここでの暮らし方を学べるように、あなたが手伝ってあげたらどうかしら」

「そのように生まれついていなければ無理です。大事なのは血筋です。わたしは昔からそう考えています」

彼女は宝石のついたヘアクリップでわたしの髪を留めた。「お綺麗です。それではわたしは失礼して、ディナーの準備ができていることを確かめてまいります」

彼女が出ていくと、わたしはほっとしてため息をついた。急いで食堂に向かった。ディナーは今夜も素晴らしかった。こんな料理を作れる料理人を見つけられればいいのだけれど。クイーニーの作るものは――まあ、食べごたえがあってお腹はいっぱいになる。ここの食事は舌へのご褒美だ。牡蠣に続いて供されたのはカリフラワーのクリームスープ、次がスライスしたローストポテトとほうれん草のクリーム煮を添えたキジのロースト、最後がフローティング・アイランド（焼いたメレンゲをカスタードに浮かべたデザート）とグリルド・チーズ（チーズサンドイッチを焼いたもの）だった。どの料理にもたっぷりのワインがついてきた。すっかり満足したわたしたちはコーヒーをいただくために移動した。今夜もトニーがついてきて、中身がたっぷり入ったブランデーグラスをそれぞれに差し出した。「さあ、飲んで」彼のその口調はどこか喧嘩腰で、ディナーの席で少し飲みすぎたのかもしれないとわたしは思った。

ベリンダはホワイト・セイルズを話題にのぼらせた。どんなふうに改築すればいいかとか、建築業者の評判やジェイゴがトレンジリーでなにをしているかといったことに話が及んだ。

「あの男」トニーが言った。「まさかあいつが、トレンジリーの工事をさせるためにハリスを奪い取ったとはね。あいつらは資金が潤沢だからな。だがその金はどうやって手に入れたんだろう？」彼は訳知り顔でにやりと笑った。「あのパノポリスという男はいろいろと怪しいことに手を出していると思うね。配送業？　アルゼンチン？　運んでいるのが武器でもぼくは驚かないよ。ドイツのナチスに売っているのかもしれない」

「まさか。トニー、結論に飛びつかないで」ローズが言った。「金融業だって聞いているわ」

「きみに金融業のなにがわかるんだい？」トニーは見くだすような笑顔を彼女に向けた。

ベリンダは咳払いをして、朝には帰るつもりだと告げた。

「業者はしばらくホワイト・セイルズには取りかかれないみたいだから、ここにいる意味がないと思うの」

ローズが手を伸ばしてトニーの手に触れた。「でも、あなたたちにはいてほしいわ。そうでしょう、トニー？」

「もちろんだよ。おかげでとても活気づいているからね」トニーは意味ありげにベリンダを見た。

「でもジョージーは帰らなくてはならないのよ。夫が旅行から帰ってきたときには、家にいる必要があるもの」ベリンダが言った。「新婚なんですもの。彼に会いたくてたまらないのよ」

「運のいい男だ」

しばしの沈黙があって、トニーが言った。「そうだ、トランプでもしないか？　ちょうど四人いる。ホイストにするかい？　それともブリッジ？」

「あなたはよく知っているでしょうけれど、わたしはトランプが下手なのよ」ローズが言った。

「それならなおさら、友人たちがいるいまは腕を磨くいいチャンスじゃないか」トニーはじっと彼女を見つめた。「いいだろう、ローズ？　水を差すものじゃないよ」

そういうわけで、わたしたちはトランプをした。ローズは自分で言うほど下手ではなかった。それどころか、頭が切れるところを何度か披露した。彼女と組んだわたしは楽々勝利を収め、トニーは渋々お金を支払った。「ほらね、その気になればきみはちゃんとできるんだ」

「そうじゃないわ。ジョージーが上手だったからわたしたちは勝てたのよ」

それは事実ではなかったし、全員がそのことをわかっていた。夜も更け、おやすみの挨拶を交わしたときには、わたしは改めてほっとした。

「ちょっと興奮したから、熱いココアが飲みたくなったわ」ローズが言った。「欲しい人はいる？」

「料理人はもう寝たんじゃないか？」

「ココアくらい自分で作れるわよ、トニー。わたしは何年も自活していたんだから。本当にだれもいらないの？」

わたしたちは断った。ローズはキッチンのほうへと歩いていき、ベリンダとわたしは自分の部屋へと引き取った。着替えを手伝おうとして待ち伏せしていたミセス・マナリングから逃れることはできなかったが、髪を梳くという申し出は断った。廊下の突き当たりにあるバスルームには大きくてきれいなバスタブが設置されていたので、お風呂に入ろうと思っていたのだけれど、疲れていたので部屋にある洗面器で洗うだけにした。トイレに行こうとして廊下を進み、ベリンダの部屋の前を通りかかると、ドアが少し開いていて話し声が聞こえた。ベリンダの声はこわばっている。「トニー、いったいどういうつもり？　頭がおかしいんじゃない？　いますぐ出ていって」

盗み聞きなどするべきでないことはわかっていたけれど、動くことができなかった。

「いいじゃないか、ベリンダ。つまらないことを言うなよ。きみとぼくはかつては特別な関係だったじゃないか」

「ほかのだれかと婚約していることを話すのを忘れていたのはわたしじゃないわ」

「わかっているさ。ぼくがばかだった。ぼくが本当に求めていたのはきみだっていうことが、あとになってわかったよ。ジョンキルが差し出したものについ惑わされてしまったんだ。父は財産を失った。ぼくは嫌でたまらない退屈な仕事についていた。そこに、トレウォーマと世界中に地所を持つジョンキルが現われた。だが彼女と結婚したとたんに、間違いを犯したことを悟ったよ」

「間違い？　あなたは彼女に夢中なんだと思っていたけれど。彼女が亡くなったとき、悲嘆に暮れていたでしょう？」

「本当のことを言うよ、ベリンダ。彼女はひどい人間だった。とことん身勝手だった。ぼくのことなんて露ほども気にかけていなかった。愛人たちをこの家に連れこんでいたんだよ。信じられるかい？　ぼくたちの港に船をつける男もいて、そんな夜はジョンキルは帰ってこなかった。ぼくが別れられないことを彼女はわかっていたんだ。ぼくにはすべてを捨てられないことをね」

「それじゃあ、彼女が死んだのは都合がよかったのね？」

わたしは息を呑んだ。ベリンダは危険な領域に踏みこんでいる。

「都合がいい？　奇跡だと思ったよ。信じられなかった。ぼくは自由になったんだ」

「でもあなたはその後すぐにローズと結婚した。わたしを探そうとはしなかった」

「ぼくは間違いを犯す運命にあるらしい」トニーは言った。「ロンドンで偶然ローズに会った。彼女を食事に誘った。ものすごく喜んでくれて、なんだか気の毒になったんだ。ぼくたちはどちらも飲みすぎて、そのまま一夜を共にした。彼女は処女だったよ。二七歳で処女だ。信じられるかい？」

「その一回のことで彼女は妊娠したの？」

トニーは深々とため息をついた。「正直言って、彼女のことはすっかり忘れていた。ものの弾みにすぎなかったんだ。なんの意味もないことだった。だから数カ月後彼女が訪ねてきて、妊娠していると言われたときにぼくがどれほどショックを受けたか、想像がつくと思う。彼女はひどい有様だった。このことがわかったら仕事を失うし、母親は決して許さないだろうと彼女は言った。どこにも行くところはないんだとね」

「だからあなたは正しいことをした」

「そうだ。結婚を申しこんだ。彼女は飛びついたよ。ぼくたちはすぐに登記所で結婚した。そうしたらすぐに彼女は流産してしまったんだ」

「トニー、彼女は本当に妊娠していたと思う？」

「ああ。というか、確かめたことはないよ。いまさらなんの意味がある？　ぼくは彼女から逃れられない。ローズから。退屈なローズから。ここでの彼女がどれほど場違いか、きみも気づいただろう？　それに料理人の娘だっていうことは、もちろんだれもが知っている。彼女が地元の社会に受け入れられることはないだろうね」

「あなたが辛抱強く手を貸してあげれば、ローズは学べるわ。今夜のトランプで彼女はとても巧みだったじゃない。彼女は昔から内気だった。根気よく励ましてあげなくてはいけないのよ」

「このあたりは死ぬほど退屈なんだよ。友人もいない。社交的な付き合いもない。夜に戻ってきてもローズがいるだけだ。セックスに関して言えば——彼女はただそこに寝ているだけなんだ。浜辺に打ちあげられたクジラみたいに。情熱もなにもない。きみとは違うよ。ぼくたちは素晴らしい時間を過ごしたじゃないか」

「そうね」

「だからもう一回だけどうだい？　昔のよしみで」

「トニー、廊下の先にあなたの妻がいるあなたの家でわたしがあなたと寝るだろうと思っているのなら、考え直したほうがいいわ。わたしもいくつかの間違いを犯してきたけれど、これ以上繰り返すつもりはないの。だからわたしが大声を出してミセス・マナリングがやってくる前に、出ていってちょうだい」

「あれはいまいましい女だよ。確かにこの家を切りまわしているのは彼女かもしれないが、ここそこ嗅ぎまわってぼくを見張るのはいい加減にしてほしいね。出ていってもらうつもりだ」

「あなたも出ていってもらいたいわ。あなたはわたしが美しさを保つための眠りの邪魔をしているのよ。それにローズがココアを持ってやってきたら、彼女はひどく傷つくでしょうね。あなたを誘惑したと言って、わたしを責めるかもしれない」

「つまらないことを言うんだね、ベリンダ。ぼくはいまでもきみを愛しているんだ。この家を売ろうか？　全部投げうって、バルバドスに行かないか？」

「ごめんなさい、トニー。楽しそうに聞こえるけれど、出ていってちょうだい。あなたが後悔するようなことをする前に」

「後悔するのはきみだと思うね」

「そうね。あなたを追い出さなかったらもっと後悔するでしょうけれどね」

間一髪で自分の部屋に飛びこんだ直後、トニーが叩きつけるようにドアを閉めて、わたしの部屋の前を荒々しい足取りで通り過ぎる音が聞こえてきた。

15

一〇月一七日
トレウォーマ

わお。いま起きたことをどう書けばいいのかわからない。まだショックを受けている。

上出来よ、ベリンダ。床板をきしらせながら廊下を遠ざかるトニーの足音に耳を澄ましつつ、わたしは思った。彼女は経験からちゃんと学んで、分別ある人間のように振る舞っている。わたしは青いシルクのドレスのせいで体が冷えてしまっていたので、ベッドに横になって毛布をかけた。煙突のなかでうなる風の音が聞こえ、降り出した雨が窓を叩いている。ネグリジェのなかに冷たい足を引っ込めて、湯たんぽがあればよかったのにと思った。あとひと晩。あとひと晩我慢すれば、家に帰れる。ダーシーはいまどこにいて、なにをしているだろうと考えた。危険な目に遭っていないだろうか？ わたしに会いたいと思ってくれているだろうか？

うとうとしかかったところで、なにかに起こされた。悲鳴。あれは夢？　違う、現実になにかを聞いたという確信があった。ベッドから飛び起き、ガウンをつかんで急いで羽織った。部屋を出ると、ベリンダの部屋のドアが開いているのが見えた。

「ベリンダ？」わたしはそちらに駆け寄った。「大丈夫？」

返事がない。ドアを開けたわたしは体を凍りつかせた。手に大きなナイフを持ったベリンダが立ち尽くしている。ナイフもベリンダの手も血にまみれていて、彼女の顔には恐怖が貼りついていた。わたしは彼女の背後に視線を向けた。ベッドの毛布ははがされて、床に落ちて丸まっている。白いシーツの上に、胸に大きな刺し傷がある一糸まとわぬ姿のトニーが横たわっていた。白いシーツにぞっとするような赤い染みが広がっていく。彼の目は驚いたように大きく見開かれていて、死んでいるのは明らかだった。

「わたしじゃない……」ベリンダがつぶやいた。彼女の目も見開かれている。「わたしじゃない。見つけたとき彼は……」彼女は泣き始めた。

「大丈夫よ。落ち着いて」わたしは言った。「ナイフを置いたほうがいいわ。彼に襲われたのなら、正当防衛よ」

「でもそうじゃないの。わたしじゃないの」

「それならどうして彼があなたのベッドの上にいるの？」

「わからない」限界ぎりぎりの声だった。「ジョージー、わたしは……。さっき彼が部屋に来たの。もうローズにはうんざりしているから……もう一度やり直そうって言われた。わたしが断ったら、怒って出ていったわ。わたしは気分が悪くなったから、熱いお風呂に入ることにしたの。戻ってきたときには、あたりは暗かった。ドアを開けて部屋に入ったら、なにかにつまずいたの。拾ってみたらべたべたしていたから電気をつけたら、ナイフだったのよ」ベリンダは握ったままのナイフを信じられないというように見つめた。「それから彼に気づいた。わたしのベッドに倒れていた。死んで」

そのとき、あわてて近づいてくる足音が聞こえた。「なにごとです？　なにかありましたか？」声がして、開いたドア口に紺色のガウンを着て頭にカーラーを巻いたミセス・マナリングが現われた。走ってきたのか、息を荒らげている。その視線が血まみれのベリンダの手を捉え、それからベッドに移った。悲鳴をあげようとするかのように口が開いたが思いとどまり、彼女は震える手でトニーの遺体を指さした。「なんてこと。彼を殺したんですね。お気の毒なミスター・サマーズ。あなたが彼を殺した。どうしてこんなことを」

「殺していない」ベリンダが哀れっぽく訴えた。「わたしじゃない。わたしは死んでいる彼を見つけただけ。だれの仕業かは知らない」

「ローズはどこ？」わたしは廊下に出たが、ちょうどそのとき、階下の玄関ホールを横切る彼女の姿が見えた。

「ココアを作るのにこんなに時間がかかったなんて信じられない」ココアの入ったカップを持って階段をあがってくる彼女の声がここまで流れてきた。「ココアの缶が見つからなかったの。そうしたらホーリック（粉末麦芽飲料）の缶のなかに入っていたのよ。ようやく見つけたと思ったら、今度はどうしてもコンロの火がつかなくて。そのあとはいまいましいことに牛乳が吹きこぼれて、掃除をしなくてはならなかったの——」ミセス・マナリングがベリンダの部屋から出てきたのを見て、ローズは口をつぐんだ。「どうかしたの？　だれかの具合でも悪いの？　ベリンダ？」

「そのカップをお預かりしましょう、ミセス・サマーズ」ミセス・マナリングがローズの行く手を遮るように立った。「大変なショックを受けることになるでしょうから」

彼女はカップを受け取り、わたしに渡した。

「なんなの？　どういうこと？」ローズは問いかけるようにわたしを見てから、開いたままのベリンダの部屋のドアを眺め、そちらへと歩きだした。ミセス・マナリングは彼女を引き留め、肩に手をまわした。「奥さまは強くならなければいけません。旦那さまが……」

ローズは小さな悲鳴をあげると、ミセス・マナリングの手を振り払い、ベリンダの部屋へと入っていった。そして恐ろしい悲鳴をあげ、ベリンダに向き直った。「あなたが殺したのね。よくもこんなひどいことができたものね。あなたは怪物よ。冷酷な怪物。絶対にあなたを許さない。絞首刑になるといいわ」

「でもわたしじゃないの」ベリンダは涙をこらえながら言った。「わたしじゃない。お風呂から戻ってきたら、トニーがあそこに倒れていたのよ」

「それなら、どうしてあなたの手に血がついているの？」ローズは金切り声でわめいた。「それにまだナイフを握っているじゃないの」

「これがなにかわからなかったのよ。入ったとき部屋は暗くて、なにかにつまずいたの。かがんで拾ってみたらナイフだったの」ベリンダはようやくナイフを持ったままだということに気づいたらしく、あわててサイドテーブルに置いた。「血でべたべたしていた。悲鳴をあげたら、ジョージーが来てくれたの」

よく見えるようになったので、それがナイフではなく、階下の部屋に飾られていたような湾曲した東洋の短剣(ダガー)だということがわかった。

「あなたじゃないなら、だれが彼を殺したの？　警察に連絡してちょうだい、ミセス・マナリング。彼女じゃないのなら、この家のなかに犯人がいるということだわ」

「みなさんはこの部屋から出られたほうがいいでしょう」ミセス・マナリングが落ち着いた口調で言った。「ここは犯罪現場です。だれもなににも触ってはいけません。わたしが警察に連絡します。それから使用人たちを起こして、屋敷内と庭を探させます」

わたしはベリンダの体に手をまわした。「わたしの部屋で手を洗うといいわ」

「証拠として手はそのままにしておくべきよ」ローズの声は怒りに満ちていた。

「わたしたち全員が目撃しています、ミセス・サマーズ」ミセス・マナリングは冷静に応じた。「彼女の手に血がついているのを見ましたし、なによりナイフには彼女の指紋があるはずです」

「犯人のものもね」わたしは言い添えた。「心配ないわ、ベリンダ。大丈夫よ。警察がきっと真犯人を見つけてくれるから」

「行きましょう、ミセス・サマーズ」ミセス・マナリングが声をかけた。「ひどいショックでしたね。警察が来るのを待つあいだ、ブランデーを持ってきますから横になっていましょう」次にわたしに向かって言った。「あなたはミス・ウォーバートン＝ストークと一緒にいてください、マイ・レディ。彼女をひとりにしてはいけないと思います」

「ほら、ベリンダ。わたしの部屋に行きましょう」彼女の体に手をまわすと、全身が震えているのがわかった。わたしは彼女を自分の部屋に連れていき、蛇口をひねって熱いお湯が出るのを待ち、手を洗わせた。洗面台が赤く染まった。そのあいだじゅうわたしは、頭のなかを駆けめぐる様々な思考と格闘していた。ベリンダを信じたかった。信じていることは確かだけれど、心の奥にはもやもやする疑念があった。トニーはベリンダの寝室にやってきて、誘いをかけた。わたしはうとうとしてしまったので、それからどれくらい時間がたったのかははっきりしないけれど、それほど長い時間ではないはずだ。彼が怒って帰ったのなら、どうしてまた戻ってきて、服を脱いでベリンダのベッドに潜りこんだのだろう？　なにより、彼の服はどこ？　ベリンダがお風呂に入っていることを知っていて、戻ってきたときに驚かせるつもりで、裸で彼女の部屋までやってきたんだろうか？

さらに大きな疑問がある。ベリンダではないのなら、だれが彼を殺したのだろう？　小さな子供にするようにわたしは彼女の手を拭いてやった。それから暖炉脇の肘掛け椅子に座らせた。

「ブランデーを取ってくるわね」わたしは言った。「あなたはショックを受けているから」

「ショックを受けているのはわかっているけれど、でもわたしをひとりにしないで。犯人が戻ってくるかもしれない」

「すぐに戻ってくるわ。それに使用人全員を起こしているから」わたしは階段を駆けおりた。応接室に入ってサイドボードに近づき、自分でもブランデーを飲んだが、そのあいだだれのことも見かけなかった。目を覚ました使用人たちの声があちらこちらから聞こえてくる。ヒステリックな泣き声とミセス・マナリングの冷静な声が聞こえた。「しっかりしなさい、エルシー。だれもあなたを殺しに来たりはしませんよ。安心なさい」

階段をあがっているときには、ろうそくを手に廊下をそろそろと進んでいく従僕の姿が見えた。部屋に戻るまで、だれにも会わなかった。

「これからどうすればいいの、ジョージー？」わたしからグラスを受け取りながらベリンダが訊いた。「わたしが犯人じゃないって言っても、だれも信じてくれないわ。ナイフを持っているところを見られているんだもの」

「あのナイフにはほかの指紋もあるはずよ。警察が犯人を見つけてくれる。トニーには敵がいたって聞いたじゃない？　料金を全部値上げしたって」

「それはそうだけれど、その敵がどうやって家に入ってきたの？　なによりトニーはどうして裸でわたしのベッドにいたの？」

「あなたがお風呂から戻ってきたときに脅かすつもりで、部屋に忍びこんだのかもしれないわ。あなたの気持ちを変えられるって思っていたのかも」

「でもあの長い廊下を裸で歩いてくる人がいる？　せめて部屋に入るまではガウンを着ているんじゃない？　あなたやミセス・マナリングにばったり会う可能性があるんだから」

「あそこにあった毛布のなかにガウンが紛れているのかもしれないわね」

「ああ、そうね。そうかもしれない。でもわたしは彼にはっきり断ったのよ、ジョージー。本当よ」

「知っているわ」わたしは言った。「バスルームから帰ってくるときに、聞こえたの」

「ほかに聞いていた人がいたとしたら？　トニーがわたしの部屋に入るのを見た人がいたのかもしれない。あの気味の悪いマナリングよ。あの人、わたしたちのことを見張っているのよ。トニーがわたしの部屋に入るところを見たって彼女が証言したら、わたしは終わりだわ。それどころか、わたしが彼を誘ったって嘘をつくかもしれない」

「どうして彼女がそんなことをするの？　彼女から特に嫌われているって感じていたの？」

「そういうわけじゃない。ローズが嫌われているほどではないわ」ベリンダはブランデーをひと口飲んで、体を震わせた。「わたしのせいにされないわよね？」

「もちろんよ。なにもかもうまくいくから」わたしは彼女の肩に手を乗せた。

ベリンダが手を重ねた。「あなたがいてくれてよかった。わたしひとりだったら、どうなっていたことか。あなたはわたしを信じてくれるでしょう？」

「もちろん信じているわ。長年の付き合いじゃないの。あなたが嘘をついているときはわかる。そもそも、あなたにトニーを殺す理由がある？　あなたは男の人のことをよくわかっているんだもの。気が進まない相手を断ることくらいできる」

「でもどうしてわたしの部屋で彼を殺すの？　どうしてわたしのベッドの上で？　トニーに恨みを持っているのなら、どこか暗いところで待ち伏せして、彼をうしろから刺して、それからまたこっそり逃げればいいことでしょう？　それを言うなら、どうして家のなかでつかまるような危険を冒すの？　地所のはずれまでトニーのあとを追っていって、あとは海から逃げればいいんじゃないの？」

　ベリンダは唐突に言葉を切り、手で口を押さえた。「フランシスおじさん！　彼の仕業よ。なんて利口なのかしら。ローズに挨拶をするため、かわいい姪にもう一度会うためと言って彼は今日の午後、この家に来た。いろいろ偵察する機会があったっていうことよね。それに、見送りは必要ないって言わなかった？　きっと家から出ていかなかったんだわ。使われていない部屋を見つけて、チャンスが来るまで隠れていたのよ。一石二鳥だったんだと思わない？　トニーを殺して係留の代金をどうにかするだけじゃなくて、わたしが殺人罪で捕まって絞首刑になれば、お金と地所を手に入れられるんだもの」

「あなたのおじさんは、欲しいものを手に入れるために人を殺せるような人なの？」

「もちろんよ。彼は世界大戦に出征していたの。人に銃剣を突き刺すやり方や接近戦での戦い方の訓練を受けたって言ってたわ。ドイツ人のうしろからこっそり近づいて、喉を掻き切ったって自慢していたくらいよ」

「でもそれは戦争でしょう？　命令されたから仕方なく自分の本質とは違うことをした人は

大勢いたはずよ」

「自分の欲しいものを手に入れるためにはなんだってするのが、彼の本質だと思うわ」ベリンダが言った。「扱いにくい子供だったって祖母は言っていた。すぐ癇癪を起こすし、その場逃れのためにすらすらと嘘をつくし。母とは正反対だったわ。母は世界で一番優しくて、思いやりのある人だった」ベリンダはぞっとしたようにため息をついた。「父はわたしを助けるためになにもしてくれないかもしれない。気にはかけてくれるだろうけれど、あの意地悪な継母が、わたしには心配する価値なんてないって父に言うかもしれないわ」その声が震えているのがわかった。

「そんなことないわよ。それに、すぐにすべてが解決するわ」わたしは言った。「さあ、そのブランデーを飲んだら、ベッドで横になるといいわ」

ベリンダは目を潤ませながら微笑んだ。わたしは実際以上に自信があるように見せながら、笑みを返した。実を言えば、状況はベリンダにとってあまり明るくないと思っていて、彼女が犯人でないことをどうすれば立証できるのかさっぱりわからなかった。ああ、ダーシー、あなたがいてくれればよかったのに。あなたなら、どうすればいいのかわかっていただろうに。

信じられないくらい恐ろしいことが起きたトレウォーマ。警察が解決してくれることを祈るばかりだ。かわいそうなベリンダ。

一〇月一七日

玄関のドアをノックするけたたましい音がして、地元警察の巡査がやってきた。

「ここで殺人があったというのは間違いないんですね？　ただの事故じゃないんでしょうね？」階段をあがりながら、彼が強いコーンウォールなまりで尋ねているのが聞こえてきた。

「それとも、こちらの紳士が自ら命を絶った可能性はありませんかね？」

「絶対に事故ではありません」応じたのはミセス・マナリングだ。「ベッドに横になっている人間が鋭い短剣に向かって突進することはできませんし、自分を刺し殺してから部屋の向こう側にナイフを投げるのも難しいでしょうね。なにより、ナイフを握ったままの若い女性客が見つかっているんです。手は血まみれでした」

わたしはそこから動かないでと身振りでベリンダに伝えてから、そっと部屋を出た。ミセス・マナリングがベリンダの寝室のドアを開けて、警察官になかを見せようとしている。丸い赤ら顔に豊かな白髪をした恰幅のいい年配男性で、脇の下にヘルメットを抱えていた。部屋に入る前に彼が大きく深呼吸をしたのが見え、やがて息を呑む音が聞こえてきた。

「なんてこった」すぐに廊下にあとずさってきた彼の顔は、髪と同じくらい白くなっていた。「気の毒に。長年生きてきたが、こんなものを見たのは初めてだ。脱穀機に落ちたヘンリー・ブレイクリーはかなり悲惨だったが、本物の殺人なんて見たことはないぞ。裸であんなふうにベッドに横たわっているなんて。縦坑に落ちたトミー・ヒックスはいたが、彼が悪事を企んでいたことはみんな知って……」

「それで、これからどうするんです、フッド巡査?」ミセス・マナリングが素っ気ない口調で尋ねた。「捜査を始めるんですか?」

「わしが? 捜査? それはわしの仕事ではないよ。わしは村の巡査だ。酔っ払いや迷い犬の面倒は見るが、死体は無理だ。ウェイドブリッジから警部補を呼ばなくてはならん。これだけの重大事件だから、おそらく彼はトゥルーロか、もしくはロンドン警視庁から応援を呼ぶことになるだろう」巡査は部屋のドアを閉めた。「警部補が来るまでだれもここには入れないように。それで、この恐ろしい罪を犯した犯人の心当たりはあるのかね?」(彼は〝おっとろしい〟と発音した)。「頭がおかしい危険な人間がいまもこの家をうろついているとか?」

「それは考えにくいと思います」ミセス・マナリングは冷ややかに答えた。「こうしているいまも、使用人が敷地内を確認していますから。それにこの事件は簡単に解決できるでしょうね。亡くなったミスター・サマーズと彼の妻の友人であるミス・ウォーバートン＝ストークがいまここに滞在中ですが、血まみれの手にナイフを持って遺体のそばに立っているところを見つかっています。ここは彼女の寝室で、ミスター・サマーズが死んでいたのは彼女のベッドでした。それも裸で」ミセス・マナリングは意味ありげなまなざしを巡査に向けた。

「ふむ、なるほど」巡査はうなずいた。「自分の名誉を守るために彼女が抵抗したということですかな？　だとすると、裁判所は彼女の罪を軽くするでしょう。自分の名誉を守ろうとする若い女性にはいつだって同情的ですからね」

「わたしには彼女の動機はわかりません」ミセス・マナリングが言った。「今朝になるまで、彼女はとても感じのいい落ち着いた方のように見えましたした」

「その人はいまどこに？」巡査はあたりを見まわし、寝室のすぐ外に立つわたしに気づいた。

「彼女がその女性ですか？」

わたしは前に出た。「いえ、わたしは彼女の友人です。彼女はショック状態なので、わたしの部屋で横になってもらっています。彼女は殺していません、巡査。お風呂に入っていたんです。戻ってきて、暗い部屋のなかでなにかを蹴っ飛ばしたので拾い、明かりをつけたらそれがナイフだったんです。その後、自分のベッドの上にトニー・サマーズが裸で横たわっていることに気づいたそうです。彼がどうしてそこにいたのか、だれが彼を殺したのか、彼女にまったく心当たりはありません」

「ふたりはとても親しかったんですね？」巡査はわたしに向かって、ウィンクらしき表情を作った。「そうでなければ、服も着ずに彼女のベッドで横になっていたりはしないでしょう？」

「子供の頃の遊び仲間だったそうです。彼女が、祖母のレディ・ノットのところで夏を過ごしに来ていた頃の」

巡査の顔がぱっと輝いた。「レディ・ノット？　立派なご婦人でしたよ。よく小さな二輪馬車で出かけていたのを覚えています。このあたりではとても尊敬されていましたね。ああ、彼女のお孫さんですか。もしここで裁判にかかることになれば、陪審員は彼女に好意的でしょうな。だがこれは死刑に相当する犯罪ということになるから、おそらくは中央刑事裁判所（オールド・ベイリー）で裁かれることになって、それはつまり……」巡査は自分がだらだら話し続けていることに気づいて口をつぐんだ。「で、ふたりは子供の頃の友人で、その後なにがあったんです？」

「ミス・ベリンダ・ウォーバートン＝ストークはミスター・サマーズとはしばらく会っていなかったので、彼がここに住んでいることもミセス・サマーズと結婚したことも知りませんでした」

「彼女が夫妻のどちらのことも知らなかったのなら、どうしてあなたがたはここに滞在しているんです？」

「わたしたちは、ベリンダが相続した家を見るためにコーンウォールに来たんです。偶然ローズ・サマーズに会って、彼女が子供の頃の友人だったベリンダを覚えていたので、わたしたちを招待してくれたんです」

「なるほど」巡査は歯と歯の隙間から息を吸ったかと思うと、豊かな白髪を手でかきあげた。これからなにをすればいいのかわからないようだ。

「警部補に電話をしますか？」わたしは助け船を出した。

「ふむ」彼はベリンダがいるわたしの部屋のドアを眺め、それからわたしに視線を戻した。「彼女をどうすべきか、よくわからんのですよ。本来なら、一番近い留置場に連れていくべきなんでしょう。だが一番近い留置場はトゥルーロの州庁舎だ。暗いなかをかなり走らなければならないし、若い女性を乗せられるようなちゃんとした車もない。緊急ということだったんで、わしはアルフィー・フェローのバイクを借りてきたんですよ。この雨じゃ、彼女を後部座席に乗せるわけにもいきませんしね」

「この家にいれば大丈夫です」わたしは請け合った。「逃げたりしないようにわたしが責任を持ちます」

「それなら、お願いしよう」巡査は満足そうにうなずいた。「それでは警部補に電話をしてきますよ。夜のこんな時間に起こされて機嫌を悪くするでしょうが、まあ仕方がありませんな」

「こちらです、巡査」ミセス・マナリングが彼を連れて階段をおり、玄関ホールにある電話に案内した。

わたしはバルコニーに残り、巡査がオペレーターと話すのを聞いていた。長い沈黙のあとで、彼が言った。「起こしてすみません、サー……はい、いま何時なのかはわかっております……はい、いまが真夜中で警部補が眠っていらしたことも承知しております……ですが緊急事態なのでできるだけ早く来ていただきたいんです。わしではどうしていいかわからないんで。いいえ、パブの外での喧嘩騒ぎじゃありません。若い男性がベッドの上で裸で死んでいるんです。トレヴォーマというあの大きな家です。心臓を刺されているんです、サー。明らかに殺人です」さらに沈黙があって、巡査は言い添えた。「いいえ、サー、悪ふざけじゃありません、本当です。正真正銘の殺人です……犯人？　はい、心当たりはあります。彼女を捕まえて監視しています。はい、ありがとうございます、サー。せいいっぱいやります」

受話器を置いた巡査はいたって満足そうだった。「着替えたらすぐに来るそうです。三〇分もかからないでしょう」

わたしはベリンダのところに戻った。彼女はベッドの上で膝を抱えて座っていた。

「警部補がこれから来るわ。少し眠ったらどう？」

「眠れるはずがないでしょう、ジョージー？　わたし、怖くてたまらないのよ。考えれば考えるほど、フランシスおじさんの仕業に違いないと思えてきたの。だって彼じゃなければ、だれだっていうの？　犯人は、トニーだけじゃなくてわたしにも恨みがある人間のはずなんだから」

考えてみた。「一番怪しいのはローズだわ。トニーが彼女を殺そうとしているって、今日言っていたわよね？　殺される前に殺したのかもしれない。でもあなたに敵意を持つ理由がわからない。彼があなたに興味を持っていて、あなたもそれに応じようとしているって考えたのでないかぎり」

「さっき彼がわたしの部屋に入るのを見たのかもしれない」ベリンダが言った。「そして間違った結論を出したのかも」

「あなたが彼を追い払っていなければ、正しい結論になっていたところね。でもその仮説の問題点は、彼女は階下のキッチンでココアを作っていたということだわ」わたしは指摘した。「わたしたちは彼女がキッチンに向かうのを見たし、あなたが悲鳴をあげてわたしたちが駆けつけたとき、手にカップを持った彼女はまだ階段の下にいた」

「キッチンは家の裏手よね？　この部屋からは離れている。ココアを作っていたなら、トニーや殺人犯がわたしの部屋に入るのが見えたはずがないわ」

「ミセス・マナリングなら殺人の計画を立てられる気がするの。どう思う？　だってほら、あの顔を見てよ。でも彼女ならもっと陰湿なやり方をするでしょうね――毒を使うとか事故を装うとか。彼女がダガーで刺すところは想像できないわ。血だらけになるし、シーツを洗濯しなければならないのよ。彼女がひどく綺麗好きなことはあなたも知っているでしょう？」わたしはにやりとしながらベリンダを見た。

ベリンダはわたしの顔を見つめていたが、やがて笑いだした。「ジョージー、笑いごとじゃないのよ？」

「そのとおりね。恐ろしくてたまらないわ。でも本当にあなたのおじさんの仕業だとしたら、きっとすぐに見つかるわよ」

「すでに船で大陸に向かっていたとしたら？　そうしたら、どうやって彼だということを証明するの？」

「ダガーに指紋が残っているはずよ。隠れていた部屋にもあるかもしれない。ドアノブに触ったでしょうからね」

ベリンダはわたしの手をつかんだ。「ジョージー、あなたはこういうことが得意だわ。これまでにも何度か事件を解決している。わたしを助けてくれるわよね？」

「もちろんよ」わたしはまた、内心よりも自信に満ちた口調で答えた。

一〇月一八日金曜日、早朝
トレヴォーマ

ああ、どうしよう、とんでもなく恐ろしいことが起きて、だれもがかわいそうなベリンダの仕業だと思っている。助けると彼女に約束したけれど、どうすればいいのかわからない。トニーを殺したかったのはだれだろう？　そしてベリンダに敵意を抱いているのは？　あの現場は明らかに、彼女の仕業に見せかけるために作られたものだ。彼女のおじのフランシスが犯人であることを願った。そうすればすべてが丸く収まるし、なにより彼はあまり好感を持てるような人間ではない。警部補が無能でないことを祈るばかりだ。

わたしはベリンダと並んでベッドに横たわり、天井を見つめていた。玄関のドアをノックする大きな音が聞こえてくるまでどちらも眠ろうとはしなかったし、そもそも眠れるはずもなかった。やがて玄関ホールに話し声が反響した。

「とんでもない天気の夜ですね、サー」巡査の声だ。「お呼び出しして申し訳ありませんが、ご自分の目で確かめてください」

「本当だろうな」初めて聞くその声はとげとげしかった。「こういった家に住む上流階級の連中がどんなだか、きみも知っているだろう。我々のような間抜けな警察官をからかうのは、素晴らしく面白い冗談だと思っているふしがある。まさか、自分たちの楽しみのために殺人を演出したわけではないだろうな？　どこからかくすくす笑う声が聞こえたりしたら、きみは困ったことになるんだぞ、フッド」

「もちろんです、サー、だれも笑ったりなどしません。それに、わしだって死体は見ればわかります」

「いいだろう。案内してくれ。どの部屋だ？」

わたしは好奇心が抑えられなくなった。ベッドを出て、少しだけドアを開けて外をのぞく。やってきた警部補は巡査よりもずっと若かったが、あまりいい人生を送ってはこなかったようだ。あるいは、地元のパブで少々羽目をはずしすぎたのかもしれない。目の下に大きな隈ができていて、なかなか焦点が合わないかのように眉間にしわを寄せていた。砂色の髪はすでに薄くなり始めている。あまり期待が持てる容貌ではなかった。

「右側の次の部屋です、サー」フッド巡査はその部屋のドアを押し開けようとした。

「ドアに触るな」警部補が怒鳴った。「重要な指紋が残っているかもしれない」

「この一〇〇年のあいだに、いろいろな人間が出入りしていたらきっと残っているでしょうね」巡査は笑いながら言ったが、警部補はにこりともしなかった。

ちょうどそのとき、ミセス・マナリングが足早に廊下を近づいてきた。わたしはあわてて顔を引っこめた。

「パーディ警部補、こんな夜中にありがとうございます」彼女が言った。「家政婦のミセス・マナリングです。申し訳ありませんが、ミセス・サマーズは夫の死にひどくショックを受けていたので、睡眠薬を飲んでもらいました。ですが、わたしができるかぎりのお手伝いをさせていただきます」

「手伝いはいらない、ありがとう。だが、証拠が消えないようにはしてくれただろうね？」

「はい、もちろんです。凶器を持った若い女性を見つけたあと、あの部屋にはだれも入っていません」

「彼女はいまどこに？」

「彼女の友人のレディ・ジョージアナ・ラノクがご自分の寝室でお世話をしていらっしゃいます。公爵の妹さんです」

「公爵の妹？」警部補はどこか不安そうに咳をした。「その容疑者の若い女性も貴族階級なのか？」

「貴族ではありませんが、上流階級の方です。お祖母さんがレディ・ノット（Knot）で――」

「なにが違う（ノット）んだね？」警部補がいらだたしげに尋ねた。

「いえ、それが名前なんです。古くからの本物のレディです。トレヴォーマのすぐ近くにお屋敷をお持ちでした。残念ながら亡くなられましたが」

「なるほど」警部補は歯のあいだから息を吸った。「わたしに言わせれば、高貴な生まれだからと言って不正な行為をしないということにはならないと思うがね。殺人の現場を見たあとで、その若い女性ふたりの両方から話を聞くことにしよう」

「ここです」ミセス・マナリングが言った。「なにも触っていません」

わたしは警部補が部屋に入っていくのを眺めていた。「なんということだ」彼の声が聞こえた。「若い女性がこんなことを？」

「見つかったとき彼女はナイフを握っていたんです。両手は血まみれでした」ミセス・マナリングが答えた。

「精神状態が不安定だったんだな。そういう人間は多い。近親での結婚を繰り返し過ぎたんだ。彼女は絞首刑にはならないだろうが、いかれた貴族のための高級な療養施設に入れられるだろう。それで、凶器はどこに？」

「サイドテーブルに置くように言いました」

再び、驚いたようなうめき声が聞こえた。「普通のナイフではないな。こんな恐ろしい武器を見たのは初めてだ。いったい彼女はどこでこんなものを手に入れたんだ？」

「実を言うと、この家にあったものなんです、警部補。以前この家に住んでいた人は、広く旅をしていて物を集めるのが趣味でした。書斎と長広間の壁には世界中から集めた武器が飾られています。そのうちのどれかを取ってくるのは簡単です」

「なるほど。被害者がこの家の現在の主なんだね？」

「はい。ミスター・アンソニー・サマーズです」

「聞き覚えのない名前だな。違う名前だったような気がするが。コーンウォールの名前だったんじゃなかったかな？」

「トレファシスでした、警部補。残念ながら、ミスター・フェラーズ・トレファシスと奥さまは飛行機事故で亡くなられました。ミスター・サマーズは、両親からここを受け継いだミス・ジョンキル・トレファシスと結婚してここで暮らすようになったんです。ほんの三年前のことです」

「つまり、彼の妻がこの家の相続人だと？」

「いまの奥さまは違います。前の奥さまです」

「彼は三年のあいだに二度結婚したのか？」警部補は驚いたようだ。

「ミス・ジョンキルは結婚して一年もたたないうちに、事故で亡くなったんです。崖の縁に立っていたときに足元が崩れて」

「その件なら読んだ記憶がある。当時はコーンウォールの反対側のローンセストンにいたんだ。若いのに気の毒だった」

「悲劇でした。ミス・ジョンキルほど人生を愛していた人はいませんでした。わたしは彼女が赤ん坊の頃からお世話をしていたんです」

「彼女が死んで、夫が財産をすべて手に入れたんだね？」

「警部補が考えているようなことではありません。不正な行為はなかったと断言できます。実際、事故が起きたとき、ミスター・サマーズは農場にいたんです。おふたりはとても幸せそうに見えました。お似合いだったんです」

「だが彼はすぐに再婚した」

「残念ながらそのとおりです。性急すぎたと思います。間が悪かったんです。いらないことは言いたくありませんが、現在のミセス・サマーズが身ごもったので、ミスター・サマーズは結婚することで責任を取ったんだと思います」

「それで、結婚生活はどうだったんだね？　ほかの女性の部屋で裸で発見されたところを見ると、あまりうまくいっていなかったようだが」

「言わせてもらえば、理想の夫婦とは言えなかったと思います」ミセス・マナリングが答えた。「彼女は階級が違いました。社交上のたしなみも知らない、生まれの卑しい人だったんです。トレウォーマのような大きなお屋敷を管理するにはまったくふさわしくありませんでした。わたしがお教えしようとしましたが、うまくいっていたとは言えません」

間があった。なにが起きているのか確かめたくてたまらない。警部補は部屋を眺め、あの毛布を調べているのだろうか？　わたしはこっそり部屋から出ようとしたが、フッド巡査がドア横に立っていることに気づいた。見張っているのか、それとも死体を見たくないのかどちらだろう？　後者だろうとわたしは思った。彼に気づかれる前に部屋に戻った。

警部補が再び口を開いた。「家政婦であるあなたは、この家でなにが起きているのかよく知っているのだろう？　この家の主人と彼を殺した若い女性は不適切な関係だったのか？　彼はしばしば仕事でロンドンに行っていた？　不適切なことが目的で彼女を連れてきたんだろうか？」

「それはないと思います、警部補。彼女を見たとき、旦那さまは本当に驚いているようでしたから。それにはっきり言って、旦那さまがこの家で暮らすようになって以来、不適切な兆候を見たことはありません」

「だが実際彼は、ほかの女性のベッドに裸で横たわっていた」警部補がつぶやくのが聞こえ、わたしはさらに顔を寄せてドアの隙間から外をのぞこうとした。彼が息を呑んだのがわかった。「こいつは妙だ。髪が濡れている。雨のなかにでも出ていったのかね？」

「いえ、違います、サー。ミスター・サマーズはいつも夜にお風呂に入られるんです。お風呂からあがったばかりだったんじゃないでしょうか。それなら裸でいることの説明もつきます。なにかかけてあげてはいけませんか？　あんな風に身を隠すものもなく横たわっているのはお気の毒で」

「残念だが、部屋を徹底的に調べるまでは彼を動かすわけにはいかないし、なにかに触ることもできない。あなたのような繊細で上品な女性にとっては、さぞ落ち着かない光景だろうが。ひとりひとりから話を聞きたいと、この家の人たちに伝えてもらえないか？　まずは問題の女性と彼女の友人から始めたい。あなたが睡眠薬を飲ませたのなら、ミセス・サマーズは話ができるような状態ではないだろう。彼女に会うのは明日の朝まで待たなければならないようだな。どちらにしろ、ロンドン警視庁に連絡する必要がある。上流階級の人たちが関わっているし、明らかに死刑に相当する犯罪だから、わたしの権限を越えている。フッド巡査？」

「なんでしょう、サー」

「この家の人間を集めてくれたまえ。上の階も下の階も両方だ。全員から話を聞きたい。使用人とはキッチンで会うことにしよう。きみがまずひとりひとりから供述を取って――」

「ちょっとよろしいでしょうか、警部補」ミセス・マナリングが遮るように言った。「使用人に話を聞く必要がありますか？　あの時間には全員が寝ていました。わたしはいつもサマーズ夫妻が寝室に引き取られるまで起きていて、最後に家をひとめぐりして確かめてから玄関に鍵をかけます。サマーズご夫妻とお客さま以外、だれもいなかったと断言できます」

「だからといって、彼らが眠っていたことにはならない。いつでも襲いかかられるように、自分の部屋でじっと待っていたのかもしれない。殺人犯というのはずる賢いものですよ」

「お客さまの部屋にいる主人を大きなダガーで襲うほどずる賢いはずがありません。とんでもなく度胸がいりますし、そもそもそんなことをする理由がないんです。なによりここの使用人はとてもよくしてもらっていて、みんな満足しています。地元の単純な人間ばかりです。雇い主を殺すようなタイプではありません」

警部補がため息をついた。「あなたの言うとおりでしょうな、ミセス・マナリング。訓練を受けたとき、まずは明らかなことを探せと教わった。今回の事件で明らかなのは、あの若い女性が殺すつもりでミスター・サマーズを自分の部屋に誘ったか、あるいは彼が招かれてもいないのに押しかけてきたので、彼女が自分の身を守るために武器を手にしたかのどちらかだ。あの短剣が階下の壁にかけてあったものなら、どうやって、そしてなぜこの部屋にあったのかはまた別の問題だが」

そのとき、だれかがわたしの部屋のドアをノックした。「フッド巡査です。まだ起きていますか？　パーディ警部補が、身支度をして階下におりてきてほしいとのことです。おふたりに話を聞きたいそうです」

「わかりました、巡査」わたしはドアに向かって返事をしてから、ベリンダに向き直った。「さあ、見苦しくないようにしなくちゃ」

「あなたは大丈夫よ」ベリンダが言った。「あなたはいつだってきちんとしているもの。きちんとしているように生まれついているのよ。不道徳な人生を送ってきたのはわたしで、でも今回だけは分別ある行動を取ったのに、それでも殺人の容疑をかけられるんだわ」

「真実をわかってもらうのよ。心配いらないわ」わたしは彼女の手を握った。

「また服を着なくてはいけないかしら？　わたしの服は全部、死体と一緒にあの部屋にあるのよ」

「ガウンで充分にきちんとしていると思うわ」わたしは言った。「足首以外は見えないもの。コーンウォールの荒れ地では、それですら罪深いと思われるのかもしれないけれど」

ベリンダはかろうじて笑顔を作った。

一〇月一八日　早朝
トレウォーマ

ロンドン警視庁の人が早く来てくれることを願った。この警部補は結論に飛びついて、人の話に耳を傾けてくれそうもないからだ。けれど、これまでわたしが関わったロンドン警視庁の捜査官全員がとりたてて聡明だったわけでもない。わたしにいったいなにができるだろう。かわいそうなベリンダはひどい有様だ。

どの部屋とは指定されなかったので、わたしたちは暖炉の火がまだ残っている応接室に入った。暖炉の前に肘掛け椅子を運んできた。窓の外では風がうなり、遠くのほうで雷が鳴っている。ベリンダは椅子の上で前かがみになり、炎を見つめた。

「もう一杯ブランデーを飲む？」わたしは尋ねた。

ベリンダは首を振った。「アルコールのにおいを警部補に気づかれたくないわ。わたしが酔っていて、理性をなくしたんだろうって言われそうだもの」

わたしたちは待った。

「ゆうベトニーがわたしの部屋に来たことを言うべきだと思う？　わたしがはねつけたことを？」

「絶対にだめよ」わたしは小声で言った。「それが動機だと思われてしまうわ。子供時代の友人で、それ以来会っていないって言い張らなきゃだめ。ローズだってそう思っているんだから」

「でも、トニーがわたしの部屋に入るところをあのマナリングが見ていて、警部補に話していたらどうする？　警察がもっとくわしく調べようって決めて、クロックフォーズやレストランでわたしたちが一緒にいるところをロンドンにいるだれかが見かけていたら？」

「それは考えにくいと思う。あなたとトニーが親しい間柄だったたっていうことをだれかが言わないかぎり、ロンドンで捜査をする理由はないでしょう？　そんなこと、ここにいる人間はだれも知らないんだから」

「でもロンドンにいるトニーの友だちのだれかが知っていたかもしれない。わたしと会っていることを、トニーがだれかに話したかも」

「その頃彼がジョンキルと婚約していたのなら、それはないと思う。ええ、そうよ、彼が賢明なら秘密にしていたはず」

「そうであることを祈るわ」

わたしたちは再び黙りこんだ。

「早くしてくれるといいんだけど」ひときわ強い風が窓を叩き、ベリンダが言った。「こんなふうに待つのは耐えられない。留置場に入れられたらどうすればいい、ジョージー？　留置場にふさわしい服なんて持ってきていないわ」

「だれだってそうよ」わたしは応じた。「それにあそこでは、矢印のスタンプがある囚人服を着せられるんじゃない？」

「ぞっとするわ。きっとひどくごわごわした生地で、肌がひりひりするんでしょうね。わたしはすぐに跡が残るのに」

重たげな足音が近づいてくるのが聞こえてきたので、わたしたちはくだらない会話をやめた。警部補が入ってきて、わたしたちを眺めた。

「こんばんは。それともおはようと言うべきですかな」彼が言った。「わたしはコーンウォール州警察ウェイドブリッジ支署のパーディ警部補です。お名前を聞かせてもらえますか？」

「レディ・ジョージアナです」わたしは言った。「以前はラノクでしたが、いまは結婚してミセス・オマーラになりました。彼女は友人のミス・ベリンダ・ウォーバートン＝ストークです」

彼はじっとベリンダを見つめた。「ふむ、こちらが問題の若い女性ですね。ミス……なんておっしゃいましたかね？」

「ミス・ウォーバートン＝ストークです」

「ウォーバートン＝ストークね」彼は嘲るように鼻を鳴らした。「生まれ持った名前はどうすることもできないと思いますけれど、警部補」わたしと同じで、ベリンダも緊張すると上流階級っぽい硬い声になる。

「確かにそのとおりですね」警部補はうなずいた。「わたしのファーストネームはアルジャーノンと言います。気に入っているとは言えませんね」そう言ってわたしたちの隣に椅子を運んできた。「さて、いくつかお尋ねしたいことがあります。よろしいですか？」

それなりに感じのいい人に思えた。それとも、言うつもりのないことを言わせるための罠だろうか？

ベリンダはうなずいた。「ひどいショックでした」囁いているようなか細い声だ。

「どうしてこの家に来ることになったのかというところから話してもらえますか？」

ベリンダは自分の手を見おろした。その指はガウンのベルトをもてあそんでいる。

「近くにある家を相続したんです。友人のジョージアナに一緒に見に来てほしいと頼みました。行ってみるとそこは小さな釣り小屋で、わたしたちが泊まれるようなところではありませんでした。ロックの村にいたとき、ローズ・サマーズに会ったんです。彼女がわたしに気づいたんですが、わたしは彼女だとわからなかったと思います。彼女は、わたしの祖母が以前雇っていた料理人の娘だったんです。学校がある時期はおばさんのところで暮らし、夏のあいだだけ母親を訪ねてきていました。わたしも子供の頃は祖母のところで夏を過ごしていたので、ほかの子供たちも交えて一緒に遊んでいたんです」

「それはずいぶんと民主的ですな。料理人の娘を交えて遊ぶとは」皮肉めいた口調を聞いて、彼は少しも感じがよくないことをわたしは悟った。ベリンダにぼろを出させようとしているだけだ。

ベリンダはちらりと彼を見て、顔をしかめた。「子供だったんです。偉そうな態度を取ったりはしていませんでした」

警部補はうなずいた。「続けてください。彼女があなたに気づいたんですね」

「彼女がいまはトレウォーマの女主人で、トニー・サマーズと結婚したと聞いたときは信じられませんでした。彼女が子供のひとりで、一緒に遊んでいたんです。彼がここに戻ってきているなんて、まったく知りませんでした」

「それではあなたはそのグループの人間とは子供の頃以来、ずっと会っていなかったんですか？」

ベリンダはうなずいた。「わたしが一四歳のときに祖母が引っ越したんです。わたしはスイスの学校に行かされて、それっきり一度もここには来ていません」

「スイスの学校ね。それは素晴らしい」彼は口元にうっすらと冷笑を浮かべた。

「継母がわたしを家に置いておきたくなかったというだけのことです、警部補」ベリンダの口調は冷ややかだった。

「それであなたはミセス・サマーズと世間話をしたわけですね？」

「コテージの改装の計画を立てるあいだ、滞在できるホテルを探していると言いました。そうしたらローズがぜひトレウォーマに泊まってほしいと言ってきたんです。他人と言ってい い間柄でしたからあまり気が進まなかったんですが、めったに客も来ないのでどうしてもと 彼女に言われて」

「それでは、彼女は夫に確認はしなかったんですね?」

「はい、していませんでした」

しばしの間があった。雨がまだパラパラと窓を打っていて、なかには風に揺れている窓も あった。

「あなたがやってきたとき、ミスター・サマーズはどう思ったでしょうね?」

「久しぶりにわたしを見て驚いていました」

「驚いて、大喜びした?」

「そうは言っていません。ただ驚いて、来客があることを喜んだだけです」ベリンダは顔を 紅潮させている。「ここで暮らすのはとても寂しいでしょうから」

「ここにはどれくらい滞在しているんです?」

「今夜がふた晩めです」

警部補が不意にわたしに向き直った。「ミセス・オマーラ、あなたも子供の頃、こちらの 人たちと知り合いだったんですか?」

「いいえ、警部補。わたしはスコットランドで育ちましたから」

「あなたにはスコットランドのなまりがないようですが」

攻撃は最大の防御だとわたしは考えた。「わたしの親戚はバルモラルに行ったからといって、スコットランドのアクセントでは話さないと思います」

「バルモラル？　お城ですか？　王家の人たちの？」

「ええ。わたしは国王の親戚なので」

「それはそれは」彼が動転したのがわかって、わたしはうれしくなった。「スイスの学校に寄宿していたときに、ミス・ウォーバートン＝ストークと知り合ったんです」わたしは言葉を継いだ。「コーンウォールに来たのはこれが初めてです」

警部補は用心深いまなざしをわたしに向けた。「それではあなたを殿下とお呼びしなければならないんですか？」

「いいえ。わたしはただのレディ・ジョージアナです。ミスター・オマーラと結婚しましたが、称号はそのままですから。夫も貴族の息子です」

「なるほど」彼の顔がひきつったのがわかった。「我々の素晴らしい州を初めて訪れたというのに、残念な状況になったわけですね？」

「あいにくそういうことです。わたしの気の毒な友人はひどいショックを受けています」

「あなたの寝室は彼女の部屋の隣ということで間違いないですか？」

「そうです」

「なにか変な音を聞きませんでしたか？　荒らげた声とか？　争っているような物音とか？」

わたしは首を振った。「最後にベリンダと話をしたとき、これから熱いお風呂に入るのだと彼女は言っていました。わたしは着替えてベッドに入り、眠りかけていました」

「ずいぶん都合のいい話だ」警部補の顔にはまたもや冷笑が浮かんでいた。

「一日中、新鮮な空気を吸っていましたから。わたしはいつも、枕に頭を乗せたとたんに寝てしまうんです」

「結婚していると言いましたね？」

「はい。三カ月前に」

「ご主人はあなたがひとりで遠出するのを許すんですね？」

「夫はいま外国に行っています。それにそうでないとしても、友人と一緒に旅に出るのに夫の許可は必要ありません」

「ずいぶんと現代的な男性だ」

「素晴らしい男性です。わたしはとても幸運だと思っています」

警部補は質問の趣旨がずれていることに気づいたようだ。「今夜のことに話を戻しましょう。あなたは眠っていて、なにも聞かなかった」

「眠りかけたときに、悲鳴かなにかを聞いた気がしたんです。それが夢なのかどうかわからなかったので、ガウンを着て部屋を出てみました。ベリンダの部屋の明かりがついていて、彼女が立っていました。手にはナイフを持っていて、恐怖そのものの表情でした。お風呂から戻ってきて、暗い部屋のなかでなにかを蹴ったと彼女は言いました。拾ってみたら、それがナイフだったそうです。明かりをつけると、あなたもご存じのとおり、ベッドの上にトニー・サマーズが横たわっているのが見えた。当然ながら、彼女は悲鳴をあげました」

警部補はベリンダに再び視線を戻した。「それで、ミス・ウォーバートン＝ストーク、ミスター・サマーズがどうして裸であなたの部屋で横たわっていたのか、心当たりはありますか？」

「まったくわかりません、警部補」ベリンダは言葉を切り、ちらりとわたしを見てから言い添えた。「ですが、彼を殺してわたしに罪をなすりつけようとした人の心当たりならあります」

その言葉に、警部補は目を見開いた。「そうなんですか？」

「わたしのおじのサー・フランシス・ノットです。彼は今日の午後、この家に来ました。トニー・サマーズが係留料金を倍にしたことに腹を立てて、彼に会いにきたんです。おじは船で暮らしているので懐が寂しくなったからです。わたしはその前におじと会っていましたが、彼はわたしにもひどく腹を立てていました。祖母の遺言でおじはなにも相続できなかったんです。わたしがすべてを相続しました。彼は自分がもらうべきだった分をだまし取られたのだから、財産を分けるべきだというようなことを言っていました」

「お祖母さんというのは彼の母親ですか？」

「そうです」

「どうして彼は遺言から除外されたんだと思いますか？」

「おじはお金にだらしないんです。昔から信用できない人でしたし、ギャンブル好きでした」

「つまりあなたは、おじさんがミスター・サマーズを殺して、あなたの仕業に見せかけようとしたと思っているんですね？」

「残念ながらそうとしか考えられません」ベリンダが言った。「わたしがいなくなれば、彼が祖母の財産を相続することになるでしょう。夜になるまで、おじが使われていない部屋に隠れているのは簡単だったはずです。わたしたちとお茶を飲んだときに、壁に飾られている武器を見かけたんでしょう。世界大戦に出征していたおじは武器の扱いには慣れていました。それどころか、ドイツ人を殺したことを自慢していたくらいです」

「ふむ」警部補はうなずいた。「そのおじさんはどこにいますか？」

「さっきも言ったとおり、パドストウで川に係留している船で暮らしています」

「彼から話を聞く必要がありそうですな。彼の船がここから逃げ出していなければの話ですが。もし彼が本当にこんな凶悪な犯罪を行ったのだとしたら、ナイフだけでなく家じゅうに指紋が残っているはずだ。大勢の使用人がいる家で、ずいぶん危ないことをしたものだと言わざるを得ませんね」

「ここはとても大きな家です、警部補」ベリンダが言った。「ひとつの棟は、もうずっと使われていません」

「その理由をご存じですか？」

「ジョンキル・トレファシスの部屋があった棟なんです。彼女の子供部屋や寝室、彼女とミスター・サマーズが使っていた寝室もありました。彼女の死はだれにとっても衝撃だったので、そういった部屋はそのまま使われなくなったんです」

「この家ではずいぶんと大勢の人が死んでいるようですね。最初は娘さんの両親、そして彼女が事故に遭い、今度は新しい主人が死んだ。いったいどういうことだと思いますか？」

「わたしにはわかりません。さっきも言ったとおり、一二年前、一四歳の頃にここを離れて以来、一度も戻ってきてなかったんです。この家は呪われているという人がいます。子供の頃、一度そんな話を聞いたことがあります」

「トレウォーマの呪いですか？」警部補はくすくす笑った。けれどまさにそのとき、激しい風が吹きつけて、窓が一カ所いきなり開いた。警部補は飛びあがった。「なんてこった」彼はつぶやきながら窓に近づき、苦労して閉めた。

「ほかになにかお訊きになりたいことはありますか、警部補？」わたしは言った。「ミス・ウォーバートン＝ストークは休む必要があると思います」

「この家にいる人間すべての指紋を採らなければなりませんが、それは明日の朝でもいいでしょう。当然ながら、この家から出ないようにしてください。それからあの部屋にも入れません。巡査に見張っていてもらいます」

「でもわたしの服や細々したものはあの部屋にあるんです」ベリンダが言った。「朝になったらどうやって着替えればいいんでしょう？」

「指紋を採って、写真を撮るまで待ってもらうことになります。明日の夜までにロンドン警視庁の警部補が来てくれるといいんですが。あなたがいつ自分の持ち物に近づけるかは彼次第ということになります。それまでは、王家の血を引くあなたのご友人が必要なものは貸してくれるんじゃないですかね」

ベリンダがこちらに向けた視線は、わたしの服は彼女のようにおしゃれな人間にはふさわしくないと語っていた。ベリンダは立ちあがり、先に立ってつかつかと部屋を出ていった。

19

一〇月一八日
コーンウォール、トレウォーマ

人生で最悪の夜だった。ベリンダが心配でたまらない。彼女のおじの犯行であることが立証されて、わたしたちが家に帰れることを祈るばかりだ。いまここにダーシーがいてくれればよかったのに。おじいちゃんでもいい。ふたりともいてくれればもっといい。

その夜、わたしたちはどちらも一睡もできなかったと思う。わたしは眠れなかった。うとうとしかかるたびに、恐ろしい光景が浮かんできた。血まみれの死体、ナイフ、ロンドン塔に監禁されたベリンダ、絞首刑にされたベリンダ。眠っているかもしれないので話しかけなかったけれど、朝になって見た彼女の顔には目の下に隈ができていたので、わたしと同じくらい辛い夜を過ごしたことがわかった。

「ロンドン警視庁の捜査官はいつここにくるのかしら?」ベリンダはベッドを出て窓に近づ

きながら言った。カーテンを開けると、ぼんやりした灰色の光が入ってきた。今朝も外は濃い海霧が立ちこめていて、一番手前の木々のうっすらした輪郭が見えるだけだ。「ただ待つだけでなにもわからないのって、すごく嫌よね？」

「わかるわ」わたしは体を起こし、ベッドの片側に脚をおろした。「どうしても理解できないのよ。トニーは本当にあなたの気持ちを変えることができると思って、服も着ずにあなたの部屋に来たのかしら？　そんな姿で廊下を歩いているところをローズに見つかるかもしれないのよ。使用人に見られる可能性だってあった。すごく向こう見ずな振る舞いだわ。彼は無謀なタイプだったの？」

「彼とジョンキルは若い頃、危険なことをするのが大好きだった」ベリンダが言った。「流れていくうちに壊れてしまういかだを作ったし、崖をのぼって途中で身動きできなくなったことも一度あったわ。それにもちろん、干潮のときに河口を歩いて渡ろうとして、かわいそうなコリンが――」ベリンダはその先の言葉を呑み込んだ。

「ゆうべのことを考えてみたのよ」わたしは立ちあがってドアに近づくと、廊下をのぞいた。ひっそりと静まりかえっていて、階段の下に置かれた椅子に巡査が座っているだけだ。眠っているようだ。わたしは音を立てないようにドアを閉めて、ベリンダのところに戻った。

「彼はベッドに横たわっていたのよね？　あなたがお風呂から戻ってきたときに、そこにいるのを見つけてもらうために。それなら、だれかが彼のあとをつけてきて、不意をついて彼を刺したということ？　彼が眠っていたのでないかぎり、それって筋が通らないわ。だれかが部屋に入ってきたら、普通は体を起こさない？　それがあなたでなかったなら、体を隠そうとするものじゃない？　わたしが見たかぎり、争った形跡はなかった。トニーはたくましい人だった。たいていの相手なら撃退できたはずよ」

「わたしのおじでも？　完全に不意をついたんじゃないかしら」ベリンダが言った。「地元の警察はフランシスおじさんを見つけることができると思う？　すでに大陸に向かっていたりしなければいいんだけれど」

「証拠になるような場所に彼の指紋が見つかることを祈るだけね。だって彼でなければ、この家にいるほかの人間の仕業だっていうことだもの」

「そうね」ベリンダは震えながらため息をついた。「ローズかもしれないっていう思いが頭から離れないの。トニーの死を望むはっきりした動機があるのは彼女だけだわ。違う？　トニーが自分を殺そうとしているって彼女が本当に考えていたなら、あなたの言うとおり、先手を打って殺そうとしたって不思議じゃないでしょう？　わたしが現われたのは、これ以上ないタイミングだった。わたしたちをこの家に招待しておいて、自分以外の人間に罪をかぶせるためにわたしの部屋で彼を殺した。頭のいい人だと思ったことはないけれど、実は利口だったのかもしれない。見事なやり口だわ」

「ローズにそんなことができたとは思えないわ」わたしは言った。「あの部屋はキッチンからかなり離れている。ココアを作るふりをして、トニーをずっと見張っていたのなら話は別だけれど。彼があなたの部屋に入るのを見て、いまがチャンスだと気づいて、トニーに気づかれる前に襲った。それから急いで階段をおりて、ココアを作った。

この仮説の唯一の弱点は、ココアのカップを持って階段の下に現われたとき、ローズは少しも息を切らしていなかったということね。急いで階段をあがり、だれかを刺してからまた階段を駆けおり、キッチンまで戻ったのだとしたら、少しは息が荒くなっていたはずよ。それに、まずはダガーを取ってこなくてはいけなかった。彼を刺すチャンスが来たときに備えて、大きなダガーを持ち歩いていたりはしないでしょう」

ベリンダは苦々しく笑った。「もっともね。それに彼女は本当にショックを受けたみたいだったわよね？　それに怒っていた。実は彼を愛していたのかもしれない」

「問題は、ローズでないとしたらだれなのかっていうことよ。使用人はもう眠っていた。警察が全員の素性を調べてくれるといいんだけれど。そのうちのひとりに、係留の権利とかロブスターの権利とかそういったことで腹を立てていた家族がいるのかもしれない。でも寝室で殺すような危険な真似をする使用人がいるはずないわね。トニーのあとをつけて、だれも見ていない地所のどこかで彼を殺せば、死体は何日も見つからないかもしれない」

ベリンダはうなずいた。「まだ寝ていなかったのはミセス・マナリングだけだわ」

「彼女にトニーを殺すどんな動機が考えられる？　そしてそれをあなたのせいにしようとする理由は？　彼女はあなたのことをほとんどなにも知らないんだし、そんなことをしても少しも彼女の得にはならない。こんな大きくて陰鬱な家はもうたくさんだってローズが考えて売ってしまったら、彼女は仕事を失うのよ」

「侵入者の仕業かもしれない」ベリンダが言った。「これだけの大きさの家だもの、だれにも見られずに侵入するのは簡単だわ。トニーに恨みを持つだれか――やっぱりフランシスおじさんに戻ってくるわね」彼女はわたしの手をつかんだ。「ああ、ジョージー。彼であることを願うわ」

「どれほど不愉快な人だとしても、自分のおじさんが殺人犯であることを願うのはあまり情け深いとは言えないわね」ベリンダのおじに対する自分自身の不快な感情を押し殺しながらわたしは言った。「あなたは本当におじさんに絞首刑になってほしいの?」

ベリンダは顔をしかめた。「でも彼はうってつけの容疑者なんですもの。それにもし彼の仕業だったとしたら、わたしを犯人に仕立てあげようとしたっていうことよ。わたしが絞首刑になっても彼はまぶたひとつ動かさないでしょうし、嬉々としてわたしのお金を受け取るんだわ」ベリンダはカーテンをおろした。「ああ、こんなところに来なければよかった。ローズの誘いを断ればよかった。本当は来たくなかったのよ」

「でも断るのは失礼だったわ。それに、ホワイト・セイルズでひと晩を過ごしたあとでは、天の恵みのように思えたじゃない」

ベリンダはガウンを羽織った。「たったひとつよかったと思えるのは、ゆうべバスルームに洗面道具を置いたままにしておいたことよ。少なくともフェイスタオルと化粧品はあるわ。それがなければどうしていいかわからなかったところよ。でもなにを着ればいいのかは……」

「あまりたくさんは持ってきていないのだけれど」わたしは言った。「予備のスカートとセーターでよければ着てちょうだい」

ベリンダはわたしの衣装ダンスを開けて、嫌悪感も露わにそこに吊るしてあるものを眺めた。「失礼なことは言いたくないんだけれど、これはわたし向けじゃないと思わない？」

「確かに流行の先端ではないわね」

「流行の先端？　ジョージー、あの古いタータンチェックのスカートは、わたしと知り合ったときから持っていたじゃないの。裾がだらりと垂れさがっているわよ」

「そうね。家を見に行くだけですぐに帰ると思っていたから、おしゃれなものはなにも入れてこなかったのよ。オートクチュールよりも着心地を優先したの」

ベリンダは仕方なく笑った。わたしは彼女の隣に立った。「このセーターとスカートは、確かにかなりひどいわね。わたしはあなたのように衣装持ちではないし、この服はラノク城にいた頃のものよ。でも本当のことを言うと、着替えが必要だなんて考えてもいなかった。出発直前に鞄に放り込んだだけなの」

「でもわたしはこんな服で、ロンドン警視庁の人の尋問を受けるわけにはいかないわ」ベリンダが言った。「きっといろいろな殺人の動機を考えつくに決まっているもの」

「あら、きっとあなたがローズを殺して、お金目当てでトニーと結婚するつもりだったたって考えるんじゃないかしら」

「それもそうね。でもわたしがファッションデザイナーだっていうことは絶対に信じてもらえない」ベリンダの顔がぱっと輝いた。「そうだわ、ジョンキルの服を借りればいいのよ。ほぼ同じサイズだもの」

「ミセス・マナリングがひきつけを起こすんじゃないかしら？」あの手ごわい女性と対決するのは気が進まない。

「この二四時間以内に、ジョンキルが服を必要になることはないもの。そうでしょう？」ベリンダは部屋のドアに近づいて開き、耳を澄ました。階下から話し声が聞こえてくる。男性の太い声と女性の声。ミセス・マナリングがひと晩中見張りについていた巡査と話をしているようだ。おそらく朝食を勧めているのだろう。ベリンダがわたしの手を握った。「ほら、邪魔者がいないあいだに、選びに行きましょうよ」

わたしはためらった。「ミセス・マナリングに頼んだほうが簡単じゃない？」

「頼むのなら、相手はローズよ。この家の女主人は彼女なんだから。ミセス・マナリングは家政婦にすぎないもの」ベリンダは自分の意見に確信が持てないときによくするように、首を傾げた。「許可をもらうために、ミセス・マナリングにこびへつらうのはごめんだわ。それに、ほんの一日借りるだけよ。なにも盗むわけじゃないんだから」

「ミセス・マナリングは、あなたがジョンキルの服を勝手に持ちだしたって警察に報告するかもしれないわよ」

「とにかく、わたしはロンドン警視庁の人が来るのを寝間着のままで待つつもりはないし、あなたのセーターとスカートを着て会うつもりもないの。だからあの恐ろしい人に許可を得たほうがいいとあなたが思うなら、お願いだから急いでちょうだい。わたしは早く朝食にありつきたくて仕方がないのよ」

「わかったわよ」わたしは言った。「たしか彼女はジョンキルのドレスを借りてもいいってわたしたちに言ったわよね？」

わたしたちはいたずら好きな女子学生のような気分でバルコニーを渡り、反対側の棟に入った。もう長いあいだ、だれもここに来ていなかったみたいに、廊下は暗くてかび臭いにおいがした。

「どの部屋だった？」ベリンダがドアを開け、わたしはなかをのぞいた。「違うわ、ここは子供部屋」あたりを見まわした。「彼女の寝室は隣だわ」カーテンが閉まっていた。ローズが見せてくれたときには、開いていたはずだ。ミセス・マナリングが来て、カーテンを閉めたのだろう。この子供部屋はなぜかわたしを落ち着かない気分にさせた。なぜだろうと考えていると、ベリンダがわたしを部屋から追い出してできるだけ静かにドアを閉め、隣の部屋へと歩きだした。その部屋のカーテンも閉まっていた。ベリンダが窓に近づいて、カーテンを開けた。わたしは一面の白い景色を眺めた。崖も河口も霧の向こうに隠れている。ベリンダは早くも桜材の大きな衣装ダンスに突撃していた。

「とても素敵なものばかりだわ」ベリンダは静かにつぶやいた。「ローズのサイズが同じじゃないのが残念ね」

「どちらにしても、ミセス・マナリングが彼女には着させないと思うわ」わたしも小声で言った。「ふさわしい階級の人間じゃないからって」

「かわいそうなローズ。気の毒な気もするわ」

「彼女が夫を殺して、あなたに罪をかぶせようとしたのでなければね」

「だとしたら、それほど気の毒じゃないわね」ベリンダがうなずいた。「まあ、これを見て。完璧じゃない？」ベリンダは灰色のカシミアのワンピースを取り出した。丈の長いストンとしたデザインで、すらりとした体つきの女性にはうってつけだし、濃い灰色は地味だから警察官にいい印象を与えるだろう。

「そうね。控えめだけれど、見苦しくないわ」

「靴とストッキングもいるわね」ベリンダはそう言いながら黒のハイヒールを取り出した。

「わたしのサイズだわ。よかった」

「下着もいるわよ」わたしは彼女から靴を受け取りながら言った。

ベリンダは引き出しを調べ、下着を抱えてわたしの寝室に戻った。「だれかに文句を言われたら、自分の服に近づけないんだって説明するわ。トニーと違って、わたしには裸で人前に出る趣味はないんだから」

今朝の彼女が好戦的になっているのを見てほっとした。偉そうな態度を取る警察官たちと渡り合うには、それくらいがふさわしい。わたしはベリンダが着替えるのを手伝った。いつものことだが、よく似合ってとても魅力的だ。わたしは朝の身支度を終え、ベリンダと一緒に朝食の席へと向かった。食堂に人気（ひとけ）はなかったが、冷めないようにしてある複数の蓋つきの深皿(チューリーン)がサイドボードに並んでいたので、わたしたちはスモークしたタラとポーチドエッグとベーコンとトーストを皿によそった。テーブルについて食べようとしたちょうどそのとき、ミセス・マナリングが現われた。眠れない夜を過ごした様子はない。肌はつややかでしわもなく、灰色の髪はあるべきスタイルに収まっていた。

「まあ、わたしがお世話をできず、申し訳ありませんでした。キッチンで巡査に食事を出していたものですから。巡査は階段の下の持ち場を離れたがらなかったのですが、車のキーが入ったマントはわたしが持っていて廊下の戸棚に入れてあるのだから、あなたがたが逃げることはまずありえないとわたしが請け合ったのです」彼女は満足そうに小さく笑った。「なにも問題はありませんか？　紅茶は熱いままでしたか？　新しいものをいれ直させますか？」

ミセス・マナリングはベリンダの服に目を留めた。「ミス・ジョンキルはそれと同じようなものをお持ちでした。ハロッズで買われたのですね」

「そのようね」ベリンダが答え、わたしはタラのスモークを見つめていた。

彼女が食堂を出ていくと、わたしはベリンダに言った。「本当のことを言わないつもり？」

「彼女がジョンキルの衣装ダンスに直行したら、面白いことになりそうね」

「ベリンダ、あなたって時々、本当にたちが悪くなるのね」

「なにかしなきゃいけない気がしたのよ。だって、この家にいるだれかが、わたしをとんでもなく大変な立場に追いやったんだから。失礼な警察官に尋問されて、もっとひどい警察官がいまここに向かっている。立ち向かうために気合を入れる必要があったの」

ベリンダは立ちあがり、紅茶のお代わりを注いだ。

朝食を終えても、ローズはまだ姿を見せなかった。睡眠薬のせいでぐっすり眠っているのだろう。地元の警部補から尋問されずにすむように、あえてそんな状態にさせられたのかもしれないとわたしはいぶかった。わたしたちは配達された新聞を読むためにモーニング・ルームに向かった。新聞配達の少年が自転車でこの家までやってくることができるのだから、警備はあまりあてにならなそうだとわたしは思った。

ベリンダは落ち着いて座っていられないようだ。ぱらぱらと新聞をめくっていたかと思うと立ちあがってうろうろし、窓から外を眺め、ソファの縁に腰をおろすとまたすぐに歩き回り始める。

「ロンドンからはまだだれも来ないわよ」わたしは言った。「少なくとも列車で六時間はかかるし、一番近い駅からさらに車に乗ってこなくてはいけないんだから」

「それはわかっているの。いまはただ、早く終わってほしいだけ。フランシスおじさんが逃げていないことを祈るわ。昨日、この近くに彼の船が係留されているのをだれか見ていないかしら。パーディ警部補は戻ってくると思う？　それともロンドン警視庁の人が来るのを待つつもりかしら？」

「ベリンダ、わたしにはわからないわ。とりあえず座って、落ち着いてちょうだい」

「そう言うのは簡単よ。かかっているのはあなたの首じゃないんだもの」

「あなたのでもないことを祈るわ」わたしはそう言うと、『タイムズ』紙のクロスワードに戻った。「七文字で頑固という意味の言葉はないかしら？」尋ねながら顔をあげたが、ベリンダはそこにいなかった。

「ベリンダ？」立ちあがり、ドアに近づく。彼女の姿はない。トイレに行ったのかもしれない。しばらく待ったけれど帰ってこないので、わたしは少しばかり不安になった。巡査は階段の下の持ち場に戻っている。彼は椅子に座っていて、うたた寝から目覚めたばかりのように見えた。

「もうひとりの女性は階段をあがっていったかしら？」わたしは彼に尋ねた。

彼はうしろめたそうにあたりを見まわした。「いいえ。だれも通っていません」

わたしは別の方向に向かった。暗い廊下を進み、長広間を抜け、書斎に入った。カーテンが引かれていて部屋は薄暗かったが、そこにだれかが立っているのはわかった。天板がガラスのテーブルの向こう側で、ベリンダが独特な形状のダガーを手にしていた。

20

一〇月一八日　コーンウォール、トレウォーマ

早く今日という日が終わってほしい。ロンドン警視庁の警部補は日が落ちるまでにやってくるだろうか？　来てくれることを願った。待つのは辛い。この家には確かに人を落ち着かない気分にさせるなにかがある。そしていまわたしはベリンダのことが心配になり始めた……。

「いったいなにをしているの？」わたしの声は思った以上に大きかった。

ベリンダはぎょっとしたように顔をあげ、ダガーを落とした。ガラスのテーブルの上でダガーはけたたましい音を立てた。「ジョージー、あなたが来たことに気づかなかったわ。驚いた」

「驚いたのはこっちよ。そんな恐ろしいものを持って立っているんだから。いったいなにを

している の？」

「だれにも見られずにここにある武器を手に取れるものかどうか、確かめたかったの。あなたがあとを追ってきてなければ、全然、問題なかったわ。それに、このダガーには鞘——これってそう呼ばれているのよね？——の脇に宝石がついている」ベリンダは鞘を見せた。

「だから、考えたの。トニーを殺したダガーも同じような鞘に入っていたんだとしたら、その鞘はどこにあるの？」

「いいところに気づいたわね」わたしは言った。「でもあなたはいま、すごくばかなことをしているのよ。その武器に指紋をべたべたつけているんだから」

「いやだ、本当だわ。なんて間抜けなのかしら」

わたしは彼女にハンカチを差し出した。「早くそのダガーをこれで拭いて、元のところに戻すのよ」

ベリンダは言われたとおりにし、わたしたちは協力してそのダガーを壁の元の位置に戻した。

「今度は壁を拭いて」わたしは言った。「ダガーを戻すために背伸びをしたとき、左手が壁に触っていたわ」

壁を拭き終えたところで、ベリンダが言った。「問題のダガーはどこに飾られていたのかしら？　トニーを刺した人間も、おろすときに壁に触ったかもしれない」

わたしたちは部屋を調べたが、ダガーが飾られていた場所を見つけることはできなかった。

長広間と応接室も見たが、空いている場所は見当たらない。

「凶器はどこに飾られていたのかしら？」ベリンダが言った。「簡単に見つかる場所になかったのなら、わたしがダガーを見つけてトニーを刺したというのは無理があるわよね？」

「あなたにとっては有利な点ね。さあ、モーニング・ルームに戻りましょう。お願いだから、これ以上自分を不利にするようなことはしないでね」

「もっともね」ベリンダは言い、暖炉脇の肘掛け椅子におとなしく戻っていった。

それからまもなく若い巡査がやってきて、わたしたちの指紋を採取した。たいていの男性と同じく彼もベリンダのとりこになったようで、彼女が微笑みかけると顔を赤らめた。警部補もこんなふうなら、ベリンダも無事にすむだろうに。けれどわたしの経験からすると、たいていの警部補はきれいな顔や長くてセクシーな脚にはあまり影響を受けない年配の男性だ。

時間はだらだらと過ぎていったが、ローズはまだ現われない。わたしはだんだん心配になり始めた。ローズまでベッドの上で死んでいたらどうする？　犯人がトニーと同時に彼女のことも殺していたら？　彼女の様子を確かめてきてほしいとミセス・マナリングに頼もうかと思ったけれど、家のなかを歩きまわって家政婦を探すのも気が進まなかった。気がつけばわたしはちらちらとベリンダを眺めていた。奇妙な表情を浮かべてダガーを手にして立っていた彼女の姿は衝撃的で、いろいろと考えざるを得なかったのだ。ベリンダのことはよく知っていると思っていた。学生時代は寮の部屋で隣同士で眠った。一緒に冒険をした。彼女は自由な精神の持ち主で、ご都合主義で、いろいろな意味でわたしとはまったく違っていた。普通よりはずっと多くの男性と付き合ってきた。けれど赤ちゃんを産み、その子を手放さなくてはならなかったときから、自信を失い、より用心深くなって、もう男性には近づかないと誓った。彼女の内部でなにかが壊れたのだろうか？　部屋にやってきたトニーに強引に迫られて、これまで他の男たちに裏切られてきたことに対する復讐をしたというのはあり得る話だろうか？　考えたくなかった。そんなおかしな考えが浮かぶのは、この家の陰鬱な雰囲気のせいだとわたしは自分に言い聞かせた。

一一時になると、コーヒーとジンジャーブレッドを持ったミセス・マナリングがやってきた。

「ミセス・サマーズは起きていますが、ひどく頭痛がするそうです。今日は失礼して部屋で食事をするとのことでした。当然ながら、彼女はひどくショックを受けています。わたしたちみんなも同じです。ですがわたしたちは勇敢にならなくてはいけません。なにごともなかったかのように、耐えなければなりません」

彼女は素っ気なくお辞儀をすると、部屋を出ていった。

大きなダイニング・テーブルにベリンダとふたりで向かい合ってとるランチは、落ち着かないものだった。運ばれてきたのは、いまの状況にふさわしいシンプルな料理だった。濃厚なスープ、茹でた魚、ミルクプディング。子供向けの食事のようだったけれど、いまはなんであれ食べる気にはなれなかった。ロンドンから警部補がやってくる前にベリンダの部屋を探し、なにか手がかりを見つけることはできるだろうかと考えたが、廊下をのぞくたびに巡査がそこにいて、しっかりと自分の任務を果たしていた。けれどランチのあと、トイレに向かおうとすると、階段の下の椅子は空っぽで、上の階から話し声が聞こえてきた。わたしは音を立てないように階段をあがった。なにか言われたら、自分の部屋にハンカチを取りにいくのだと答えればいい。

ベリンダの部屋のドアは開いていて、数人の人間が歩きまわっているのがその隙間から見えた。

「その写真を撮るんだ、シムズ」パーディ警部補の声がした。「指紋採取用の粉には気をつけろ。ロンドン警視庁の人は明瞭なものを欲しがるだろうからな」

「枕が濡れていますよ、サー」ほかの人間の声がした。「いったいどういうことでしょう？ゆうべ、外で雨に濡れたんでしょうか？　それとも窓から雨が吹きこんだとか？」

「被害者はゆうべ風呂で髪を洗ったと家政婦が言っている」警部補が答えた。「我々が最初に見たとき、彼の髪は濡れていた。まだ湿っているんじゃないか？」

「風呂で髪を洗ったんですか？　ベッドに入る直前に？　ひどい風邪をひくとぼくの母親なら言うでしょうね」

「上流階級の人間はおまえやわたしとは違うんだ」警部補が応じた。「彼らは毎晩風呂に入る。立派なバスタブもあるんだよ。おまえが使っているような、台所に置いた鉄板のたらいとは違う」

「ぼくじゃなくてよかったですよ。毎日風呂になんて入りたくないですからね。不自然ですよ」

「凶器はどうしますか、サー？」

「指紋は採ったのか？」

「はい、サー。ロンドンの警部補のために、脇によけておきますか？」

「触らないように気をつけろよ。おまえの指紋を残したくはないからな」

「わかりました。窓は開けておきますか？　雨が入ってきていますが」

「そうだ、最初に見たままにしておくんだ」しばしの間があった。「よし。いまできるのはここまでだろう。キッチンでお茶にしよう」

わたしは階段のところまで戻り、警部補たちがベリンダの部屋から出てきたときには、たったいまあがってきたばかりのように見せかけた。警部補は問いかけるように、眉毛を釣りあげてわたしを見た。「なにかご用ですかな、マイ・レディ？」

「自分の部屋にハンカチを取りに来ただけです、警部補」

「あなたの部屋は隣なんですか？」

「ええ、そうです」

「見せてもらってもかまいませんか？」

「どうぞ」わたしは言った。「ミス・ウォーバートン＝ストークはゆうべわたしの部屋で眠らなくてはなりませんでしたから、彼女の指紋が残っているはずですが、それ以外はなにも参考になるようなものはないと思いますが」

「いいんですよ、型通りの確認ですから。それと、壁越しにどれくらい音が聞こえるかを確かめたいんです」

彼らはわたしの部屋をかきまわし、それから若い巡査部長がベリンダの部屋に行ってなにかを叫んだ。思いっきり大声で叫ばないかぎり、なにも聞こえなかったのでわたしはほっとした。

「ここの壁はずいぶん厚いようですね」戻ってきた巡査部長が言った。

「そのようだな」警部補がうなずき、わたしに向かって言った。「これ以上、お邪魔はしませんよ、マイ・レディ。わたしたちはお茶を飲んできます」

わたしは一番上の引き出しからハンカチを取り出すと、彼らが動かしたものをまっすぐに直しているふりをしながら彼らが出ていくのを待った。もう大丈夫だと思ったところで、ベリンダの部屋に入った。冷たい風がわたしを出迎えた。窓が開いている。ベリンダは荒天の日に窓を開けて眠るようなタイプではなかったから、興味を引かれた。嵐のときでも窓が開けっぱなしのラノク城で育ったわたしとは違う。トニーの遺体には白いシーツがかけられていて、その輪郭しかわからない。わたしはベッドに近づき、少しだけシーツを持ちあげた。あまりに白くて冷たいその姿を見て身震いした。目は閉じられているけれど、洗ったことが明らかな金色の髪は美しくカールしている。

なんてもったいないと、気づけばわたしは考えていた。明らかに人生を愛していたトニー・サマーズが、死んで横たわっている。利益を得たのはだれだろう？　ローズは夫を失い、地所を管理する人間はいなくなった。彼女はおそらく地所を売り、ミセス・マナリングと使用人たちは仕事を失うことになる。ベリンダのおじのフランシスは一番、犯人の可能性がありそうだ。トニーがいなくなったことで、係留料金はおそらく元通りになるだろう。わたしはつま先立ちで窓に近づき、下を見おろした。壁には丈夫そうな蔦がはっている。ゆうべの嵐のなか、だれかがここをよじのぼったか、おりたかしたのだろうか？　だとしたら、とても向こう見ずで無謀な人間だということだ。

わたしは外を眺めた。窓のすぐ下には花壇があって、芝生の先には家庭菜園と別の木立が広がっている。その木立のどこかに、海岸へと続く小さくて奇妙な谷があるはずだ。敷地内で人目につかないように移動するのは簡単なことだとわたしは思った。家のすぐ際にある芝生を横断していれば気づかれるだろうけれど、風の強い夜にだれが窓の外を眺めたりするだろう？

雨はまだ降り続いていたので、ひどく濡れる前にわたしは窓から離れた。寄せ木細工の床に水たまりができている。ミセス・マナリングは喜ばないだろう。わたしは足早にベッドに近づき、床の上の布団を確かめた。シーツと毛布が二枚と羽根布団。ガウンはない。トニーがガウンを着てここまでやってきたのなら、どこかにあるはずなのに。濡れた髪の彼が素っ裸で廊下を走ってくるところを想像しようとした。控えめに言っても、ありそうもない。

頭のなかで、ある考えが形を取り始めていた。床とベッドのまわりの壁を調べた。ベリンダが拾いあげたナイフが落ちていたところ以外、薄手の敷物に血痕は残っていない。妙だと思った。トニーがベッドに横たわっているときに刺されたとは考えにくい。ベッドの上でベリンダを待っていて、そこにほかの人間が入ってきたのなら、飛び起きて侵入者と争うはずだ。もちろん、彼が眠っていた可能性はある。わたしたち同様、彼もかなりの量のアルコールを飲んでいたのだ。けれどももしトニーが起きていたとしたら、犯人は部屋に一滴の血も残さずにどうやって彼を刺すことができたのだろう？　わたしは以前に人が刺されたところを見たことがあるけれど（実のところ、ここ数年、わたしは一風変わった人生を送ってきた）、かなり悲惨な有様になる。

さらに考えてみた。実はトニーはどこかほかの場所で殺されて、ベリンダに罪を着せるためにここに運ばれ、彼女のベッドに寝かされたのではないだろうか？　バスルームで刺されたのだとしたら？　バスタブのなかとか？　わたしはそっと部屋を出ると、あたりの様子を確認してからトニーのバスルームがあるとおぼしき方向に廊下を進んだ。歩きながら床を確かめたけれど、血痕は残っていなかった。廊下の突き当たりまで進み、いくつかのドアを開けてみたが、ベリンダとわたしが使っているもの以外、この廊下から入れるバスルームはないことがわかった。トニーのバスルームは、廊下の反対側にある彼らの寝室から入るようになっているのだろう。その部屋ではいまローズが眠っている。そこに入る言い訳を考えてみた——彼女の様子を確かめたかったとか？　けれど彼女はゆうべ、あれだけあからさまにベリンダを非難したのだから、わたしに会いたくないかもしれないと気づいた。起きてくるまで待たなければならないだろう。それに、バスルームはすでにきれいに掃除されていると考えるべきだ。

ベリンダの部屋の窓が開いていたことを考えた。フランシスおじさんはかなり太っている。彼が壁をよじのぼったり、おりたりすることはできるだろうか？　嵐のただなかで？　わたしはさらに想像をふくらませた。機に乗じる人間としてただひとり思い浮かぶのが、得体のしれないジェイゴだ。彼はすでに岩場の洞窟から人の家に侵入している。不正な仕事をしていると言われている男のもとで働いていて、トニーとは最近もめ事があった。なにか――ひょっとしたら武器――の密輸に手を貸していることに気づかれたジェイゴが、トニーの口を封じたのだろうか？　彼がだれかを刺すところは想像できたが、ベリンダに罪をなすりつける理由があるだろうか？　彼女に惹かれているようにさえ見えたのに。

深く考えたくないもうひとつの仮説が、トニーがベリンダのベッドに横になり、彼女がやってくるのを待っていたというものだ。ベリンダは彼の傍らによりそう代わりに、階下からダガーを持ってきて彼を刺したのかもしれない。けれど、どうしてベリンダがそんなことをするだろう？　彼がベリンダを裏切ってジョンキルと結婚したから？　すべての男性と、彼らが自分を扱う態度に腹を立てているから？　わお、そうでないことを願うばかりだ。

21

一〇月一八日
トレウォーマ

こんなに不可解な殺人事件は初めてだ。ロンドン警視庁の警部補が早く真相を暴いて、わたしたちが家に帰れることを祈った。その真相にベリンダが関わっていないことを、心から願っている！

なにもつかめないまま、わたしは階下に戻った。機会があれば、使用人に話を聞きたい。今朝、だれかがあのバスルームの掃除をしたはずだ。どのメイドの仕事だったのかを突き止めなくてはいけない。けれどあいにく、きちんと管理されているどこの家でもそうであるように、ここではめったに使用人を見かけない。ミセス・マナリングが直々にコーヒーを運んで来るし、従僕が食事の給仕を手伝ってはいるものの、暖炉には魔法のように火が入り、いつのまにかカーテンは閉じられ、床は掃除されているのだ。

午後も半ばになる頃には、霧は晴れていた。「新鮮な空気を吸いに行かない？」わたしはベリンダに尋ねた。

「家の外に出てもいいのかしら？　わたしは第一容疑者でしょう？」

「ばかなことを言わないで。だれもあなたが敷地内を散歩するのを邪魔したりしないわ。それに、警部補たちはもう帰ったと思う。声が聞こえないもの」

ベリンダは立ちあがった。「いい考えね。これ以上ここに座っていなきゃいけなかったら、頭がおかしくなりそうよ」

玄関ホールに行き、コートを吊るしてある階段の下の戸棚を開けようとしたちょうどそのとき、例によってどこからともなくミセス・マナリングが現われた。

「お出かけになるわけではありませんよね？」

「敷地内を散歩するだけよ」わたしは言った。「ミス・ベリンダは動揺していて、新鮮な空気が必要なの」

彼女は顔をしかめた。「まあ、敷地内の散歩ならかまわないと思いますが、だれも地所の外に出ないようにと警部補から強く言われていますから」

「心配しないで。逃げたりしないから」ベリンダが言い、わたしたちはコートを着て、午後の日差しのなかに歩み出た。

「そっちはだめよ」わたしが右のほうへ向かおうとすると、ベリンダが言った。「その先は崖だわ。ジョンキルが死んだことを思い出したくないの。ジョージー、この家は呪われていると思う？」

「邪悪な霊がジョンキルを突き落としたり、トニーを刺したりしたとは思わないわね」わたしは言った。「はっきり言って、どう考えればいいのかわからないのよ。トニーがジョンキルを突き落として、今度は自分を殺そうとしているってローズは言ったわ。彼女がどうしてそんなことを考えるようになったのかはわからないけれど、死んだのはローズじゃなくてトニーだった」

「トニーを疑っていることを彼女がわたしたちに話した理由はなんだったのかしら？　彼女は本当に、トニーが自分を殺そうとしているって信じていたんだと思う？　彼女が疑われたときのために、自分のほうが命を狙われていたんだっていう証人が欲しかっただけなのかも」

わたしは肩をすくめた。「話を聞いたときは、ただ大げさなだけだって思った。自分が知っている世界から切り離されてトレウォーマのような家で暮らしていたら、妙なことを考えるようになっても不思議はないわ。突然、自分をおおっぴらに非難する家政婦がいる大きな家の女主人になったのよ。そのうえ最近、流産をしているし、友だちも家族もいなくてひとりぼっち。わたしは、ジョンキルの死は悲劇的な事故だったと思っているし、トニーがローズを船や乗馬に誘うのは、新しいライフスタイルに慣れさせようとしてのことじゃないかしら」

「それじゃああなたは、ローズが彼を殺したとは思っていないのね？」ベリンダが尋ねた。

わたしはうなずいた。「彼女に可能だったとは思えない。それに、トニーが殺されたことを知ったときの彼女の顔を見たでしょう？　ショックを受けていたし、怒ってもいた。あれが演技だとは思えないわ」

　わたしたちは小さな谷とそこから海岸に通じる小道までやってきた。

「またおりてみる？」ベリンダが言った。「面白いところだったわよね。あのときはローズが秘密を打ち明け始めたから、植物をじっくり見るチャンスがなかったわ」

「いいわ」わたしはそう言いながらも、いくらか躊躇していた。わたしたちを威嚇するかのようにせり出していた、巨大なお盆のような葉が脳裏に浮かんだ。けれどベリンダが細い小道を進み始めたので、あとを追った。ゆうべの雨のせいで細流の水量は増していて、岩の上を勢いよく流れ、ところどころで土手にまで乗りあげている。空気はじっとりと重く、まるで熱帯植物の温室のなかを歩いているようだった。息がしにくい。

　不意に、背後でなにか物音がした気がした。小枝が折れたのかもしれないし、木の枝がこすれたのかもしれない。ベリンダの腕に触れて言った。「だれかがつけてきている」

　ベリンダは振り返った。わたしたちは息をつめて、待った。殺人犯が野放しになっているのに、こんなところに来たことがそもそも愚かだったのだとは言いたくなかった。武器になるものはないかとあたりを見まわした――川床の石？　枯れた枝？

　そのとき、茂みから一羽の鳩が飛び立った。ベリンダとわたしは安堵の笑みを交わした。

　それでも、前方にきらりと光る海が見え、階段をおり切って小さな海岸に出たときにはほっとした。とはいえ、あまり見るべきものはない。潮が満ちてきていて、海水が崖の両側に打ち寄せ、砂利の浜はほんの数メートルしか残っていなかった。対岸の緑の斜面は見えているものの、崖が河口の景色を上下とも遮っている。閉じこめられているような感じがして、長くいたいと思わせる場所ではなかった。

　漁を終えた釣り船が通り過ぎていき、カモメたちがそのあとを追っていく。やがてもう一艘の船が視界に入ってきた。河口のこちら側から向こう側へと向かっている。小さなヨットで、ボートを曳航（えいこう）していた。舵を取る男性の姿が見えた。

「あれってジェイゴじゃない？」ベリンダが言った。

「そうみたいね」

　彼はわたしたちに背を向けていて、すぐにその姿は見えなくなった。

「またなにか悪事を企んでいるんだわ」ベリンダが言った。

「それはわからないわよ」

「でもトニーはそう考えていたわよね？　あの外国人はなにか違法な仕事でお金を稼いでいて、ジェイゴがその手先だって」ベリンダは言葉を切った。「ねえ、ジョージー。なにが行なわれているかにトニーが気づいて、ジェイゴが彼の口を封じたんじゃないかしら。ヨットを係留しておいて、ボートで岸までやってきて……」

「ちょっと待って」わたしは手をあげて彼女を黙らせた。「結論に飛びつきすぎよ。トニーがどこにいるのか、ジェイゴにどうしてわかったの？　ダガーのあるところは？　それにどうして彼をあなたの寝室で殺すの？　彼があなたに興味を持っていたのは明らかだし……」

「あら、それはどうかしら」ベリンダは顔を赤らめた。「彼はだれにでもああなのよ」

「とにかく、もしもジェイゴがトニーを殺したかったなら、あんな芝居がかったことはしないわ。だれも見ていないところで背中にナイフを突き立てて、死体を海に捨てるでしょうね」

ベリンダはうなずいた。「そうね、そのほうが筋が通るわ。わたしは、トニーの死を望むもっともな理由がある人間を見つけたくて必死になっているのね。ああ、警察がフランシスおじさんを捕まえてくれることを祈るわ。わたしの小さなスポーツカーに飛び乗って、いますぐにでもロンドンに帰りたくてたまらないのよ」

「お願いだから、それだけはしないでね。いま逃げたりしたら、印象が悪くなるだけよ」

「そうね、わかっている」ベリンダは向きを変えて階段をあがりかけたが、ぎくりとしてわたしの腕をつかんだ。

「あなたの言うとおりだわ。だれかがわたしたちを見ている」

「え？」

「あの茂みの向こうでなにかが動いたの」

疑念もドラマもうんざりだった。ミセス・マナリングが使用人のだれかに命じて、わたしたちを見張らせているんだろうか？　それとも警察官のひとり？

「出てきなさい」わたしはできるかぎりの大声で告げた。その声は反響することなく、谷の重たい空気のなかで平坦に聞こえた。「出てこなかったら、家にいる警察官を呼んでくるわよ」

茂みのなかでごそごそする音がして、わたしに方角を教えてくれた老人がうろたえた様子で現われた。

「わしはなにも悪いことはしていないよ」彼は言った。「警察にわしを捕まえさせないでおくれ」

「ごめんなさいね」彼がひどく動揺していたので、わたしは穏やかな口調で言った。「だれかがわたしたちを見張っているのかと思ったの」

「家に来ている警察官は、わしを探しているわけじゃないだろう？　わしは悪いことはしていないよ」

「あなたを探しているわけじゃないわ」ベリンダが言った。「どうして？　あなたはなにをしたの？」

「あれのせいで悪いことが起きるとは思わなかった。あれはあそこにあったんだ。だれも欲しがらなかった」彼は不安そうにあたりを見まわした。「警察に言うって彼女は言った。わしは捕まるって」彼はいまにも泣き出しそうだ。「でもわしはなにも言わなかった。本当だ。言わないって約束したし、言わなかった。たとえわしが見たものが……だが今日警察が来て、わしは……」

「家で死んだ人がいるのよ」ベリンダが言った。「あなたには関係ないわ」

「死んだ？　事故で？　まさかまた……」

「また殺人？」わたしは尋ねた。

彼はパニックそのものの顔をわたしに向けた。「わしはなにも言わなかった」そう言うときびすを返し、わたしたちを残して茂みのなかに姿を消した。

「妙な話ね」わたしは言った。「いったい彼はなにを知っているのかしら？　ひどく怯えていたわよね？　だれだか知らないけれど、どうして警察に突き出すなんて彼を脅したのかしら？」

「トニーがジョンキルを突き落とすのを見たとか？」ベリンダが訊いた。「〝わしが見たもの〟って言ったわよね。彼はいつも地所をうろついているんだわ」

「でも〝彼女〟って言ったわよ。〝彼〟じゃなくて」

「コーンウォールの人たちがどんなふうだか知っているでしょう？　代名詞がいつもごちゃごちゃになるんだから。無生物にも性別がつくのよ」

「どちらにしても……」わたしは様々な可能性を考えていた。ジョンキルが愛人のだれかと一緒にいるところを目撃したというほうがありそうだ。ボートが停泊して、夜中にジョンキルが愛人に会いにいったという話をだれかがしていなかった？　彼のような田舎暮らしの老人がそんな光景を見たら、ショックを受けただろう。トニーには話さないようにとジョンキルが脅したのかもしれない。

家に戻ってみると、長広間にお茶が用意されていた。警察官もローズも見当たらない。新鮮な空気のおかげで朝からまったくなかった食欲が戻っていて、ベリンダもまたわたしと同じように、ためらうことなくクレソンのサンドイッチとプラムのケーキを手に取っていた。ディナーのための着替えをする時間が近づいていた。

「どうすればいいと思う?」わたしはベリンダに尋ねた。「今夜はとてもジョンキルのイブニングドレスを着る気にはなれないわ。ローズがおりてこないのなら、ちゃんとした食事じゃなくて軽いものでいいってミセス・マナリングに頼んでみない?」

「そうね、いい考えだわ」ベリンダが呼び紐に近づいて手を伸ばそうとしたところで、ドア口から声がした。「なにかご用でしょうか?」

いつものごとく、無表情なミセス・マナリングが立っていた。

彼女が部屋に入ってきた。「今夜ミセス・サマーズは、食事を部屋に運んでほしいとのことです。ですので、おふた方も今夜はお着換えをなさらず、簡単なお食事になさいますか? スープと冷肉、ピクルスにプディングでいかがでしょう?」

「ありがとう、そうしてもらうわ」ベリンダが答えた。

ミセス・マナリングはお決まりの小さなお辞儀をするとその場を離れていった。彼女がいなくなるやいなや、ベリンダが言った。「あの人、ドアの外で聞いていたのかしら? それともわたしたちの心を読んだの? あんなに人を不安にさせる人は初めてだわ。本当はきっと魔女なのよ」

「シーッ。そんなことを聞かれたら、蛙に変えられてしまうわよ」わたしは小声で言った。

「そうなっても驚かない。この家でなにが起きても、わたしはもう驚かないわね」

22

一〇月一八日　夜遅く
コーンウォール、トレウォーマ

ロンドン警視庁の警部補の到着をまだ待っている。まるで破滅がやってくるのを待つ気分だ。

少しお腹が空いてきたと感じ始めた頃、玄関のドアをノックする大きな音が聞こえた。ベリンダがわたしの手を握った。「どこにも行かないで、ジョージー」

「もちろん行かないわよ」彼女を安心させるような笑顔を作ったつもりだ。

話し声が聞こえたものの、かなり時間がたっても警部補がやってくる気配はない。わたしはそこにいるようにと身振りでベリンダに伝えてから部屋を出ると、角を曲がって玄関ホールのほうへと向かった。階段をあがり切ったところにミセス・マナリングが立っていて、廊下のさらに向こう側、おそらくはベリンダの寝室から男性の声が聞こえてきた。警部補が犯罪現場を検分しているようだ。

わたしはベリンダのところに戻った。「先にディナーを頼んだほうがよさそうよ。尋問される前に、元気をつけておかなくちゃ」

「よくこんなときに、食べ物のことを考えられるわね。わたしはひと口だって食べられそうにないわ」

わたしはそれなりに食べられそうな気がしていた。「スープくらいならどう？　なにか食べなくちゃだめよ」

わたしが呼び鈴を鳴らすと——いつまでも慣れなかったし、居心地が悪かった——ミセス・マナリングがたちどころに現われた。「ご用でしょうか？」

「警部補がいらしたようね」わたしは言った。「声が聞こえたの。警部補との話に時間がかかるかもしれないから、いまのうちになにかを食べておきたいのだけれど」

「承知しました、マイ・レディ。ジェイムズにすぐに食事を運ばせます。こちらの暖炉のそばで召しあがりますか？　トレイを持ってきますが」

「そうしてもらえるかしら。ありがとう」わたしは言った。

彼女は笑みを浮かべ——笑顔を見たのは初めてだった——小さく会釈をしてから部屋を出ていった。ほとんど待つこともなく従僕とメイドがトレイを運んできた。濃厚な野菜スープ、ハム、ポークパイ、チーズ、キャベツのピクルス、パンが乗っている。そのうしろから白ワインのボトルとグラスをふたつ持ったミセス・マナリングがやってくると、なにも尋ねることなくグラスにワインを注ぎ、ソファの前の低いテーブルに置いて部屋を出ていった。

わたしが嬉々として食べているあいだ、ベリンダはスープをいじっているだけだった。

「おいしいわよ」わたしは言った。「ポークパイもおいしいし、キャベツのピクルスも」

「とても食べられないわ。怖くてたまらないのよ、ジョージー」

「大丈夫よ」わたしは彼女の手を軽く叩いた。「スープを少しだけでも飲んで。元気をつけておかなきゃだめよ」

ベリンダはスプーンを口に運んだが、二、三度繰り返しただけで手をおろした。

「ワインとチーズだけでも」

「ワインを飲んだりしたら、わたしはアルコール問題を抱えていて、ゆうべは酔っていたって思われるわ」

「そんなことないわよ。それに、わたしたちみんなあなたと同じだけ飲んだわ。わたしがそう説明する」

「トニー以外はね。彼はもっと飲んでいたでしょう？　ディナーのあと何杯かブランデーを飲んでいたわ」

「そうね」

わたしは黙って食事を続けながら、そのことを考えていた。ゆうべトニーは確かに酔っていた。そのせいで、彼を殺すことがたやすくなったんだろうか？　ベリンダのベッドで眠ってしまったとか？　だからといって、ベリンダにとって事態が好転するわけではない――それどころか、彼を刺し殺すのはいたって簡単だったということになってしまう。わたしは突然、ベリンダと同じようにひと口も食べられなくなった。そこに、メイドが別のトレイを運んできた。ブラマンジェと煮リンゴ。わたしたちはきれいにそれをたいらげた。コーヒーを飲んでいると、再びミセス・マナリングがやってきた。

「警部補がおふたりと話がしたいそうです。書斎はどうかということだったのですが、夜には書斎の暖炉に火を入れないので、寒いかもしれないとお教えしました。ですので、警部補はこちらにいらっしゃいます」

「警部補はどんな人？」ベリンダが訊いた。「怖い？」

「とても物腰の柔らかい方です、ミス・ウォーバートン＝ストーク。穏やかにお話しなさいます。思慮深く、細かいことに目が届きます。弱い者いじめをするような警察官ではないと思います。ワット（Watt）警部補とおっしゃいます」

「なに（What）？」ベリンダが訊き返した。

「はい」

ミセス・マナリングは小さくうなずいて出ていった。

「警部補の名前はなに（What）？」ベリンダはわたしに向き直った。

「そうよ」わたしはそう言って、くすくす笑った。「それが彼の名前。ワット警部補」緊張のせいなのか、笑いが止まらなくなった。「ねえ、考えてみて。もしもあなたのおばあさんが彼と結婚していたら、ワット＝ノット（「その他いろいろ」の意と引っかけている）になっていたのよ」

ベリンダも思わずにやりとした。「面白くないわ、ジョージー」そう言いながら、真面目な表情を作ろうとする。「こんな緊迫した状況でよく笑えるわね」

「わたしたち、気分を上向けるものが必要だと思ったのよ。あなたの笑顔を見てほっとしたわ」

「ワット＝ノット。あなたって本当にとんでもない人ね」ドアが開いて警部補が入ってきたとき、わたしたちは女学生のようにくすくす笑っていた。「おふたりがご機嫌のようでなによりです」彼が言った。「ワット警部補といいます」（忍び笑いが漏れないようにわたしはぎゅっと唇を結んだ。）「ミス・ウォーバートン＝ストークはどちらですか？」

「わたしです」ベリンダが答えた。

「あなたのお名前は、お嬢さん？」彼はわたしに尋ねた。四〇代とおぼしき痩せた男性で、砂色の口ひげと薄くなりかかった砂色の髪によく合う茶色のスーツを着ている。大勢のなかにいたら埋もれてしまいそうだが、じっとわたしを見つめる目は鋭かった。

「ミセス・オマーラです」いまもまだ〝レディ〟の肩書きがあることは言わなかった。

「ミセス・サマーズの友人ですか？」

「いいえ。サマーズご夫妻とは水曜日が初対面でした。わたしはミス・ウォーバートン＝ストークの友人です。彼女が相続したばかりの家を見るために来たんです」

「なるほど。よろしければ、あなたのフルネームと住所をわたしの部下に教えておいてください。とりあえずいまは、こちらの女性にお訊きしたいことがあります。あなたの部屋で死体が発見されたと聞いていますが」

「そのとおりです」ベリンダが硬い声で答えた。

「よろしければ、今回の不幸な出来事についてあなたの口から話してもらえませんか」彼は椅子を一脚持ってくると、ベリンダの真向かいに座った。

「わたしが話せることはほとんどありません」ベリンダが言った。「一〇時半頃にお風呂に行ったんです。もう寝る支度ができていましたから、部屋に戻ってきたときには明かりはつけませんでした。足がなにかに当たりました。床になにを置いていたのか思い出せなかったので、しゃがんで拾いあげました。べたべたしていました。明かりをつけたら、ナイフだとわかりました。血まみれでした。顔をあげると、トニー・サマーズがわたしのベッドに横たわっているのが見えたんです。警部補がさっきご覧になったとおりの姿で。多分悲鳴をあげたと思います」

「あなたが部屋に戻ったときには、あの男性はすでに死んでいたと言っているのですね？」

「そのとおりです」

「警部補、わたしが彼女の悲鳴を聞きました」わたしは言った。「隣の部屋で寝かかっていたのですが、悲鳴で起きました。急いで来てみたら、彼女がナイフを持って茫然として立っていたんです」

「それではミス――」警部補はメモ帳を見て確かめた。「ウォーバートン＝ストーク、よく考えてから答えてください。ミスター・サマーズが裸であなたのベッドに横たわっていた理由に心当たりはありますか？」

「まったくありません、警部補。彼を寝室に招待したりは絶対にしていません」

「彼のことはよく知っていたんですか？」

「ほとんど知りません。わたしは子供の頃、祖母と一緒にこのあたりで夏を過ごしていました。トニー・サマーズと彼の妻も、夏はここに来ていたんです。わたしたちは一緒に遊んでいました。郵便局から出てきたローズ・サマーズとばったり会ったときは、本当に驚きました。彼女がわたしに気づいて話しかけてくれて、そのとき初めて彼女とトニーが結婚してトレウォーマに住んでいることを知ったんです」

「それでは子供の頃以来、ふたりとは会っていなかったんですね？」

ベリンダは少しためらってから答えた。「数年前、ロンドンのクラブで一度トニーに会ったことがあります。でも旧交を温めたりするようなことはありませんでした」

わたしはうなずいた。いい答えだわ、ベリンダ。彼女は本当のことを語った。少なくともその一部を。

「それでは、ほぼ他人に等しい夫妻の家にあなたたちはどうして滞在しているんです？」

「郵便局の外で話をしていたとき、わたしが相続した小さなコテージは泊まれるような状態ではないので、ホテルを探していると話したんです。ローズがすぐにトレウォーマに泊まればいいと言ってくれました。いまはもうふたりとは親しいわけではありませんから気が進まなかったんですが、彼女がどうしてもと言うものですから。そうだったわよね、ジョージー？」

「ええ。断らせてくれませんでした。めったに来客はないし、いつも寂しい思いをしているのだと言われて、うなずかないわけにはいかなかったんです」

ワット警部補はゆっくりとうなずいた。「それではあなたたちを招待したのは、ミスター・サマーズではなく奥さんのほうなんですね？」

「そうです」ベリンダが答えた。

「ミスター・サマーズはどういう反応でしたか？」

「来客があることを喜んでいたようですし、これだけの農場を作りあげたことを誇らしく思っているようでした。ジャージー牛の群れを見せてくれました」

「彼はその……どこかの時点で……あなたに特別な興味を示しませんでしたか、ミス・ウォーバートン＝ストーク？」

ベリンダは再び黙りこんだが、やがて答えた。「彼の奥さんがずっと一緒にいたというのに、それはずいぶん妙な質問ですね。わたしたちはローズ・サマーズと一緒に農園を見に行きました。ディナーを一緒に食べ、トランプをして、それからわたしはお風呂に行ったんです。レディ・ジョージアナが証言してくれます」

「レディ？　どなたのことです？」警部補は困惑した様子だ。

「友人のレディ・ジョージアナです」

警部補はさっとわたしに向き直った。「ミセス・オマーラとおっしゃいましたよね？」

「ええ、そうです。ジ・オナラブル・ダーシー・オマーラと最近結婚しましたが、公爵の娘としての肩書きはまだそのままです」

「なるほど」彼は明らかに面食らっていた。これほど重要な事実を隠していたのは犯罪だとでも言わんばかりに、わたしをにらみつけた。

やがて彼はため息をつき、ベリンダに視線を戻した。「つまりあなたは、子供の頃からずっと会っていなかった男性の家に滞在し、彼はまったくあなたに興味を示さなかったにもかかわらず、裸であなたのベッドに横たわり、胸を大きなナイフで刺されて死んでいたと言っているのですね？」

ベリンダは冷ややかなまなざしで彼を見つめた。「どれほど妙な話に聞こえても、それが事実です、警部補」

彼は打ち明け話をするかのように顔を寄せ、声を潜めて言った。

「自分の名誉を守った女性はあなたが初めてではありませんよ。夜遅く、男性があなたの部屋を訪れる。おそらくひどく酔っていたのでしょう。あなたは抵抗し、手近にあった武器を取って……」

「どの男性が真っ裸で廊下を歩いてくると思いますか？」ベリンダが反論した。「わたしが大きなダガーをいったいどこに置いていたと言うんです？」ベリンダの顔は真っ赤だった。

「それに、もしそういう状況で彼がわたしの部屋に入ってきたなら、彼を刺すのではなく悲鳴をあげていたでしょうね。レディ・ジョージアナが悲鳴を聞きつけて、助けにきてくれたはずです」

警部補は再びわたしを見た。「それではあなたにお尋ねします、レディ・ジョージアナ。いまはミセス・オマーラですね。彼はあなたに興味を示しましたか？　一部の人たちのあいだでは、妻を交換するのは娯楽として認められていると聞いています」

今度はわたしが冷ややかに彼をにらみつける番だった。「わたしの階級にはそういう人もいるのかもしれませんが、わたしは夫を裏切るつもりは毛頭ないと断言しておきます。それにトニー・サマーズのわたしに対する態度は、来客に対するごく当たり前の礼儀正しいものでした。そもそも、いかがわしいことをするために、友人がお風呂に入っているあいだに彼女の部屋にわたしを呼ぶはずがないでしょう？」

「それはわかりませんな。あなたたちの階級の人たちがすることは、わたしには理解不能ですから。それにあなたたちは互いをかばうでしょうからね」嘲笑うように警部補が言った。「教えてもらえませんかね。あなたたちのどちらも彼を殺していないのなら、だれが殺したんです？」

「わかりません、警部補」ベリンダが答えた。「動機と機会があると思える唯一の人間はわたしのおじのサー・フランシス・ノットです。彼のことはパーディ警部補に話しました」

「ああ、たちの悪いおじさんですか」警部補は笑みらしいものを浮かべた。「そう考える理由はなんです？」

「わたしのおじは経済的に困っているんです、警部補。彼は船で暮らしているので、トニー・サマーズが係留料金を値上げしたことに怒っていました。わたしにも腹を立てていました。祖母の遺産を相続したのが、彼ではなくてわたしだったからです。だから一石二鳥を狙ったんじゃないでしょうか？　彼は昨日の午後、トニーに会いたいからと理由をつけてこの家を訪れましたが、結局会わずに帰りました。見送りはいらないと言って出ていったんです。これだけの家ですから、こっそりどこかに隠れているのは難しいことではないはずです」ベリンダはひと呼吸置いてから言葉を継いだ。「だれの仕業にしろ、わたしに罪をかぶせたかったということですよね？　そうでなければ、仕事に行くトニーのあとをつけていって、そこで刺せばよかったんじゃないですか？　どうして地所のはずれに死体を隠さなかったんでしょう？　川に投げ捨てることもできましたよね？」

「それではあなたは、おじさんは人を殺すことができると考えているんですね？」

「そのとおりです。おじはいつも世界大戦でドイツ兵を殺したことを自慢していました。ナイフの扱いも慣れていたと思います」

警部補はしばらく無言でベリンダを見つめていたが、やがてゆっくりと切り出した。

「その仮説の唯一の弱点は、ナイフにはひとり分の指紋しかなかったということです、ミス・ウォーバートン＝ストーク。あなたのものですよ」

長い沈黙があった。外では風が勢いを増し、どこかの窓を枝が叩いている。暖炉のなかで薪が崩れた。緊張が耐えがたいほどになり、わたしはなにか言わなければならない気持ちになった。

「ナイフに彼女の指紋があるのは当然です。ナイフを蹴って、そのあと拾いあげたと彼女が説明しましたよね？　わたしが見たとき、彼女はナイフを持っていたんです」

「あなたが見たとき、彼女はナイフを持っていた。なるほど」警部補は満足そうににやりと笑った。「あなたが聞いたという悲鳴は彼女のものじゃなかったかもしれませんな。彼女に刺された気の毒な男性の最後の声だったのかもしれない」

「ばかげているわ」ベリンダが言った。「儀式に使うような大きなダガーをわたしが部屋に置いていたと言いたいんですか？　だれかが忍びこんできたときに身を守るために、ベッドの脇に置いておいたとでも？」

「ナイフにはほかの指紋があるはずです」

「ありませんでした。こちらの女性のものだけです」わたしは口をはさんだ。

わたしは顔をしかめた。「少なくとも一〇〇年前に作られたダガーに彼女の指紋しかなかったんですか？　それっておかしくありませんか？」

「そうともかぎりません」警部補が言った。「すべての工芸品は、毎週ほこりを払って磨くように使用人に指示していると家政婦から聞きました」

「でも、壁に戻すときにひとつくらい指紋が残るものではありませんか？」

「触るときには布を使うように指示されていたなら、必ずしもそうとは言えません。ああいった古いもののなかには値段がつけられないほど高価なものもあるでしょうし、取り扱いには注意が必要でしょう」

「あなたがあえて触れないようにしているらしいもうひとつの可能性があります」わたしは言った。「トニー・サマーズを刺した人間が自分の指紋を拭き消し、血をたっぷりつけて、ベリンダが拾いあげるように床に置いたのかもしれない」

「可能性のひとつではありますね」警部補は抜け目のない小さな目でじっとわたしを見つめた。「ミス・ウォーバートン＝ストークに罪をなすりつけたかった人間がいるということになる」

「そのとおりです。さっき彼女が言いたかったのもそのことです」

警部補は視線をベリンダに戻した。

「さっきも言ったとおり、おじのサー・フランシス・ノットは、わたしが祖母の地所を受け継いだことに腹を立てていました。わたしが死ねば、地所は彼のものになるはずです」

再び長い沈黙があった。暖炉の薪がまた崩れて、火の粉が飛んだ。

「地元の警察があなたのおじさんを調べました。あなたにとっては残念なことでしょうが、彼には完璧なアリバイがありました。昨日の夜、彼の船がずっとパドストウの川に係留されていたことが確認されていますし、彼自身はパブが閉まる時間まで何人かの男たちとドミノをしていました」

「そうなんですか」ベリンダは意気消沈した顔になった。「がっかりだわ」

「おじさんが捕まってほしいんですか？」

「そういうわけじゃありませんが、わたしが犯人ではないと知ってもらうために、もっともな動機のある人間を捕まえてほしいんです」

「そのためにも、もうひとつ訊かせてください。罪をなすりつけようとするくらい、あなたを嫌っている人間に心当たりはありませんか？」

わたしは気がつけば、トニーについてローズが語ったことを思い出していた。あの話をすれば、ローズには彼を殺すもっともな動機があると思われるだろう。けれどいまのところは黙っていようと決めた。

「ありません」ベリンダが答えた。「さっきも言ったとおり、この家の住人とは一四歳の頃以来、全然連絡を取っていませんでしたし、その頃でも川で冒険をしたりして楽しく過ごしていました」

「いまこの家にいる客はあなたたちだけです。現時点での唯一の外部の人間ということになりますね。もちろん、使用人全員の経歴を確認しますし、近隣で怪しい人間が目撃されていないかどうかも調べます。ですがこの事件は、下層階級の人間の仕業だとは考えにくいですね。壁に飾られているダガーを盗むだけでもかなりのリスクですし、客用寝室がある廊下で目撃される可能性もあるわけですから」

「ひとつ気になることがあります」わたしの言葉に、警部補はさっと振り向いた。「ミス・ウォーバートン＝ストークの部屋を見たとき、窓が開いていたんです。閉めたと彼女は言っていました。あの夜は雨が強く降っていましたから」

「つまりあなたは……」

「何者かが外からやってきて、彼女の部屋の窓までよじのぼったのかもしれません」

「外部の人間という意味ですか？」

うなずいた。

「その外部の人間は、どこが彼女の寝室なのかをどうやって知ったんです？　なによりその人間は、ミスター・サマーズがその部屋で裸になったまさにそのときにやってきたというわけですか？」警部補は裁判所で点を稼いだかのように、満足そうに小さく笑った。「わたしは、問題の核心はこのことにつきると思います――ミスター・サマーズはこちらの女性のベッドで殺されていた。彼は裸だった」

「シーツなどと一緒に彼のローブはありましたか？」わたしは尋ねた。

「そういう話は聞いていません」警部補は手のなかのメモ帳に視線を落とし、それからなにかを書き足した。

「妙だとは思いませんか？」わたしはさらに言った。「お風呂のあと、服も着ずに長い廊下を歩く人がいますか？」

彼はまた薄ら笑いを浮かべた。「あなたがた貴族はずいぶんと妙なことをすると聞いていますよ。それにここは彼の家だ。わたしはタオルを体に巻いただけでバスルームから出ていきますがね」

「ですが、女性の客が滞在しているときに、ものすごく長い廊下を歩いたりはしないと思います。恐ろしく寒いということもあります。もしもわたしがドアを開けて彼とばったり会ったりしていたら、さぞショックを受けていたでしょうね」

「なにかで体を覆っていたのかもしれない――タオルとかシーツとか」

「タオルが見つかったんですか？」

「聞いていません」警部補は再びメモ帳を眺めた。

「警部」わたしはいくらかためらいがちに切り出した。「彼がどこかほかの場所で殺されて、その死体がベリンダのベッドに置かれたという可能性はありますか？」

警部補は眉をひそめた――正確に言えば、渋面を作った。「わたしの経験から言うと、ありませんね。死んだ人間はそれほど長く出血しません。血液を押し出す心臓が動かなくなるわけですから。ですが、彼が横たわっていたシーツにはかなりの大きさの血の染みができていました。それに、もしほかの場所で殺されたなら、どこかの部屋や廊下に血痕が残っているはずです」

説得力のある言い分だと思えた。

「あなたはこの事件にずいぶんと興味があるようですね。探偵小説を愛読しているんですか？　笑えるくらい現実世界からかけ離れた、頭のいい女探偵に自分をなぞらえているとか？」

「違います。実を言うとわたしは実際の殺人事件に何度か関わったことがあるんです」

「あなたが？　どういうふうにですか？　新聞で読んだ事件を解決しようとしたんですか？」

「いいえ、人が殺されたときにたまたまその場に居合わせたことが何度かあったんです。兄に容疑がかけられたときは、その事件を解決しなくてはなりませんでした」

「そうなんですか？　それはそれは」警部補はぐっとわたしに顔を寄せたので、わたしの手を軽く叩くつもりだろうかと一瞬考えた。「わたしの鑑識チームがこの家を徹底的に調べますから、安心して休んでくださっていいですよ、リトル・レディ」警部補が言った。「それにわたしたちはプロですから、あなたがその小さな頭を悩ませる必要はありません」

これは戦争だとわたしは思った。わたしはこれまで一度も〝リトル・レディ〟などと呼ばれたことはない。

一〇月一八日金曜日と一〇月一九日土曜日
コーンウォール、トレウォーマ

　本当に恐ろしい。悪夢よりももっとひどい。どうすればいいのか、わかってさえいれば。

　だれかが部屋に入ってきたので、ワット警部補が顔をあげた。やってきたのはミセス・マナリングで、軽い食事をとったミセス・サマーズは警部補の質問に答えられるくらい気分がよくなったと告げた。わたしたちは、ロンドンから警部補と一緒にやってきたという巡査部長に連絡先を伝えるようにと言われた。巡査部長はわたしたちの住所を控えた。

「ご主人はどちらにおられるんですか、ミセス・オマーラ？」彼が尋ねた。

「仕事で出かけています」わたしは答えた。

「どうすれば連絡がつきますか？」

「いまはつかないと思います。外国に行っていますから」

「ご主人はどういったお仕事を？」

「政府のために働いています」そう答えたものの、本当かどうかわたしにも確信はない。巡査部長はそれで満足したようだった。

その夜ローズが姿を見せることはなく、わたしたちもようやく解放された。わたしはふたり分のブランデーをたっぷり注いだ。眠るための手助けをしてくれるものが必要だ。

別の寝室を用意するとミセス・マナリングはベリンダに申し出たが、彼女はわたしと一緒の部屋がいいと言った。ひとりになりたくないらしい。その気持ちはよくわかった。だれかが彼女に殺人の罪を着せようとしているのなら、ひとりになると危険かもしれない。それがだれなのかはさっぱりわからなかったが。使用人を除けば、この家にはローズとミセス・マナリングしかいない。だが、そのどちらにもベリンダを嫌う理由はなかった。ローズの夫は確かに彼女に言い寄ろうとしたかもしれないが、そのせいでだれかに殺されたとは思えない。それにわたしたちはすでに、ローズが犯行を行なうにはキッチンは遠すぎるという結論に達していた。

わたしは服を脱ぎ、ベリンダの隣でベッドに横になった。

「あなたがいてくれてよかったわ、ジョージー」彼女が言った。「あなたはこういうことが得意でしょう？　前にも殺人事件を解決したことがある。だれが犯人なのか、見つけてくれるわよね？」

「できるだけのことはするわ。でもいまは、なにがなんだかわからないのよ。ローズがトニーを殺したくて、あなたを利用したのかもしれないって考えていたけれど、彼女がキッチンにいたのなら、トニーがあなたの部屋にやってきて裸でベッドに寝ていたことをどうやって知ったの？　彼女がココアを作っているあいだにあなたと浮気をするつもりだなんて、トニーが言うはずがないでしょう？」

「ジョージー、もうやめて」ベリンダは少しだけ笑った。「彼、いったいなにを考えていたのかしら？」

「髪が濡れていたわよね」わたしは言った。「夜にお風呂に入ったときに、髪を洗ったたっていうことだわ。ひょっとしたらバスルームが関係しているのかもしれない。あなたがお風呂に入ったとき、彼を見かけた？」

「いいえ、だれも見なかった」

「残念ね。お風呂から出てきた彼がバスルームに入っていくあなたを見かけて、一気に気持ちが燃えあがって、廊下を走っていってあなたを待ち伏せすることにしたのかと思ったのよ」

「彼は廊下のバスルームじゃなくて、自分の部屋のバスルームを使ったんでしょうけれどね」

「ああ、そうだったわ」わたしはため息をついた。

「それにバスローブを羽織ったはずよ。あの廊下は隙間風が吹き抜けて、凍えるほど寒いんだもの」

わたしはうなずいた。「そうね」

「望みはなさそうね」ベリンダがつぶやいた。

「そんなことないわ。筋の通った話が必ずあるはずだし、それを見つけるのよ。彼の以前のロンドンでの暮らしに関係があるのかもしれない。金銭問題よ。彼の父親は金融業で、全財産を失ったってあなたは言ったわよね？　トニーにも多額の借金があって、それを返していないのかもしれない。貸していた人間が彼を殺すためにだれかを送りこんだのかも」そこまで言ったわたしは首を振った。「いいえ、それじゃあ筋が通らない。彼を生かしておいて、借金を返させるはずだものね」

「それに彼は怪しげな取り引きに手を出すような人じゃないと思う。昔から、とてもまっすぐな人だったもの」

「あなたと付き合っているときに婚約していることを隠していたのは別としてね」

「そうね、それは別として」ベリンダはうなずいた。「でもトレンジリーの外国人のことをずいぶんとけなしていたのは覚えているでしょう？　彼と関わっているジェイゴのことも？ねえ、ジョージー、彼らが武器かなにかを密輸していたとして、係留区域の確認をしているときにそれに気づいたトニーの口を封じたということは考えられない？」

「その仮説の唯一の弱点は、儀式用のダガーが飾られているところやトニーの居場所を外部の人間がどうやって知ったかということね」

「もっともね」ベリンダはためらった。「あなたはいまも、ジェイゴが壁をよじのぼって窓からわたしの部屋に入ってきたとは考えていないのね？」

「トニーがあなたの部屋に来ることを、彼はどうやって知ったの？」

「あなたの言うとおりね。知るはずがないわ」ベリンダはため息をついた。

「なにより、彼はあなたに好意を持っている。それは確かよ。あなたを傷つけるようなことはしないはず」

「本当にそう思う？」ベリンダの声には期待らしきものがこめられていた。

「もう寝ましょうか？　明日になったら、事態は好転しているかもしれないわよ。警察が、あなたの容疑を晴らす証拠を見つけるかもしれない」

「そうだといいんだけれど」

わたしは眠ろうとしたけれど、今夜もまた妙な夢に悩まされた。なにかを探して、またもや暗くて長い廊下を走っている。それがなにかはわからないけれど、見つけさえすればなにもかもうまくいくという確信があった。やがて廊下は留置場に変わり、そのどこかにベリンダがいるのがわかった。わたしを呼ぶ声が聞こえる。助けて、ジョージー。わたしを助けられるのはあなただけ。監房を見つけてのぞきこむと、そこにいたのはベリンダではなくダーシーだった。目を覚ましたわたしはじっとりと汗にまみれていた。これはなにかの警告だろうか？　ダーシーはどこかで危険な目に遭っているの？　隣ではベリンダが穏やかに眠っている。わたしはベッドに横になり、夜の音に耳を澄ました。フクロウの鳴き声や風のため息を聞きながら、ようやく再び眠りに落ちた。

たるんだマットレスの端で眠っていたせいで、翌朝目覚めたときには首の筋を違えていた。体を起こすと、部屋が気持ちよく暖まっているのがわかってうれしくなった。眠っているあいだに暖炉の火をおこしておいてくれたのだ。ひとりでロンドンで暮らし始めた頃、火のおこし方を学ばなくてはならなかったことを思い出して、使用人たちを褒めたたえたくなった。窓の外では、河口の水に朝日が反射している。庭でなにかが動いていることに気づき、木立のあいだに目を向けると、ふたりの警察官のヘルメットが見えた。いったいなにを探しているのだろうと考えた。それとも、すでに手がかりをつかんだのだろうか？　少しだけ気分が上向いた。警察がここにいる。熱心に捜査をしている。警部補が言ったとおり、わたしが小さな頭を悩ませる必要などないのだ。その助言を受け入れるつもりはないけれど。

ベッドからため息が聞こえた。振り返ると、ベリンダが目を開けていた。ゆっくり休めたようで、いつものごとく美しい。いったいどうやっているのだろう？　毎朝あんなふうに目を覚ますのなら、どんな男性であろうと心を奪われてしまうに違いない。

「まあ、ありがたいわ。火が入っているのね」彼女が言った。「紅茶を運んできてくれると思う？　お腹がぺこぺこだわ。朝食の用意はいつできるかしら」

「落ちこんでいたのに、ずいぶん早く立ち直ったのね」

「ぐっすり眠ったもの。睡眠はとても効果があるのよ。今日は希望を持てそうな気がする」

ベリンダは体を起こすと猫のように伸びをしてからベッドをおり、ガウンを羽織った。

わたしは廊下の先のバスルームに向かった。かぎ爪足がついたバスタブは、いっぱいにお湯を溜めるには何時間もかかりそうなほど大きくて、わたしはほんの数センチだけお湯を入れた。お湯のなかに座り、いつしかまたトニー・サマーズのことを考えていた。彼はお風呂に入ったばかりだった。髪が濡れていた。何者かが彼をバスタブの中で殺して、その遺体をベリンダの部屋に運んだ可能性はあるだろうか？　けれど残された血痕を見るかぎり、ベッドに横になったときにトニーがすでに死んでいたとは思えないとワット警部補は言った。それに、彼の寝室のなかにあるバスルームからベリンダの部屋までどうやって遺体を運んだのかという問題もある。とんでもなく大変だろう。

部屋に戻ったときには、ベリンダは着替えを終えていた。だれにも会うことなく食堂まで行くと、すでに朝食が用意されていた。ベリンダはたっぷりとお皿によそったが、今朝はわたしのほうが食欲がなくて、スクランブルエッグを少しとトーストをお皿にのせただけだった。半分ほど食べ終えたところで足音が聞こえ、ローズがやってきた。生気のない青い顔をした彼女はわたしたちに向かって小さくうなずいてから、コーヒーを注いだ。

「気分はどう？」腰をおろした彼女にわたしは尋ねた。

「茫然としている」ローズはそう答えてから、言い添えた。「悪いけれど、あなたたちとは話したくない。この家に招待するべきじゃなかった。いますぐ出ていってもらいたいわ」

「残念だけど、それは無理よ。警察からそう言われているの」わたしは応じた。「捜査が終わるまでは」

「終わらないはずがないでしょう？　あなたが夫を殺したんだから」

「ローズ」ベリンダが口を開いた。「わたしはトニーを殺してなんかいない。本当よ」

「あなたに決まっている」ローズの声は甲高く、ヒステリックになった。「あなたのベッドに寝ていたんだから。なにが起きていたのか、わたしが知らないとは思わないことね」

「なにも起きてなんかいない」ベリンダが言った。

「あら、そうなの？　わたしは昨日生まれたわけじゃないのよ。あなたを見る彼の目つきに気づいていたんだから。あなたが彼を見る目つきにもね。あれは、寝たことのあるふたりの顔よ」ローズは大きく息を吸った。「あなたはそのためにここに来たんでしょう？　トニーとまた付き合いたかったんだわ。わたしとばったり会ったふりをして、この家に招待されるように仕向けたのよ」

「ローズ、考えてみて」わたしは言った。「もしベリンダがまだトニーのことが好きだったんだとしたら、どうして彼を殺したりするの？」

「彼に拒絶されたからに決まっているじゃないの。いまはわたしと結婚しているから興味がないって彼に言われたんだわ」

「興味がないなら、どうして彼は裸でベリンダのベッドにいたわけ？」

ローズの顔が怒りに赤らんだ。「わたしにわかるもんですか。わかっているのは、あなたの部屋で彼が死んでいたということだけよ、ベリンダ。彼はあそこでなにをしていたの？」

「わたしにもわからない」ベリンダが言った。

ローズはココアを作っていたはずだけれど、実はトニーがベリンダの部屋に入るところを見ていたんだろうかと、わたしは改めて考えた。いいえ、ありえない。わたしはあのとき廊下でだれも見かけなかった。

「あなたじゃなければ、いったいだれだと言うの？」ローズの顔は怒りのあまり真っ赤に染まっている。

「わたしが知りたいわ」ベリンダが応じた。

「外部の人間の仕業かもしれない」わたしは言った。「閉めたはずのベリンダの部屋の窓が開いていたの。だれかがそこから忍びこんで、トニーを殺したのかも」

「たまたま、ほかの女性のベッドに裸で寝ていた彼を？」ローズは吐き捨てるように言った。

「いい加減にしてちょうだい、ジョージアナ。現実を見てよ。わたしはあなたほど彼女のことを知らないけれど、男の人をベッドに誘って殺すような女なのかもしれないでしょう。わたしにわかっているのは夫が死んだということだけ。わたしもトレウォーマもこれからいったいどうなるのか、さっぱりわからないのよ」

「彼があなたを殺そうとしているってわたしたちに話してくれたのは、それほど前のことじゃないと思うけれど」わたしは静かに言った。「あなたが、殺される前に彼を殺そうと思ったのかもしれないでしょう？」

「そんなのばかげている」ローズが言った。「わたしは家の反対側にある階下のキッチンにいて、コンロの火をつけようとしていたのよ。確かめたければメイドに訊いてみるといいわ。

牛乳が吹きこぼれてキッチンが汚れたから。うんざりしながら掃除を始めたんだけれど、そんなことはしなくていいって気づいたの。わたしはこの家の女主人なんだから。そうでしょう？」ローズは苦々しげに笑った。「この家の女主人」ミセス・マナリングが現われたので、ローズは口をつぐんだ。

「ミセス・サマーズ、こちらにいらしたのですね。朝食を終えたら、警部補が奥さまとお話しなさりたいそうです」

ローズはため息をついた。「食欲はないの。コーヒーを飲んだら、彼と会うわ」

「召しあがらなくてはいけません。こういうときは、体力を保っておかなくてはいけないのですよ」ミセス・マナリングはローズに近づくと、腕に手を乗せた。「乗り越えましょう。わたしがいます。わたしが奥さまの面倒を見ます」

「ありがとう、ミセス・マナリング」

トニーの死がもたらした変化は驚くべきものだった。夫が自分を殺そうとしていると訴えていたローズは、悲嘆に暮れて復讐心に燃えた妻を演じているし、下層階級の娘に命令されることを明らかに嫌がっていたミセス・マナリングが、母親のように彼女の世話をしようとしている。

ローズとミセス・マナリングは食堂を出ていった。わたしたちはモーニング・ルームで新聞を読んだ。トニーの死についての記事はない。少しだけほっとした。コーンウォールからニュースが届くには時間がかかるようだ。

時間は過ぎていったが、だれも現われない。

「こんなのがどれくらい続くの？」ベリンダが言った。「いつになったらここを出ていけると思う？」

「わからない」ベリンダ以上に怪しい容疑者が見つかるまでは無理だろうとは言いたくなかった。

ちょうどそのとき振り子時計が一二時を打ち始め、ドアが開いてワット警部補とそのうしろからパーディ警部補が入ってきた。ワット警部補は咳払いをしてから言った。

「ベリンダ・ウォーバートン＝ストーク、アンソニー・ジェームズ・サマーズ殺害容疑で逮捕します。あなたには黙秘する権利がありますが、あなたが口にしたことは裁判で不利な証拠として使用されるかもしれません」

24

一〇月一九日
コーンウォール、トレウォーマ

わたしはどうすればいい？　かわいそうなベリンダ。彼女を助けなければいけないけれど、ひとりでは無理だ。

ベリンダとわたしは同時に立ちあがった。「違う！」ベリンダが叫んだ。「違う、わたしじゃない。わたしは彼を殺してなんかいない」

わたしは手を伸ばして彼女を押さえた。支えるためでもあり、逃げ出さないようにするためでもあった。

なにかしなければいけない気がした。「警部補、ミス・ウォーバートン＝ストークが彼を殺したという確証があるんですか？　ナイフに彼女の指紋が残っていたからとか、ほかに怪しい人間がいないからというだけの理由で、そんな結論に飛びついたわけじゃないですよね?」

彼は長いあいだじっとわたしを見つめたあと、眉間にかすかにしわを寄せて口を開いた。「実を言えば、新たな証拠が見つかりました。かなり有力な証拠です」彼はベリンダに向き直った。「残念ながら、あなたは嘘をついていたようですね、お嬢さん。子供の頃以来、ミスター・サマーズとは連絡を取っていなかったと言いましたね。だが彼の妻によれば、あなたと彼は古い友人のように振る舞っていたようだ。それに彼は、ロンドンにあるあなたの馬小屋コテージのことを知っていた。そのうえ、ふたりでべたべたしているところを目撃されている」

「わたしもずっとその場にいました、警部補」ベリンダがなにか答えるより先にわたしは言った。「罪のないふざけ合いがあったとしたら、そうしてきたのはトニーのほうです。ベリンダじゃない。それに、そこにはみんながいたんです。彼の妻も含めて」

「数年前、ロンドンのクラブで偶然トニーに会ったとお話ししたはずです」ベリンダが言った。「よくあることです。でもそれ以来彼とは会っていません。本当です。ここに住んでいることすら知らなかったんです。どうして信じてくれないんです?」

警部補の顔にあの冷笑が浮かんだ気がした。

「それならどうしてあなたがやって来た日の彼の日記に、〝ベリンダ!〟と感嘆符つきで書かれていたんでしょうね? ああ、それに書斎にあった彼の書類も調べたんですよ。アドレス帳にあなたの名前と住所があった。あなたたちふたりの過去になにがあったかは知りませんが、あなたは彼を取り戻すためにここに来た。そして彼に拒絶されて、刺したんです」

「そんなことはしていません」ベリンダが言った。

「刑事としての訓練を受けていたとき、あれこれ考える前にまずは明らかな手がかりを追えと教わりました」警部補は同意を求めるようにパーディ警部補を振り返った。「すべてがあなたを示しているんですよ、お嬢さん。あなたには機会があり、動機があり、持っていた凶器にはあなたの指紋があった。同行していただきます……」

「わたしをどこに連れていくの？」パーディ警部補にしっかりと腕をつかまれると、ベリンダが声を張りあげた。

「あなたの身の安全のために拘束します」

「どこに連れていくんですか？」わたしはふたりのあいだに立った。「ロンドンですか？」

「とりあえず、トゥルーロにある郡庁舎に連れていきます」ワット警部補が答えた。「いま逃亡されるわけにはいきませんから」

「ワット警部補、わたしが保証します。彼女がここにいるあいだ、わたしが常に監視するようにします。彼女を監禁する必要はありませんよね？」

「死刑に相当する罪を犯したほかの人間と異なる処遇をする理由が、彼女にあるとは思えませんね。本部から今後どうするべきかの指示があるまで、彼女はわたしたちが拘束します」

ベリンダはわたしを振り返った。「ジョージー、お願いだからどうにかして。わたしを連れていかせないで」

「用意はいいですかな、お嬢さん？　コートはありますか？」

「玄関ホールの戸棚にマントが入っているはずです」ベリンダはそう答えると、わたしに向かって言った。「こんなことになるなんて、信じられない」

「わたしが一緒に行ってはいけませんか？　彼女はとても動揺しています」わたしは地元の警部補に訴えた。

「申し訳ありませんね、マイ・レディ」パーディ警部補は首を振った。「こちらの女性は逮捕されたんです。あなたにできることはありません」

「電話をかけることは許されていますよね？　弁護士に知らせないと」

「そうだわ、弁護士に電話させてください。どれくらい役に立ってくれるかはわからないけれど」ベリンダの声は絶望感に満ちていた。「遺言とかそういうことは得意だけれど、犯罪や裁判を扱ったことがあるとは思えない」

「きっと法廷弁護士を紹介してくれるわ。心配しないで」わたしは言った。

「それから父さんにも。父さんに連絡してくれる？」

「拘留されたらすぐに、電話を一回かけることができます」ワット警部補は思いやりのかけらも見せることなく告げた。

「お父さんにはわたしが電話しておくわ、ベリンダ。あなたは弁護士と話をして」

「番号はブロックスハム二―五―一よ。覚えた？　あ、荷物がいるわ。ハンドバッグとマント。ほかにもいるものがある。寝間着や洗面道具は？　泊まることになるのよね？」

「高級ホテルではないんですよ、お嬢さん」パーディ警部補はそう言いながら、ワット警部補をちらりと見た。「どう思います？　だれかに彼女の荷物を取りに行かせますか？」

「こちらのお嬢さんに取りに行ってもらおう。女性に必要なものは、彼女ならわかるでしょう」

「ありがとうございます」ベリンダが言った。

促される必要はなかった。わたしは階段を駆けあがり、ベリンダの寝室に入った。トニーの死体はすでに運び去られ、ベッドのシーツははがされている。わたしたちがそこで見たものは、本当にあったことなんだろうか？　ベッドのまわりの床をざっと眺めたが、なにも見つけられなかった。考えるのよ！　わたしは自分に命じた。ベリンダを助けるためになにができるだろう？　自分の部屋に戻り、彼女の寝間着、ガウン、ブラシ、洗面用具の袋をスーツケースに入れた。それから再び彼女の部屋に行って、下着と口紅と白粉を入れた。こういうときこそ、きれいに見せたいはずだ。そうでしょう？　服の着替えも必要だろうかと考えたが、それは行き過ぎだろう。彼女のハンドバッグを開けて、コテージについて書かれた手紙が入っていた封筒から弁護士の住所を手早く破り取った。彼に電話しなくてはならないときが来るかもしれない。

それから再び階段を駆けおりた。

「これでいいかしら？」わたしはスーツケースとハンドバッグをベリンダに差し出した。パーディ警部補が歩み出て、中身をひとつひとつ調べてからうなずき、ベリンダに渡した。

「問題はなさそうですね。さて、では行きましょうか？」

「マント」ベリンダがわたしを見つめながら言った。「マントがいるわ」戸棚からマントを取り出そうとしたときポケットになにかが入っているのがわかったので手を入れてみると、車のキーだった。警察はブルータスを押収するだろうか？　もし押収されたら、わたしはどうやって移動すればいい？　わたしは咄嗟にそのキーを自分のポケットに押しこむと、マントをベリンダの肩にかけ、小さい子供にするように留め金を留めてやった。ベリンダの感謝の笑みが痛々しい。

「心配しないで」わたしは彼女の頬にキスをした。「大丈夫だから。すぐに戻ってこられるわ」

わたしは玄関まで一緒に行くことにした。パーディ警部補が彼女を連れて階段をおり始めると、ワット警部補がこちらに戻ってきた。「あなたがどなただったのかを思い出しましたよ、マイ・レディ」話を聞かれないように、彼はわたしに顔を寄せた。「あなたが国王陛下と王妃陛下の親戚であることを。できるだけ早く、家に帰られたらどうですかね？　この事件のことはじきに新聞に載るでしょうし、王家の方々に恥をかかせるようなことはしたくありません。いま帰れば、あなたの名前は新聞に出さずにすむと思いますよ」

「お断りします、警部補」わたしは怒って言った。「助けを必要としている友人をわたしが見捨てると本当に考えているんですか？　彼女の無実を証明するために、わたしはできることをすべてするつもりです」

警部補は悲しげに微笑んだ。「あなたは誠実なお友だちですね。ですが、現実と向き合うべきだ。ミス・ウォーバートン゠ストークは、この件についてあなたにも隠していたことがあるかもしれない。彼女は殺された男性を知っていた。彼の愛人だった可能性もある。残念だが、有罪であることが判明するでしょうね」

わたしは彼について玄関を出ると、パトカーの後部座席に乗せられるベリンダをそこから見つめた。ベリンダは最後に怯えたような視線をわたしに向け、そして車は走り去った。気分が悪くなった。一番の友人を行かせてしまった。止められなかった。すべてはわたしにかかっているのだという恐ろしい事実に気づいたが、どこから手をつければいいのか見当もつかなかった。

心臓が激しく打っている。冷静になって、論理的に考えようとした。ブルータスに乗って彼らを追いかけ、ベリンダがどこに連れていかれるのかを確かめるべきだろうか？　その考えはすぐに捨てた。時間がなにより重要なのに、その時間を無駄にしてしまう。警察はわたしをベリンダのそばにはいさせてくれないだろうから、トゥルーロに行く意味はない。殺人はここで起きたのだから。考えるのよ、ジョージー。まずはベリンダに言われたことをしようと決めた。彼女の父親に電話をかけるのだ。電話を使わせてほしいと頼もうとしたところで、ふと気づいた。だれかに聞かれる可能性があるから、この家の電話ではなく一番近い村の電話ボックスからかけたほうがいい。

どちらにしろ頭を冷やすためにも、今後の計画を立てるためにも、しばらくこの家から逃げ出す必要があった。わたしはローズを探しにいった。彼女は手をつけていないままのティーカップを前に、モーニング・ルームに座っていた。

「これ以上、あなたに迷惑をかけるわけにはいかないわ」わたしは言った。「荷物をまとめて、ベリンダの近くにいられるようにトゥルーロでホテルを探すつもり」

「その必要はないから。出ていかなくてもいいわ。あなたと言い争いをしたわけじゃないんですもの、レディ・ジョージアナ」

「でも、喪に服している家に滞在しているのはおかしいと思うの。あなただって、他人をもてなす気分じゃないはずよ」

驚いたことに、ローズはわたしの手を握った。「行かないで。お願いだから」

わたしはためらった。この家にいるほうが、ベリンダの役に立てることは確かだ。手がかりを探すことができるし、なにか気づかなかったかと使用人に訊くこともできる。あの老人を見つけて、いったいなにを見たのか、警察に通報すると脅したのはだれなのかを尋ねることもできる。けれど、ここにとどまるのが不安であることも間違いなかった。ひどく残酷な方法で人が殺されているのだ。わたしに悪意を抱いている人間がいるとは思えないけれど、これ以上首を突っこめば、わたし自身が危険な目に遭うかもしれない。それでも、やらなくてはならない。

「あなたが本当にそうしてほしいなら、しばらくはいるわ」わたしは言った。「でも、そう言うのが礼儀だって思わなくてもいいのよ、ローズ」

「ひとりになりたくないの」

「わかった。でも言っておくけれど、ベリンダは無実だってわたしは心の底から信じているの。だからわたしは、できるだけ早くここを出ていったほうがいいと思う」

「とりあえず今夜はいてほしいの」ローズが言った。「母さんが来てくれるまでは。電話をしたから、いまこちらに向かっているのよ」

「わかったわ。でもいまはひとりにさせてもらえるかしら。新鮮な空気が吸いたいの」

ローズはうなずいた。「母さんの部屋を用意するようにミセス・マナリングに言わないといけないわね」彼女は壁際に行き、呼び紐を引いた。「お葬式の準備もしないと。警察はいつトニーの遺体を返してくれるのかしら？　解剖がどうとか言っていたけれど、ばかげていると思わない？　彼がどうして死んだのかなんて、みんなわかっているのに。刺されたっていうことは。あれ以上彼の体を傷つけてほしくないって言ったんだけれど、それが通常の手順だって言われたわ。ぞっとする」ローズは首を振った。

「お呼びでしょうか、ミセス・サマーズ？」ミセス・マナリングが姿を見せた。「まあ、紅茶が冷めたんですね。新しいものを持ってきますか？」

「いいえ、けっこうよ。なにも喉を通りそうにないの。母と話をしたら、夕方までに来てくれるんですって。だから……」

「青の部屋の準備をするように、すでにエルシーに命じてあります。奥さまの部屋に近いですから」

「ありがとう。あなたは本当に頼れる人ね、ミセス・マナリング」ローズが言った。

ミセス・マナリングは満足そうに小さくうなずいた。

「わたしは自分の仕事をしているだけです、ミセス・サマーズ」

一〇月一九日
コーンウォール、ロックの村

なにも見えない暗闇のなかで、手探りをしているみたいだ。筋の通る答えが必ずあるはず。まるで悪夢を繰り返し見ているような気分だ。

戸棚からコートを出し、ポケットに入れてあったブルータスのキーを持って戸外に出た。強い風が吹いていて、雲が勢いよく流れている。馬に乗るには気持ちのいい日だろうし、狩りにはさらにうってつけだ。祖父と一緒にアインスレーの地所を散歩するのもいい。ここ以外ならどこでもよかった。来なければよかったと心の底から思った。ゾゾがロンドンにいたなら、祖父が忙しくなければ、ベリンダが訪ねてきたときわたしは家にいなかったのに。そう考えたところで、身勝手な自分を叱りつけた。わたしがいなかったら、ベリンダはもっとひどいことになっていただろう。彼女にはわたしが必要だ。

厩の脇に止めたままになっていたブルータスに、わたしは恐る恐る乗りこんだ。クラッチに足を乗せ、さらにおずおずとキーを挿しこんでまわす。しびれを切らした虎のように、エンジンがうなりをあげて目を覚ました。ギアをローに入れ（きしむことも、妙な音をたてることもなかった）、ゆっくりとクラッチを放していく。車は待ちかねたように動きだした。いまは自分のものとして使っているサー・ヒューバートのダイムラーを含め、これまでも車を運転したことはあるけれど、ブルータスほどのパワーがあるものは初めてだった。自由に走らせてほしがっている強い馬のように、力を溜めているのが感じられる。私道のカーブを抜けて道路に出るまで、わたしはおとなしくセカンドギアで走り続けた。やがて思い切ってサードギアに入れたものの、コーンウォールの道はスピードを出して走るようにはできていない。岬を越えた先の道は、両側から木の枝が張り出している高い土手にはさまれているうえ、次のカーブが見えないくらい曲がりくねっていた。わたしはカーブのたびに息を詰め、ぐっとスピードを落とした。一台の車が背後から近づいてきたことに気づいたのはそのときだ。すぐそばまで迫っている。バックミラーに大きな黒い車が映っていた。わたしはスピードをあげようとした。汗が出てきた。自分に言い聞かせた。「待ってもらうしかないわよ」

家が建ち並ぶあたりまでやってくると、道路幅がいくらか広くなった。その車はいきなりわたしを追い抜いていった。前部にロールス・ロイスのエンブレムが見えた。

「目立ちたがり屋！　乱暴者！」わたしは遠ざかる車に向かって叫んだ。聞こえないことはわかっていたけれど、いくらか気分はすっきりした。

そのまま車を走らせてロックの村に入り、郵便局の外に電話ボックスを見つけたのでそこに止めた。隣にはさっきのロールス・ロイスが止まっている。運転手にひとこと文句を言ってやるべきだろうかと考えていると、手紙の束を持った男性が郵便局から出てきた。だれあろう、ジェイゴだ。彼はわたしに気づくと、親しげにうなずいた。

「あなただったのね」わたしは口にしようとしていた言葉を言い換えた。「いい車ね」

ジェイゴは生意気そうににやりと笑った。「おれのじゃないよ。ボスの車だ」わたしがなにか言うより先に彼が言い添えた。「さっきはあおったりしてすまなかった。ボスが大勢の仲間と一緒に戻ってきて、今夜はロブスターが食べたいと言われたんだ。なんで、罠を見に行っていた。残念ながら、まただめだったけれどね」

「いまはロブスターが獲れないの？」

ジェイゴは顔をしかめた。「山ほど獲れるはずなんだが、おれの罠にだけかからない。だれかが盗んでいるんじゃないかと思っているんだ。そいつを捕まえようとしているんだが、いまのところ失敗続きだ。あの夜、コテージであんたとベリンダを驚かせたのはそういうわけだ。ほぼひと晩中、海に出て、おれの罠を見張っていた。ここだけの話だが、トニー・サマーズの野郎か、奴の手先の仕業だとおれは思っているよ。あいつがやりそうなことだ。あいつは地元の人間じゃない。おれたちのしきたりを知らないんだ。このあたりじゃ、嫌われ者だ」

「まあ」

彼はわたしの顔を見て言った。「どうかしたのか？　ベリンダはどこだ？」

「聞いていないのね。トニー・サマーズが死んだの」

「死んだ？」ジェイゴは驚いたようだ。「心臓発作か、それとも事故？」

「殺されたのよ。容疑者としてベリンダが逮捕されたわ」

「ベリンダが？　ベリンダがどうやってトニー・サマーズを殺したっていうんだ？　殺す理由は？」

「ベリンダは殺していない。でも彼はベリンダの寝室で見つかったの。裸で彼女のベッドに寝ていて……」

「そうなのか？」ジェイゴは再びにやりと笑った。

「そういうことじゃないから」わたしはいきりたって言った。「ベリンダはお風呂に入っていて、彼がそこにいるなんて知らなかったのよ。部屋に戻ってきたときには、彼は大きなナイフで刺されて死んでいたの」

「なんてこった。それでどうなったんだ？」

「ベリンダはトゥルーロの州庁舎に連れていかれたわ」情けないことに、そう答えるわたしの声は震えていた。「これからどうなるのかはわからない。お父さんに電話をかけてほしいって頼まれたの」

「残念だよ。ひどい話だ」彼はわたしの肩に手を乗せた。「おれにできることはあるかい？」

「あなたが真犯人を捕まえてくれればいいんだけれど」

「時間があればよかったんだが、ボスが昨日、突然帰ってきたもんだから、使用人の手配をしたり、食料を運ばせたりするのにいまは走りまわっている最中なんだ。ボスは思い通りにことが運ばないと、ひどく機嫌が悪くなるんでね」

「彼のところで働くのは楽しい？」わたしは尋ねた。

ジェイゴは苦々しい顔をした。「給料ははずんでくれる。いい経験でもある。ほかでは決して見られない世界を見ることができる」彼は手をおろした。「すまない、おれはもう行かないと。助けが必要なときには、おれを探しにきてくれ。ひととおりすんだら、時間ができるはずだから」

「どこに行けばあなたを見つけられるの？　あなたのボスはわたしが地所に入るのを歓迎しないと思うけれど」

「いまは配達の人間が大勢出入りしているから大丈夫だ。おれのコテージは左側にある。家庭菜園の隣だ。だがベリンダはどうなる？　会いに行けるだろうか？」

「行ってみるつもりだけれど、おそらく留置場のなかだと思うの。留置場にいる人に会えるのかしら？」

「コーンウォールでは会えるはずだ。中央刑事裁判所とは違うからね」ジェイゴは安心させるような笑みを浮かべた。

「問題は、トニーを殺したのがベリンダでないのなら、だれなのかっていうことなの」

「家にはだれがいたんだ？」

「トニーの妻のローズと使用人たちだけ」

「彼女には夫を殺す理由があったのか？」

「悲しみに打ちひしがれているように見えるわ」トニーが自分を殺そうとしていると彼女が考えていたことは言いたくなかった。「それに、彼女にはちゃんとアリバイがあるの。家のかなり離れた場所にいたのよ。ひとつ興味深いのは、ベリンダの部屋の窓が開いていたこと。外部から侵入した人がいたんじゃないかと思うの」

「トニーのうしろ暗い過去から来た人間っていうことか？」

「そんな過去があるの？」

ジェイゴは肩をすくめた。「それはわからない。わかっているのは、やつはこのあたりでは嫌われていたってことだ。地代をあげ、係留料金をあげた。それにもちろん、ジョンキルも嫌われていた。彼女は地元の子供を轢き殺したからね。だからトレウォーマはしばらく恨まれていたよ」

「それだわ。使用人よ。いまあの家で働いているだれかが、数年前にジョンキルが轢き殺した少年の親戚だということは考えられる？」

「いまだれが働いているのかはよく知らないな。エルシー・トレローニーはいる？」

「エルシーはいるわ。従僕はジェイムズよ。でも料理人やほかのメイドの名前はわからない。みんな新しいって聞いている。トニーが——それともローズだったかしら？——昔の使用人はくびにしたんですって。辞めさせられたことを腹立たしく思っていた人もいたかもしれないわね」

「そんな話を聞いたことがある。気の毒なグラディスばあさんは長いあいだあそこで働いていたからね。ウィルとマージーのストーク夫婦も」

「その少年の親戚はいたかしら？」

ジェイゴは眉間にしわを寄せた。「たしかグラディスは彼のおばだったか、またいとこだったかだと思う。このあたりではみんながだれかの親戚なんだ」彼はにやりとして言い添えた。「だがみんな年寄りだ。グラディスが雨どいをよじのぼって、だれかの部屋に侵入するとは思えないな。それを言うなら、ほかのやつらもだ」

「ミセス・マナリングはまだいるわ」

「ああ、そうか。家政婦だな。彼女は地元の人間じゃなかったと思う。だが彼女も長いあいだあそこにいるよ。ジョンキルの子守だった頃からだ」

わたしの頭のなかで歯車がまわり始めていた。死んだ少年の親戚の使用人――けれど何年も前に少年を引き殺したのはジョンキルだ。トニーではない。けれどミセス・マナリング……彼女はジョンキルを崇拝していた。もしも彼女がローズのように、トニーがジョンキルを崖から突き落としたと考えていたとしたら、復讐する機会をうかがっていたかもしれない。でもどうしてベリンダ？　ベリンダはジョンキルにもこの家にもまったく無関係だ。それにミセス・マナリングはローズを嫌っていた。どうして彼女に罪を着せようとしなかったのだろう？　わたしはまたため息をついた。なにひとつ筋が通らない。けれど細い糸口は見つけた。なんらかの理由でトニーかトレウォーマを憎んでいる人物。いまその親戚が使用人として働いていて、ダガーを準備し、部屋に忍びこむチャンスだと合図を送ったのかもしれない。ありそうもないことだけれど、なにもないよりはましだ。

「とにかく、おれはもう行かなくちゃ」ジェイゴの言葉にわたしは現実に引き戻された。「念のため、おれも目を光らせておくよ。あの連中が帰ったら、おれもベリンダに会いに行くようにする。彼女がそんなところに閉じこめられていると思うと、たまらないよ」

ジェイゴはロールス・ロイスのドアを開けて乗りこむと、砂利をはじき飛ばしながら猛スピードで走り去っていった。わたしはさっそく探りを入れてみることに決め、郵便局に足を踏み入れた。

「あら、あなたでしたか」郵便局長の女性は興味深そうにわたしを眺めた。「トレウォーマに滞在しているって聞きましたよ。あの警察騒ぎはなんなんです？　夜中にフッド巡査が呼び出されたし、大きなパトカーが通るのを見たってダン・ストルーサーズが言うんですよ。かなりのスピードでやってきてトレウォーマに入っていったって。だからなにかあったんだろうって思っていたんです」

「じきにわかることだわ。新聞に載るでしょうから。トニー・サマーズが殺されたんです」

「まあ、なんてこと！」彼女は豊かな胸に手を当てた。「彼はみんなから慕われているとは言えませんでしたけれど——なんでもかんでも近代化しようとしたし、船の係留料金やなんかを値上げしましたからね——だからといって、だれが彼を殺そうなんて思うんです？　気の毒なミセス・サマーズ。やっと裕福に安心して暮らせると思ったら、未亡人になって、大きな家を管理することになったなんて」

「使用人のことを考えていたんです」わたしは言った。

「使用人？」彼女は顔をしかめた。

「全員がこのあたりの人ですか？　使用人のなかに、ミスター・サマーズに恨みを抱いている人がいるんじゃないかと思ったんです。もしくは家族が恨みを抱いているとか」

「なるほどね。たしかエルシー・トレローニーの父親は係留料金に不満を持っているようですけれど、だからといって人を殺そうとは思いませんよね？　だれかを殺そうと決心するには、相当な理由が必要ですよ。その人にとっては生きるか死ぬかのような。殺さなきゃならないほどミスター・サマーズを憎んでいる人は思いつきませんね」彼女は言葉を切った。

「もちろん、彼がメイドのひとりに手を出していたなら話は別ですけれどね。彼はハンサムな人でしたよね？　ああいうお屋敷の貴族たちがどんなふうだかは聞いていますから――若いメイドに無理強いするんですよ。彼女たちは抗（あらが）ったら仕事を失いますからね。彼はどうやって殺されたって言いましたっけ？」

「まだなにも言っていません。刺されたんです」

「ああ、やっぱりね」彼女は訳知り顔でうなずいた。「自分の身を守るために刺したんですよ。そうだと思った」

「そうかもしれませんね。ところで、半クラウンをペニー硬貨に両替してもらえますか？

何本か電話をしなくてはいけないんですけれど、硬貨が足りなくなるといやなので」

「もちろんですとも」彼女はそう言って両替してくれた。わたしは郵便局を出て、電話ボックスに入った。充分だろうと思えるだけの硬貨を入れた。「ブロックスハム二―五―一」交換手が応じたところで、わたしは言った。「少々お待ちください。長距離電話をおつなぎします」しばらくすると、応答があった。「ブロックスハム二―五―一、ウォーバートン＝ストーク少佐の自宅です」ボタンを押し、硬貨が落ちる音を聞いてからわたしは口を開いた。

「レディ・ジョージアナ・オマーラと言います。ウォーバートン＝ストーク少佐はいらっしゃいますか？」

「申し訳ありません、マイ・レディ」滑らかな男性の声だった。「わたくしは執事のヘクスタブルです。旦那さまと奥さまはスコットランドの別荘にいらしています。ご友人と狩りのご予定です」

「まあ。おふたりに連絡のつく電話番号はわかりませんか？」

「残念ですが、連絡はつきません。別荘に電話がないので。かなり人里離れたところですから」

「いつ帰ってこられるのかしら？」

「早くても来週になります。狩りがうまくいけばしばらく滞在するかもしれないと旦那さまはおっしゃっていました」

「なんてことかしら。ミス・ベリンダが困ったことになっているの。濡れ衣を着せられていて、お父さんに電話をしてほしいと頼まれたんです。連絡を取る方法はありませんか？」

「電報を送ったらいかがでしょう？　郵便局が配達してくれるのではありませんか？」

「そうね、いい考えだわ。送ってもらえるかしら？」

「あなたから送るほうがふさわしいかと存じます、マイ・レディ」彼はたいていの執事と同じように、感情のない淡々とした口調で言った。

「わかったわ」わたしは冷静さを失うまいとした。「住所を教えてもらえるかしら？」

「再確認いたします」しばしの間のあと、彼が言った。「パースシャー、グレンブリー・ロッジです」

地図で簡単に見つけられるような住所だとは思えなかったし、電報が数日で届くかどうかも怪しいものだが、わたしは言った。「ありがとう。すぐに電報を送るわ」

「ミス・ベリンダにかけられている濡れ衣が深刻なものでないことを祈っております。昔からはつらつとした方でした」

「残念ながら、とても深刻なの。殺人の疑いをかけられているのよ」

わたしは電話を切った。それ以上、なにも言うことはない。

郵便局に戻り、電報の文面を考えた。〝ベリンダが窮地。殺人容疑で逮捕。コーンウォール、トゥルーロ〟〝すぐに帰宅を〟と付け加えようかと考えたが、わかりきったことだし、お金がかかるだけだ。郵便局長にその文面を渡し、目を通す彼女の顔を眺めた。「ミス・ベリンダ？　まさか」

「そうなんです」わたしはいまにも切れそうだった。「彼女は無実で、わたしたちはそれを証明しなくてはいけないんです」

ベリンダの家族についてこれ以上できることはなかったので、わたしは自分の家に二本めの電話をかけた。電話に出たミセス・ホルブルックに、コーンウォールのトレウォーマという家に滞在していて、トラブルに巻きこまれているのだと説明した。ミスター・ダーシーから電話があるか、あるいは家に戻ってきたら、すぐにここに来るように伝えてもらえるかしら？ そう言って、住所と道順と電話番号を伝えた。

「もちろんですとも、マイ・レディ。ほかにできることはありますか？ どなたかがご病気なんですか？」

「いいえ、もっとひどいことなの」わたしは答えた。「人が殺されて、警察はミス・ベリンダが犯人だと思っているの」

「なんて恐ろしい。すぐに帰っていらしたらどうですか？ わたしたちがお世話しますから」

「ベリンダを残してはいけないわ。彼女にはわたしが必要なの」

「もちろんですとも。でも心配いりませんよ。ミスター・オマーラから電話があったらすぐに、そちらに行ってもらいますから」

電話を切ったときには、少しだけ気分がよくなっていた。聞き慣れた声を聞くだけでほっとする。きっとダーシーが電話をかけてきて、すぐに駆けつけてくれる。アルゼンチンに向かう汽船のなかだったり、シベリアの荒野にいたりするのではないかぎり。あるいは彼自身が危険な目に遭っているのではないかぎりと、訊いてもいないのに心のなかでつぶやく声がした。だれにもわからない。

「いまいましいひと」こみあげてきた涙をこらえながら、わたしはつぶやいた。

一〇月一九日
トレヴォーマに戻るところだけれど、これ以上とどまっていたいのかどうかわからない……

わたしにできることはないような気がする。だれも助けを求められる人はいないのに、ベリンダはわたしを頼りにしている。トレヴォーマに戻るべきだろうか？　わたしの身に危険が迫っていたらどうする？

わたしはゆっくり車を走らせながら、冷静にそして論理的に考えようとした。これまで妙な犯罪に巻きこまれたことは何度もあった。そのたびに手がかりを見つけ、容疑者を追い、真相を突き止めてきた。今回はすべてがわたしにかかっているようだ。警察はベリンダが犯人だと確信していて、これ以上調べるつもりはないのだろう。考えるのよ、ジョージー、わたしは自分に言い聞かせた。もっとも可能性があるのは、使用人だろう。あの家にいる何者かがトニーに恨みを抱いていた。トニーがメイドのだれかに無理強いしたのかもしれない。

彼女の兄弟か父親が復讐をしたのかもしれない。あるいは漁業権を失い、収入がなくなった親戚だろうか。トレウォーマに戻って、使用人に話を聞こうと決めた。だれかがなにか重要なことを知っているかもしれない。

そう考えた瞬間、ある人物の姿が脳裏に浮かんだ。海岸でわたしたちの背後に現われたハリーは動揺した様子で、なにかを見たことやなにも話してはいないことをぶつぶつとつぶやいていた。彼を見つけて、知っていることを聞き出さなくてはいけない。すべきことがはっきりしたところで、わたしはトレウォーマに戻り、家から離れた場所にブルータスを止めた。警察にベリンダの車のことを知られたら、証拠として没収されてしまうかもしれない。だれかに見られてはいないかと窓のほうを眺めたが、人の気配はなかった。わたしはあの老人を探して、敷地内を歩き始めた。いらだたしいばかりの三〇分が過ぎ、彼はその気になれば透明になれるに違いないという結論に達した。わたしは木立を出て、崖の上に通じる芝地へと進んだ。ジョンキルが落ちたのがここだったと思い出し、ひと目見ておきたくなった。彼女の死とトニーの死に関連があるとは思えないけれど、偶然のように見えることにもしばしば隠された関係があることをわたしはこれまでの経験から学んでいた。崖の縁に立って、足元を見おろした。驚くほど高い崖ではないものの、恐ろしげな岩場が眼下に見える。満潮のときには水に覆われるだろうが、いまはところどころに水たまりが残るだけで、岩がむき出しになっていた。ジョンキルがここから落ちたのなら、まず助からない。柔ら

だれかが背後から近づいていることにどうして気づいたのか、自分でもわからない。

かい芝生の上で足音が響いたはずはないけれど、それでもわたしは振り返っていた。

「彼女が落ちたのがここよ」背後から声がした。

わたしはぎくりとして危うく足を踏みはずしそうになったが、伸びてきた手が支えてくれた。ローズが立っていた。「気をつけて。二度目の事故はごめんだわ」

「わお、驚いたわ。あなたが来たことに気づかなかった」

「波の音のせいよ」ローズが言った。「あなたが芝地を歩いているのが見えて、ここに来るんだろうって予想したの。万一に備えて、あなたから目を離さないほうがいいだろうと思ったのよ」

ローズが崖の縁から離れたので、わたしもあとに続いた。「まさかあなたは……」わたしはためらいがちに切り出した。「トニーが彼女を突き落としたと思っているってあなたは言ったわ」

「そう思っていた。でも彼が殺されたあと、いろいろ考えてみたの。やっぱり彼じゃなかったのかもしれない」

「それなら、だれが？」

「それを考え続けていたのよ。いったいだれが、ジョンキルとトニーの両方の死を望んだの？　そしてもちろん次の質問は、今度はわたしなのかしらっていうことだわ」

わたしはまじまじとローズを見つめた。ベリンダが犯人ではないと認める気になったのだろうか？　真犯人について心当たりがあるんだろうか？

「どうしてあなたを殺そうとするの？」

ローズは肩をすくめた。「わからない。だれかを怒らせた覚えはないわ。でもこんなところで暮らしていると、気持ちが不安定になるものよ。ひとりでこの家に住み続けていたいとは思わないわ。売ってしまって、どこかの町に家を買おうと思うの。バースがいいかしら、母の家の隣に。ロンドンでもいいし、パリでもいい。裕福な未亡人になったなんて、まだ実感がないわ」

ローズは不安そうに小さく微笑んだ。

「母さんがじきに来てくれる。家に戻って、ミセス・マナリングがちゃんと部屋を準備してくれているかどうかを確かめないと。もちろんしているでしょうけれどね。わたしったらばかみたい。彼女はなんだって完璧だもの。そうでしょう？」

ローズはわたしをその場に残し、芝地を遠ざかっていった。ジョンキルが転落した正確な位置をどうしてローズが知っていたのだろうという疑問に、わたしの心はざわついていた。だれかに聞いたの？　見せられた？　事故が起きたとき、ローズはロンドンにいたのだ。もし……もし彼女がすべてを計画したのでなければ。ローズは、トニーがジョンキルと結婚したことを知った。彼女が憧れていたふたりが、完璧な家で一緒に暮らしている。ローズがここにやってきて、チャンスをうかがい、ジョンキルを崖から突き落としたのだとしたら？　その後、頃合いを見てロンドンでトニーと再会するように仕向け、彼を酔わせてベッドに誘い、妊娠したと告げる。結婚後、流産したことにして、タイミングを見計らってトニーを始末する。

ばかげた考えだ。とても信じられない。けれどトランプをしたときに、ローズは自分で言っているよりもずっと頭が切れることにわたしは気づいた。ここそした子供だったとベリンダは言っていた。そしていま彼女は自分で言ったとおり、裕福な未亡人になった。トニーがほかの場所で殺されたとは考えにくいと警部補は言っていた。彼を見張っていたローズは、彼が裸でベリンダの部屋に入るのを見て、刺したんだろうか？　キッチンに行ったと思ったのは、そのふりをしただけだったの？　けれど、わたしが持ったときココアはまだ熱かった。キッチンは家の反対側にある。そして、例のばかげた疑問がある――使用人だけでなく女性客とばったり会う可能性があるなかを、裸で長い廊下を歩く男性がどこにいるだろう？

わたしはまっすぐ家には戻らず、地所をしばらく歩くことにした。家庭菜園まで行ってみると、リンゴの木にはリンゴがわずかに残り、苗床にはキャベツがきれいな列になって植えられていた。この家のほかの場所同様、菜園もとてもよく管理されていて、ミセス・マナリングの目がここまで届いているのだろうかとわたしは考えた。それとも管理していたのはトニーだろうか？　庭師が作業をしていた。健康そうな若い男性が、たき火に落ち葉をくべている。彼はわたしに気づくと手を止めて、帽子を傾けた。

「おはようございます、お嬢さん」

「この時期は落ち葉がたくさんで、忙しいでしょうね？」わたしは笑顔で言った。

「そうなんです。掃き集めるそばから、どんどん落ちてくるんですよ」

わたしがうなずくと、彼はさらに落ち葉を運ぶため、手押し車を押しながらその場を離れていった。なにもかもがじっとりと湿っていたから、たき火は煙が出るばかりで、あまりよく燃えていなかった。わたしは、記憶をくすぐられるその甘い香りを楽しんだ。その場を離れようとしたとき、落ち葉のあいだからなにかが突き出ていることに気づいた。なにか白くて柔らかいもの。わたしは棒をつかんで、それを引っ張り出そうとした。煙というより湯気に包まれていたけれど、でこぼこした生地の端が見えた。おそらくはタオル、あるいはバスローブかもしれない。ぐっしょり濡れているうえ、落ち葉や枝が山ほどその上に乗っているので、重くて持ちあげられない。どうすればいいのか決められずにいるあいだに、庭師が戻ってきた。わたしはあわてて落ち葉でそれを隠した。

「たき火はどれくらい頻繁にするの？」わたしは尋ねた。

「雨のあとでたき火をしようとしても、あまりうまくいきませんからね。なんで、ここ数日はやっていませんよ」彼は手押し車を空にした。「ほら、いまですら燃えにくいんだ。よく燃やすために、少しばかりガソリンをかけてやらなきゃいけないでしょうね」

よく燃やすために。証拠を消すために。彼はこのなかに落ち葉以外のものがあることに気づいているんだろうか？　それともひょっとして……。

「あなたの名前は？」わたしは尋ねた。

「トレヴォーです」

「ここで働いてどれくらいになるのかしら？」

「二年になります」

「家族は近くに住んでいるのよね？」

彼はうなずいた。「そうです。父は漁師ですが、ここ最近あまり獲れていないんですよ。なんで、おれとエルシーが母と妹や弟たちを養わなくちゃいけなくて」

「エルシー？　ここのメイドの？」

彼は再びうなずいた。「そうです。ミスター・サマーズが二年前に、おれたちを一緒に雇ってくれたんですよ。昔の使用人はくびにして、若くて新しい人間でここを近代的にしたいんだって言って。でかいアイディアをたくさん持っていましたよ。本当に残念だ」彼はまた落ち葉をシャベルでたき火にくべた。「こんなことを言っちゃなんですが、あのマナリングは頭痛の種ですが、それ以外はみんなよくしてもらっていますよ。給金もいいしね」

それ以上なにを言えばいいのかわからなかった。わたしがいま見たものは、トニー・サマーズはガウンを着ていたか、もしくはタオルを巻いていたことを示唆している。何者かがそれを窓の外に投げ捨て、あとからそれを落ち葉の山のなかに隠したのだ。でもどうして？　トニーは実はベリンダのベッドで刺されたのではなく、ほかの場所で殺されてあそこに運ばれたからだろうか？　けれど警部補は、それは考えられないと断言した。それならどうして犯人はガウンを窓から投げ捨て、たき火で燃やそうとしたのだろう？　明らかな証拠となる血痕が残っていないのなら？

物思いにふけりながら家まで戻ってくると、階段の上から話し声が聞こえた。

「いいのよ、きっと居心地がいいと思うわ」聞いたことのない女性の声だった。

「本当にいいの、母さん？　もっといい部屋があるのよ。ミセス・マナリングはどうしてあの部屋を選んだのかしら」

「お母さまはあなたの近くのほうがいいだろうと思ったのです、ミセス・サマーズ。一度は青の部屋にしようと思いましたが、もっと小さな部屋のほうが落ち着くのではないかと考え直しました。お母さまは、このような大きさの家には慣れていないでしょうから」

「気にしないでちょうだい、ローズ。わたしはここで満足しているのよ。本当だから。荷物をほどくわね」

ぎこちない沈黙があった。

「広間にお茶を用意しておきました」ミセス・マナリングがいつもの冷ややかな口調で言った。「お母さまを連れて階下にいらしてください、ミセス・サマーズ。お母さまの荷物はエルシーに片付けさせます」

階段の上にローズが姿を見せ、続いて感じのいいふっくらした女性が現われた。ローズは洒落た黒いワンピースに着替えていて、洗練されてほっそりして見える。彼女は玄関ホールにいるわたしに気づいて言った。「まあ、ジョージー。母さんが着いたの。よかったわ。母さん、こちらがさっき話したレディ・ジョージアナよ」

「お会いできてうれしいですよ」ローズの母親は階段をおりながら言った。「こんなときなのが残念ですけれど。かわいそうなローズ。あんな素晴らしい男性と結婚してとても幸せだったのに、働き盛りの彼が死んでしまうなんて。それにあんな恐ろしいことをしたのがミス・ベリンダだと聞いて、それはそれはショックを受けたんです。よりによって、ミス・ベリンダだなんて。わたしが面倒を見ていたときには、優しい親切な女の子だったのに。パンやケーキを焼くときにはよく手伝ってくれたし、彼女もそれが大好きだったんです。レディ・ノットがここにいなくて、本当によかった。とても耐えられなかったでしょうね。家族や孫娘のことを本当に誇りに思っていたのに。レディ・ノットは――」彼女は気まずそうに顔を赤くして黙りこんだ。

「失礼ですが、ミセス・バーンズ」わたしは言った。「どれほど状況が不利に見えるとしても、わたしはミス・ベリンダが彼を殺したとは考えていません。いずれ真相を突き止めて、必ず犯人を見つけるつもりです」

「行きましょう、母さん。お茶にしましょう」ローズがわたしたちのあいだに割って入り、母親を連れて廊下を遠ざかっていった。わたしはふたりの姿が見えなくなるのを待って、階段を駆けあがった。上の廊下の突き当たりに近い部屋のドアが開いている。なかをのぞくと、メイドのエルシーが見えた。わたしは部屋に入ってドアを閉めた。メイドは畳んだばかりのセーターを取り落とし、不安そうにわたしを眺めた。「なにかご用でしょうか、マイ・レディ？」

「ここでの仕事は楽しいかしら、エルシー？」わたしは尋ねた。

エルシーは困惑したようだ。「磨いたり掃いたりするのを楽しいと思う人がいるとは思えませんけれど、いい仕事ですし、お給金も悪くないです」

「扱いは悪くない？」

エルシーは上目遣いにわたしを見た。「ミセス・マナリングは時々意地が悪くなりますけれど、でもそれ以外に不満はありません」

「サマーズ夫妻はどうかしら？」

「奥さまはとてもいい方です。なにをしても感謝してくださいますし。でも旦那さまは……」エルシーは口をつぐんだ。

「あまり感じがよくないの？」

「いいえ、優しくはしてくださるんですが、少しがさつなんです。なんていうか、あっちこっちに服を置きっぱなしにするし、バスルームは……いつもひどい有様です」

「エルシー、あなたはミセス・サマーズのレディズ・メイドなの？」

「わたしは上の階のメイドです。ミセス・サマーズのお世話をしますが、奥さまはほかのご婦人たちのようにあれこれと世話を焼かれるのを嫌がるんです。上の階の掃除もします」

「ミスター・サマーズが殺されたとき、あなたはもう眠っていたの？　それともミセス・サマーズの着替えを手伝うために待っていたのかしら？」

「いいえ、マイ・レディ。手伝いはいらないからもう寝ていいと言われました」

「それじゃあ、警察が来て使用人たちを起こすまで、ミスター・サマーズが死んだことは知らなかったのね？」

「そうです」彼女はうなずいた。

「警察はミスター・サマーズの寝室とバスルームを調べたかしら？　なにか知っている？」

エルシーは怪訝そうな顔になった。「わかりません。尋問が終わるまで、使用人用の広間で待つように言われましたから」

「翌朝、部屋の掃除はできたのかしら？」

「ミセス・サマーズが一日中ベッドで寝ていたので、寝室には入れませんでした。バスルームの掃除をしようとしたら、そこはいいからミセス・サマーズの邪魔をしないようにとミセス・マナリングに言われました。ミスター・サマーズのバスルームは散らかっていたんですけれど、ミセス・マナリングが自分が片付けるからって言ったんです」

「バスルームを見たのね？　どういうふうに散らかっていたの？」

「普段どおりです。濡れたタオルがあっちこっちにあって、床は水浸しで」

「いつもそんなふうなの？」

「そうですね、いつもよりちょっとひどかったと思います。濡れたタオルがいつもよりたくさん床に落ちていました。すごくたくさんタオルを使っていました。あたしには理解できません。あたしの家では週に一度、暖炉の前でお風呂に入るだけだし、みんなで同じタオルを使うんです」エルシーは恥ずかしそうに笑った。

床に血が落ちていなかったかをどうやって訊こうかと考えているあいだに、エルシーが言った。「どうしてそんなことを訊くんですか？」

「ごめんなさいね。ミスター・サマーズが殺されて、警察はわたしの友人が犯人だと考えているの。でもそうじゃないってわたしは信じている。だから彼がどうやって殺されたのかを突き止めようとしているのよ。あなたたち使用人がなにかに気づかなかったかどうかを知りたいの」

「でも旦那さまはあの人の部屋で刺されたんですよね？」エルシーは当惑した表情を見せた。

「そう聞いています」

「彼女がお風呂に入っているあいだにね。部屋に戻ってみたら、彼が死んでいたのよ」わたしはためらった。「ミスター・サマーズは服を着ないで歩きまわる習慣があったのかしら？」

エルシーは本当にショックを受けたようだ。「まさか。そんなところは一度も見たことがありません。ほかの使用人から聞いたこともないです。旦那さまはちゃんとした紳士でした。一度、あたしがお風呂を掃除していたら下着姿で入ってきたことがあったんですけれど、そのときはちゃんと謝っていました」

彼女が自分の仕事に戻りたがっているのはわかっていたけれど、わたしはまだ訊きたいことがあった。「ほかのみんなもここで働くことに満足していると思う？」

エルシーは肩をすくめた。「だれだって時々は愚痴をこぼすものです。どんな大きな家だって同じだと思います。でもあたしたちはみんな、ここで働けてよかったと思っているんです。釣りをするか農家で働く以外、このあたりではあまり仕事がありませんから」

「それじゃあ、ミスター・サマーズが死んだことを喜んでいる人はいないのね？」

彼女はうなずいた。「その反対です。あたしたちみんな、これからのことを心配しています。ミセス・サマーズがここを出ていくことにしたら、あたしたちはどうなるんだろうって」ドアが開いてミセス・マナリングが入ってきたので、エルシーはさっと顔をあげた。

「エルシー？　マイ・レディ？　どうかしましたか？　なにかご用ですか？」

「ミス・ウォーバートン＝ストークとわたしの荷造りを手伝ってほしいと、エルシーに頼みにきたんです。ミセス・サマーズのお母さんがいらしたので、わたしはここにいないほうがいいと思いますから」

ミセス・マナリングはうなずいた。「ごもっともです、マイ・レディ。ですが今夜はここで過ごされて、明日の朝出発したほうがいいとミセス・サマーズはおっしゃると思います。明るいうちに家に帰り着くことはできないでしょうし、また雨が降りそうですから」

「わかったわ。でも明日の朝一番に出発するから。ミス・ウォーバートン＝ストークの荷物も持っていくわ。警察はなにもかも徹底的に調べたんでしょう？」

「そうだと思います、マイ・レディ」彼女は部屋を出ていくようにわたしを促した。「一緒にお茶を召しあがっていただければ、ミセス・サマーズは喜ばれると思います」わたしが廊下を遠ざかるまで、彼女は見張り番のように寝室のドアの前に立っていた。

一〇月一九日
トレウォーマ

ようやくなにかをつかめそうだ。

控えめに言っても、ぎこちないティータイムだった。ランチを食べそこねたのでお腹がすいていたけれど、喪に服している家でがつがつ食べるべきではないだろう。そういうわけでわたしはキュウリのサンドイッチをおとなしくつまみ、話しかけられたときには礼儀正しく答え、その場を離れられるときが来るのを待った。ローズたちが黒い服を着ていることに気づいたけれど、わたしは黒い服を持ってきていなかった。滞在する家でだれかが死ぬなんて、普通は予想しないものだ。わたしが着ている鮮やかな緑色の服は派手すぎて、場違いだった。お茶が終わったら、こっそり逃げ出すべきかもしれない。けれどどこに行けばいい？　警察が会わせてくれるとして、ベリンダの近くにいられるトゥルーロ？　けれど彼女を元気づける以外、わたしにそこでなにができるだろう。

問題は、ここでなにができるかということだ。トニーのタオルかバスローブらしきものがたき火のなかにあるのを見つけただけで、いまのところなにもつかめていない。気がつけば、ローズのことをしきりに考えていた。動機があるのは彼女だし、崖の上でわたしの背後に現われたときのことを思い出さずにはいられなかった。もし彼女が来ていることにわたしが気づかず、振り返らなかったら、わたしを突き落としていただろうか？　裕福な未亡人になったと言ったとき、彼女の目はきらりと光っていた。キッチンで作ったというあのいまいましいココアだけが、彼女の犯行を不可能なものにしている。お茶を終えると、また雨が降り出す前に庭を散歩しようとローズが言った。お母さんと水入らずで行ってきてとわたしは応じ、ふたりは出かけていった。彼女たちが家から遠ざかるのを待って、わたしはキッチンへと向かった。口実ならある。ジンジャーブレッドがおいしかったから、そのレシピをわたしの料理人に渡したいと言えばいい。

長く細い廊下は家の裏手へと通じている。階下の人間と階上の人間の暮らしを隔てるドアを抜けると、その先はさらに暗くて細い廊下だった。大きな家は、使用人の都合や快適さを考えて作られてはいないのだ！　突き当たりから、鍋やフライパンがぶつかる音が聞こえてくる。そちらに向かって進み、キッチンの入り口のすぐ手前で足を止めた。目の前には広々とした明るいキッチンがあるが、右側の暗がりのなかに石造りの階段が見えた。大きな屋敷には、その持ち主が自分たちのために働いている使用人の姿を見て気分を害することのないように、使用人専用の階段が作られているものだ。わたしはキッチンに入る代わりに、その階段をのぼった。でこぼこした急な階段で、わたしは石炭入れやお湯を持ってここをのぼっていく使用人の姿を思い浮かべた。

上の階に行き着いてドアを開けたときには、わたしは軽く息を切らしていた。そこはわたしの寝室がある廊下の突き当たりで、ローズとトニーの寝室のすぐ横だった。あたりを見まわし、足音を忍ばせながらその部屋に入り、静かにドアを閉める。四柱式ベッドがある美しい大きな部屋で、窓際には洒落た化粧台が置かれ、スツールにはローズのドレスが無造作にかけられていた。一方の壁は、オーク材の大きな衣装ダンスでほとんど埋まっている。いろいろな意味で女性の部屋だった。衣装ダンスの脇にあるドアを開けてみると、そこは広々としたバスルームだった。反対側にもうひとつドアがあって、その先は男性用の着替え室になっている。その奥にあるのがトニーのバスルームだろう。思ったとおり、棚には彼のひげ剃り道具が並べられ、かぎ爪足の大きなバスタブが置かれていた。わたしはトニーがお風呂に入っているところを想像した。だれかが思いがけず入ってきたら、彼はうろたえただろう。ナイフ、いや今回の場合はダガーを手にしただれかが入ってきたとしたら。このバスタブでは、素早く逃げ出すのは難しかったはずだ。

このシナリオの弱点は、お湯が血に染まっただろうということだ。バスルームをきれいにするだけの時間が必要だったはずだし、タオルにも血がついただろう。そもそも、どうやって彼をあの広い寝室を抜けて廊下まで運び、廊下の先にあるベリンダのベッドに寝かせたというの？　ローズにはキッチンから階段を駆けあがり、彼を殺すだけの時間はあったかもしれないが、だれにも気づかれずにその死体を運ぶ時間はあっただろうか？　わたしは自分の部屋にいたのだし、そのためには超人的な力が必要だっただろう。死体を引きずっていたなら、なにかが聞こえたはずだ。絨毯があるから音はしなかったかもしれない。けれど運ぶときにうなったり息を切らしたりすれば、ドア越しでも聞こえたのではないだろうか？　ただしこれがなにかの陰謀で、共犯者――あの開いた窓から逃げた人物――がいれば話は別だ。ローズの仲間はだれなのだろうと考えた。

わたしはいらだって首を振った。ベリンダが犯人ではないことをどうやったら証明できるだろう？　危険かもしれない家のなかでバスルームに閉じこめられていることに思い至ったのはそのときだ。改めてあたりを見まわすと、白く塗られたドアに気づいた。白い壁にうまく溶けこんでいる。そのドアの先は廊下で、ミセス・マナリングがローズの母親のために用意した部屋のすぐ脇だった。これは都合がいい。死体をそれほど遠くまで運ぶ必要はなかったということだ。それでもかなりの距離ではあるけれど。わたしはベリンダの部屋に戻り、荷造りを始めた。衣装ダンスを開けると、ジョンキルのイブニングドレスが吊るされていた。返さなくてはならない。わたしが借りたものも。あんなことがあったあとでは、とてももらう気にはなれない。わたしはベリンダの荷物を詰め終えると、二枚のドレスを持ってバルコニーを渡り、いつのまにか背後に現われるミセス・マナリングに邪魔されることもなく、禁止された廊下へと進んだ。

家のこちら側は向こうよりもはるかに寒い。暖炉に火が入れられていなかったり、大西洋からの風をまともに受けたりするからだろうか？　それともほかに理由がある？　わたしは気がつけば、薄暗い廊下をちらちらと振り返っていた。そして目的の部屋のドアを開け、明るい光のなかに足を踏み入れ……しまった。また同じ間違いを繰り返していた。そこは子供部屋だった。寝室は隣だ。わたしは改めてその部屋を眺め、なつかしくなった。いまもまだラノク城の子供部屋に残されているものにそっくりな揺り木馬。あの美しい人形たち。気がつけばまた、アインスレーの子供部屋やダーシーと同じ癖のある黒い髪の赤ちゃんが眠るベビーベッドを想像していた。わたしは顔をしかめた。なにか変だ。人形たちは部屋の隅にある人形のベッドに座っていて、ぬいぐるみはベビーベッドに並んでいる。以前は一緒に置かれていたはず……赤い手押し車の上に。赤い手押し車がなくなっていた。

息が荒くなった。あれは農家で使う手押し車を真似て作られた、子供を運べるくらい大きくて丈夫なものだった。実際に、巻き毛の愛らしいジョンキルとその友人が乗った手押し車を年上の少年が引いている写真が炉棚の上にあった。ゴムの車輪がついていた。死んだ男性を運べるくらいの大きさがあっただろうか？　もちろん脚は床に引きずる格好になっただろうけれど、運べたはずだとわたしは思った。そうでなければ、どうしてなくなったりするだろう？

わたしはだれにも見られることなく子供部屋を出ると、ジョンキルの二枚のイブニングドレスを彼女の衣装ダンスに戻し、自分の部屋に帰って荷物を詰めた。手押し車がどうなったのかを突き止めるべきだろうか？　けれど仮に見つけたとして、血痕でも残っていないかぎり、それでなにが証明できる？　手押し車はおそらくあの窓から外に放り出されたのだろう。そうでなければ、妙な場所にあることに使用人のだれかが気づいたはずだ。どうして子供部屋に戻さなかったのだろう？　血痕が残っていたのか、あるいはトニーの体が重たすぎて壊れたのかもしれない。どちらにしろ、警察に話す価値はあるだろう。トニーが自分の意思で裸でベリンダの部屋に行ったわけではないことを示す、ささやかな証拠だ。

わたしはわずかな希望を抱いた。こっそりとこの家を出て、トゥルーロに行くべきだろうか？　ベリンダに会うことはできる？　それとも手押し車が見つからないかどうか、地所を探すべき？　いまこうしているあいだにも、たき火で燃やされているかもしれない。探さなくてはいけないと思った。やっぱりローズたちと一緒に散歩がしたくなったと言い訳をすればいい。外は風が強くなっていて、海から黒く厚い雲が流れてきている。ぽつぽつと雨も降りだしていた。家庭菜園までやってきたが、トレヴォーの姿は見当たらない。たき火はまだ煙をあげていて、落ち葉はわたしの頭より高く積み重ねられていた。枝を拾って突き刺してみたけれど、大きなものがあるようには感じられない。荒れ地がこれだけ広がっているのだから、どこかに手押し車を隠すのは簡単だろう。わたしはもっと木が茂っているあたりを探し始め、やがて雨が激しく降りだしたので、家に戻る頃にはすっかりびしょ濡れになっていた。

「まあ、レディ・ジョージアナ。こんな悪天候のときに外を歩くのは賢明ではありません」

ミセス・マナリングがわたしの濡れたコートを受け取りながら言った。「風邪をひかないとよろしいんですが。エルシーにすぐにお風呂を用意させます」

あの大きなバスタブが脳裏に浮かんだ。「大丈夫です。わたしはスコットランドで育ったんです。とても丈夫なんですよ。それにいい機会なので、このまま失礼しようと思います。こんな大変なときにお邪魔をしているのは気が重いので」

「よくわかります」彼女が言った。「ですが、やはり出発は朝にしたほうがいいと思います。今夜は車の運転には向いていません。このあたりの道路は簡単に浸水しますから」

わたしは彼女の表情を読もうとした。わたしにいてほしがっているんだろうか？ ローズを疑っている？ 彼女はここで起きていることをなにもかも知っているようだから、わたしに真相を突き止めてほしいと思っているの？

「ディナーにふさわしい服がないんです」わたしは言った。「黒い服を持ってきていませんから」

「ご心配いりません。今夜は正式なディナーにはしませんから。簡単な食事です」

わたしはためらった。ローズと母親と一緒に食事をしたいとは思わなかったけれど、トレウォーマに滞在しているとミセス・ホルブルックに言ってある。ダーシーが探しにきたら、わたしはここにいると思うだろう。ベリンダの父親もやってくるかもしれない。けれど、どこか泊まる場所を見つけたら、そこからまた電話をかければいいと考え直した。いまはただこの家から離れたかった。「親切にありがとうございます。でもミセス・サマーズのお母さんがいらしていますし、わたしはトゥルーロでミス・ウォーバートン＝ストークの近くにいなくてはいけない気がするんです。いまここにいるのはとても気まずいのだとミセス・サマーズに伝えておいてください。とても感謝していますと」

彼女はうなずいた。「わかりました。どうしてもとおっしゃるのでしたら。あなたのためにも、ご友人が有罪にならないことを祈っています」

手押し車やトニーのバスルームが散らかっていたことについて訊きたかったけれど、それは警察が尋ねるべきことだと思い直した。わたしは荷物をまとめ、ジェイムズにブルータスがあるところまで連れていってもらった。さっきの雨はスコールだったようで、いまは小雨になっている。薄暗くなっていて、わたしは衝動的な決断を後悔し始めていた。暗いなか、危なっかしいコーンウォールの道路をトゥルーロまで走るのは気が重い。ヘッドライトをつけ、ワイパーを動かすと、わたしはしっかりとハンドルを握って細い道路を走り始めた。大きな車が向こうからやってこないことを祈るばかりだ。バックさせる方法がわからないかもしれない！

郵便局があるロックの村までたどり着く前に、道路沿いに数台の車が止まっているのが見えた。そのうちの一台は救急車で、もう一台はパトカーだ。その脇を通りすぎようとして車のスピードを落としたところで、海岸からあがってくる男性たちに気づいた。そのうちのふたりは毛布で覆ったストレッチャーを運んでいる。最後尾にはジェイゴがいた。もちろん、好奇心が勝った。道路に余裕があるところに車を止めてから、彼らのところまで歩いて戻っていると、そこがトレンジリーの近くであることに気づいた。ベリンダとふたりで海岸の岩場をのぼって地所内へと入ったあたりだ。男たちは遺体——遺体に違いない——を救急車の後部に乗せているところだった。ジェイゴは警察官と話しこんでいる。

わたしはそちらに歩み寄った。わたしに気づいたふたりは口をつぐんだ。「なにかあったの？」わたしは尋ねた。「救急車が見えたの」

「悲しい事故ですよ、お嬢さん」わたしとさほど年が変わらない親切そうな巡査で、これまで見かけたことはなかった。「地元の男性です。ちょっと頭の弱い男でした」

「ハリーのこと？」わたしは確かめるようにジェイゴを見た。「なにがあったの？」

「溺れたんです」巡査が答えた。「満ち潮にさらわれたんでしょう。よく海岸をうろついていたみたいですから」

「どこで見つかったんですか？」

「このあいだあんたとベリンダがいた岩場に打ちあげられたんだ」ジェイゴが言った。「いま巡査に話していたところなんだが、おれたちのところの客が夕方に散歩に出て、水際になにかあるのを見つけたんだよ。それで、おれを呼びにきた」

「いったい彼は岩場でなにをしていたんでしょうね？」巡査が言った。「老人がうろつくような理由はないはずですが。トレンジリーの地所に入ろうとしていたんでしょうか？」

「それはないだろう」ジェイゴが言った。「もし入ってきたら不法侵入で警察に引き渡すと、一度はっきり言ってやったことがあるんだ。彼は警察を死ぬほど怖がっていたからな」彼は河口に目を向けた。「潮が満ちてきている。岬に近いどこかから落ちたんだと思うね」

わたしは彼の視線をたどった。前方には曲線を描く入り江があって、その向こうはトレウォーマだ。以前彼と会った小さな海岸を思い出した。岩が落ちてきた高い崖……。

「彼は怪我をしていた？」わたしは訊いた。

「岩にあちこちぶつけた跡があった」ジェイゴが答えた。「当然だろうな。気の毒に」

「家族はいたの？」救急車のドアが閉められ、運転手がふたり車に乗りこんだ。

ジェイゴは首を振った。「いない。決まった家はなかったんだ。みんなが物置や牛小屋を使わせてやっていた。半端仕事を頼んでいたよ。悪意のない男だったからね」

「ありがとうございました」巡査が言った。「彼を見つけた人たちの名前だけ教えてもらえますか？」

「もちろんだ。ああ、ちょうど彼らが来たよ」

海岸からの細い道を通って、客の一団が現われた。先頭の女性は毛皮のコートを着ている。男性たちは襟を立てたコートを着て、夕方の明かりのなかで顔は帽子に隠れていた。

「いったいどれくらいかかるの？」その女性が癖のある英語で聞いた。「雨が強くなっているし、もうびしょびしょなのよ。早く車を取ってきてちょうだい、ジェイゴ。家まで歩いて帰るのはごめんだわ」

「お名前だけ教えていただきたいんですが、マダム」巡査が言った。

「ヘルガ・フォン・ジンスラーケンよ」女性はこちらに近づきながら告げた。「綴り(つづ)はわかる？　怪しいものね」そう言って笑う。

「こちらはフォン・ストレッセン男爵、セニョール・アルグエッロ、グリーンスレード夫妻、そしてミスター・オコナーだ。おれが名前を書き出して、明日警察署に届けるよ。それでいいか？」ジェイゴが言った。「雨のなか、お客さまを待たせたくないんだ。早いところ、車を取りに行かないと」

「それでかまいません」巡査が言った。「お手数をかけてすみません。助かります。それでは失礼します」

「わたしも行くわね」わたしはジェイゴに言った。

「トレウォーマに戻るのかい？」

「トゥルーロに行くつもりだったんだけれど、今夜はホワイト・セイルズに泊まるわ。あのおじいさんはお気の毒だったわね」客たちがこちらに近づいてきたので、わたしはぎこちなくその場を離れようとした。道路を渡り、車へと向かう。

「たいした冒険だったわね」アメリカ人女性はひとりの男性の手を借りて、踏み越し段を越えた。

「お願いだから、びしょ濡れになる前に車を取ってきてちょうだい」ドイツ人女性が不機嫌そうに言った。「どうしてひとりくらい傘を持ってくることを思いつかなかったの？」

「たいしたことはないよ、ヘルガ。歩いて帰ればいい。さあ、行こう」ひとりの男性が言った。その声にわたしは思わず振り返った。

水が溜まった道路脇の溝に危うく足を突っこみそうになった。ダーシーだった。

28

一〇月一九日
ホワイト・セイルズ

頭がおかしくなったのかと思った。自分がなにを見たのかはわかっている。

深く帽子をかぶり、襟を立てていたけれど、その男性はわたしの夫にそっくりだった。「あなたって本当に人をこき使うのね、ミスター・オコナー」ドイツ人女性はそう言うと、彼の腕を取った。

彼女がミスター・オコナーと呼んだ男性が答えた。「楽しいからね、フラウ・フォン・ジンスラーケン」彼がわたしに気づいた様子はない。わたしはためらった。その場から彼らを見つめた。その男性は一度もわたしのほうに目を向けることなく、毛皮のコートのドイツ人女性を促すようにしてきびきびした足取りで歩いていく。ジェイゴがその前を走っていった。残りの人たちもトレンジリーの表門に向かって、足早にそのあとを追った。

わたしはブルータスに戻ると、ぎこちなくドアを開け、半分倒れこむようにして運転席に座った。心臓も思考もかき乱れている。座り直し、ハンドルを握って前方を見つめた。わたしは頭がおかしくなったんだろうか？ 様々な心配ごとやトレヴォーマに滞在していたせいで、脳がどうかしてしまったの？ あれは確かにわたしの夫だったのに、彼がわたしに気づいた様子はまったくなかった。わたしの見間違い？ 薄暗かったし、帽子のせいで顔は陰になっていたし、いつものダーシーよりずっとアイルランド人っぽい話し方だった。彼がここにいてほしいと思いすぎたせいだと、自分をごまかすように言い聞かせた。

エンジンをかけ、村の店まで車を走らせた。ちょうど閉めようとしていたところで店主がわたしを歓迎していないのがわかったので、急いで買うものを決めなくてはならなかった――いまの心理状態では簡単なことではない。スープの缶詰と卵を六個と糖蜜のタルトを買った。バランスの取れた食事とは言えないけれど、翌朝まではこれでもつだろう。再びトレンジリーの前を通り過ぎたときには、だれの姿もなかった。ゲートは閉まっていて、近くに止まっている車もない。わたしはそのまま車を走らせ、最後の家の前を通り過ぎ、トレヴォーマのゲートを通り過ぎ、岬をのぼった。

「丸い小さなお尻（リトル・ランプス）」わたしはつぶやき、車のスピードを落とした。ヘッドライトが前方の漆黒の闇を切り裂く。なんの悩みもなく、その言葉に大笑いしたのはほんの四日前のことだ。別の時代のことのように思えた。

雨脚が強くなっていて、わたしは道路のすぐ脇の恐ろしい崖を意識しながら車を走らせた。

いったいどうしてホワイト・セイルズで夜を過ごそうなどという気になったのだろう？　答えはわかっていた。ハリーの遺体が岩場に打ちあげられたことと、ダーシーにとてもよく似ただれかが近くにいるせいだ。どちらも明るい日中に調べなくてはいけない。

わたしはもう少しで、ホワイト・セイルズにおりる小さなゲートを通り過ぎてしまうところだった。懐中電灯を持ってこなかった自分を叱りつけ、ヘッドライトをつけたままにして一段ずつ階段をおりていく。玄関を見つけると、ベリンダのキーでドアを開けた。家のなかにはマッチがあったのでランプを灯してもう一度階段をあがり、荷物を持っておりてから、慎重に玄関の鍵をかけた。無事に家に入ることができたので、コンロに火をおこし、茹で卵を作って、スープを温めた。オイルランプのわびしい明かりのなかでその火の前に座っているといかにもひとりぼっちの気がしたけれど、留置場で夜を過ごしているベリンダはもっと辛いはずだと思い直した。電報はいつ彼女の父親に届くだろう？　弁護士はいつ来てくれる？　保釈金の用意をすることはできるだろうか？

できなかったらどうなるだろう？　ベリンダはロンドンに連れていかれて、中央刑事裁判所で裁判を受けることになるのだろうか？　わたしは今日一日の出来事を考えた。崖の上でわたしの背後に現われたローズ。トレンジリーの岩場に打ちあげられた老人ハリー。彼は〝彼女〟を恐れていた。彼女は、警察に逮捕させると言ってハリーを脅していたけれど、彼はなにを見たのかを決して言わなかった。ローズがジョンキルを崖から突き落とすところを見たのだろうか？　そして命でその代償を払ったのだろうか……。

外では激しい風がコテージに吹きつけている。計画を立てる必要があった。明日はベリンダに会いに行くつもりだけれど、なにか希望を持てるような話ができるだろうか？　いくつかの可能性があるだけだ。そして、彼女はハリーを殺していないという事実と。けれど、彼は殺されたわけではないと警察は言うだろう。彼は普段から海岸沿いをうろついていた。足を踏みはずして岩に頭をぶつけ、波にさらわれただけかもしれない。彼の死が事故ではないと証明するすべはない。わたしはため息をつくと、使ったお皿をシンクに運び、お湯は朝になってから沸かそうと思った。寝間着に着替え、湯たんぽがあればよかったのにと心から願った。ベッドに入って小さく体を丸め、風と波の音に耳を澄ました。

いつしか眠っていたらしく、なにかにふと目が覚めた。床板がきしむ音？　ランプのオイルがなくなったらしく、あたりは真っ暗だ。洞窟から続くあの階段のことを思い出した。存在を知っている人間はだれでもここに入ってこられる。波音の合間に息遣いが聞こえた気がした。わたしは息を止めたが、なにも動くものはない。そのときだ。シーツがそろそろと持ちあがり、だれかがベッドに潜りこもうとしているのを感じた。わたしは体を起こした。

「ジェイゴ、またあなたなの？」

「つまりジェイゴはきみのベッドをしばしば訪れているということかい？　彼と話をしなくてはいけないな」ダーシーの声だった。

「ダーシー！」わたしは声をあげ、こういう状況でだれもがするだろうことをした。彼に抱き着いて、ぽろぽろと涙をこぼしたのだ。「あなただったのね。あなただってわかっていた。

どうしてわたしに気づいたって教えてくれなかったの？　頭がおかしくなったのかと思ったのよ」

ダーシーはわたしの髪を撫で、頬にキスをした。「泣かないで。大丈夫だから。ぼくだと言わないでいてくれてありがとう。ぼくがしていることが台無しになるだけじゃなく、ぼくの身も危険になるところだった」

「臨港列車に乗るって言ったのに」わたしはまだしゃくりあげていた。「南アメリカかどこかにいるんだと思っていたのよ」

「臨港列車に乗ったんだよ。パリである人たちに会うために」

「あなたのことをミスター・オコナーって呼んでいたわ」

「ぼくは共和国軍の下で働いている、アイルランド人の銃の密輸業者なんだ」ダーシーが言った。「ぼくが会ったのは、武器の密輸で大儲けしている奴らだ」

「密輸業者と取り引きしているの？」

「そんなところだ」

「それじゃあ、やっぱりジェイゴは銃を密輸しているのね！　ベリンダは正しかったんだわ」

ダーシーはくすりと笑った。「ジェイゴ？　これは内密の話だが、ジェイゴはぼくたちの仲間なんだ」

「それって……？」

「そうだ。絶対に秘密だよ。彼はぼくより深入りしているからね。ところで、彼がきみのベッドに潜りこんだというのは、どういうことだい？」

「わたしたちがここに来た最初の夜、ジェイゴはコテージにだれかがいることに気づかなくて、真夜中にわたしたちのベッドに入ってこようとしたのよ。彼もわたしたちも同じくらい驚いたの」

「なるほど。きみの言葉を信じなきゃならないだろうな――驚いたというところはね」わたしは体にまわされた彼の腕の温かさや頬に当たる甘い息を感じていた。「きみがコーンウォールにいるとは思わなかったよ。ぼくもきみと同じくらい驚いたんだ。なにがあったのか、ちらりと耳にはさんだだけなんだが、ベリンダが地元の男を殺して逮捕されたって？　いったいどういうことなんだ？」

「ああ、ダーシー。恐ろしい話なの」わたしはなにもかも話した。ダーシーが理解するのが間に合わないくらいの勢いで、言葉が口からあふれ出た。

「ちょっと落ち着いてくれないか。それじゃあきみは、その家に滞在するつもりでコーンウォールに来たわけじゃないんだね？」

「そうよ。このコテージを見るために来たの。ベリンダがつい最近、ここを相続したのよ。こんなに辺鄙なところだとも、こんなに古ぼけているとも知らなかったの。ところで、あなたはどうやって入ってきたの？　玄関には鍵をかけたのに」

「洞窟からさ。ジェイゴが教えてくれた。ここまでは、借りたスピードボートで来たんだ。

暗いなかであの岩場をのぼるのは、なかなかに大変だったよ。それできみはここに来て、それで……」

「わたしたちが泊まるにはふさわしくないってわかったから、一番近い村に行ったら、そこでローズ・サマーズに偶然会ったの。彼女はベリンダに気づいてしばらく話をしたんだけれど、そうしたらどうしても泊まってほしいって言われたのよ」

「どうしても？」

「そうなの。ベリンダはあまり乗り気じゃなかった。ローズは料理人の娘で、子供の頃はあまり感じがよくなかったらしいの。でもローズは断らせてくれなかったし、近くに泊まれるところはほかになかったから、結局トレヴォーマに行った。それが家の名前よ。このあたりの家はみんなおかしな名前がついているのね」

「ベリンダは子供の頃以来、ローズに会っていなかったということだね？　殺された男とは？」

「えーと、それはちょっと話が別なのよ」わたしはふたりの関係について話した。

「それはまずいな。ベリンダにはもっともな動機があることになる」

「警察には全部話さずにうまく切り抜けたのよ――ロンドンで偶然会ったと言っただけ。でも警察は疑っていると思うわ。彼のアドレス帳にベリンダの名前と住所が書かれていたらしいし、ロンドンの友人に訊けば彼女のことを知っている人がいるかもしれない。でもふたりの関係は数週間しか続かなかったし、それも数年前のことよ。ベリンダは正しいことをしたの。彼が婚約していることを知って、会うのをやめたのよ」

「彼がローズと結婚することを知ってやめたんだね？」

「いいえ、彼はジョンキルと結婚することになっていたの」

「ジョンキル？　だれだい？　彼女はどこから出てきたんだ？」

わたしはさらに説明し、ダーシーはさらに質問を重ねた。「つまりきみは、ジョンキルの死がトニーの死に関わりがあると考えているんだね？」

「そうに違いないと思うの。だって彼女はとても運動能力に優れていたのよ。崖から落ちると思う？」

「だがふたつの殺人はまったく性格が異なる。ひとつは人目を忍んだ卑劣なもので、もうひとつは暴力的でふてぶてしい」

「確かにそうね」わたしはうなずいた。「わたしが間違っていて、ジョンキルの死は事故だったのかもしれない。でもハリーは――」

「だれだい？」

「今日あなたが遺体を見つけた老人よ。頭が少し弱かったんだけれど、明らかにだれかを恐れていたの――女の人よ。〝彼女〟って呼んでいたから。見たもののことはだれにも話していないって言っていたの。だからベリンダとわたしは、彼はだれかがジョンキルを突き落とすところを見たんじゃないかって考えたの」

「そしてその人物は、彼を生かしておくと危険だと思った？」

「そういうこと。二度目の殺人のあと、犯人は必死になったのか、あるいは人を殺すことに良心の呵責を覚えなくなったのかもしれない。彼を殺すのは簡単だったと思うの。海岸をよくうろついていたから、岩を落とせば潮が死体を運んでくれるわ。わたしたちがあの海岸にいたときにも、石がいくつか落ちてきたのよ。だれかが崖の上にいてわたしたちを見張っているってローズは言ったの。あのときは海鳥だろうって思ったんだけれど、でもいま考えると……」

「ベリンダは今日逮捕されたんだろう？　きみはどうしてここに来たの？」

「あのままトレウォーマにいるわけにはいかなかったもの。そうでしょう？　友人が逮捕されて、すごく居心地が悪かったわ。ローズのお母さんが来たから、わたしが彼女のそばにいる必要もなくなったし」

「身の危険を感じたから出てきたわけじゃないんだね？」

「危険かもしれないとはちらりと思った」わたしは正直に打ち明けた。「でもわたしを狙う理由がある？　ここにいる人たちとわたしはまったく関係がないんだもの」

「ここはひどく寒いね」どちらも布団をかぶれるようにダーシーが体の位置をずらした。

「どうしてちゃんとしたホテルに行かなかったんだい？」

「トゥルーロにいるベリンダのそばに行くつもりだったの。でもハリーが死んだうえに、あなたらしき人を見たから、この近くにいるほうがいいと思ったのよ」

しばしの沈黙のあとダーシーが言った。「ジョージー、きみは本当にベリンダの犯行だとは思っていないんだね?」

「もちろんよ。彼が殺されたとき、ベリンダはお風呂に入っていたの。実を言うと、彼はその前にベリンダの部屋を訪ねていて、また昔のように楽しもうって誘ったのよ。でもベリンダはあっさり断った。だから、どうして彼が裸でベリンダのベッドにいたのかが大きな謎なの」

「彼がベリンダの部屋に行くところを何者かが見ていて、彼女の仕業に見せかけるのにうってつけだと考えたのでなければ」

「そういうこと」

「だれか疑っている人間がいるんだろう? 家にはほかにだれがいるの?」

「ローズと使用人だけ」わたしは言った。「ベリンダの部屋の窓が開いていたから、外からだれかが忍びこんだのかもしれないって思った。でもその人物は、裸のトニーをどうやってベリンダの部屋に運びこむことができたの?」わたしは言葉を切った。「考えてみたのよ、ダーシー。ローズしかありえない。自分はあまり頭がよくないって彼女は言うんだけれど、実はかなり聡明なんじゃないかと思うの。彼女がすべてを仕組んだんだとしたら?」わたしは自分の推理を彼に語った。彼女がジョンキルを突き落としたのではないかと考えていること、彼女がトニーを恐れていたこと、殺人の罪を着せるために家に滞在してほしいとベリンダに頼んだのではないかということ、崖の上で偶然わたしと会ったこと、ハリーのこと。

ダーシーがうなるように言った。「彼に離婚されるかもしれないと思っていたのなら、筋は通る。だがそれをどうやって証明する？」

「わからない。使用人用の階段を駆けあがれば、物理的には可能だと思うけれど、わたしがあの階段をあがったときには、いくらか息が切れた。お風呂で夫を殺し、あらかじめ近くに隠してあった手押し車に乗せて廊下を運び、ベッドに寝かせ、それから同じ経路で戻ってきてココアを手に姿を現わしたのだとしたら、かなり息を荒らげていたはずよ。でもそんなことはなかった。主階段をあがってきたときの彼女は、とても落ち着いた様子だった」

「興味深いね。だれかに協力してもらったんだろうか？　つまるところ彼女は料理人の娘だ。使用人のだれかと親しかったのかもしれない。それとも、その目的のために雇ったとか」

「いい点だわ。家政婦はずっと前からいるの――以前はジョンキルの子守だったみたい。彼女はローズをよく思っていないのよ――身の程知らずだって考えている。メイドのひとりと話をしたわ。地元の若い女の子。お兄さんは庭で働いている。従僕も地元の若い子よ。ほかはだれも見かけていない。別の庭師や運転手やほかの使用人がいるはずだけれど。最近になって、使用人は全員が変わっているの。昔からの忠実な使用人はみんなくびになったのよ」

「なるほどね。追うべき糸口がありそうだ。ぼくはロンドン警視庁の知り合いに話をしてみるよ」

「ロンドン警視庁からはもう警部補が来ているわ。ワットっていう人」

「ワット？」

「そうなの。ベリンダとふたりで笑ったわ」わたしはため息をついた。「ああ、かわいそうなベリンダ。ダーシー、わたしたち、早くなにかしないと」

「ぼくにできることはするが、いまはあまり時間がない。なかなかに興味深い人たちと一緒にハウスパーティーに来ているからね。ハリーのように川に浮かぶ羽目になりたくなければ、慎重に行動する必要があるんだ」

わたしは彼の頰に触れた。「ダーシー、お願いだから気をつけて」

「ぼくはいつだって気をつけているよ。ぼくのことは心配ない。きみは考えることがたくさんあるだろう？」

「でもあの人たちが銃を密輸しているのなら……あなたはいなくなっていることに気づかれる前に、帰らなきゃいけない？」

「日がのぼる前にね。だが暗い海に漕ぎ出す前に、妻とベッドを共にする機会を活用したいね」

それからしばらく、わたしたちはあまり言葉を交わさなかった。

一〇月二〇日　日曜日
トゥルーロにて

ようやく事態が動きだした。ダーシーが近くにいることがわかって、本当にうれしい。

朝になって目覚めたときには、ダーシーはもういなかった。わたしは笑みを浮かべながらベッドを出た。彼が近くにいる。それだけで充分だ。けれどそう思えたのは、コンロに再び火を入れ、彼がかなりの危険にさらされていることを思い出すまでだった。どうして彼はそんなばかげた任務を引き受けなくてはいけなかったの？　どうして腰を落ち着けて、ビンキーみたいに農夫の真似事をしないの？　答えはわかっていた。彼は自分のしていることを楽しんでいる。スリルが好きなのだ。

わたしたちは正午にロックの村の店で会う約束をしていた。できることはすると言ってくれたけれど、いまは必要以上に注意しなくてはいけない。「ぼくに連絡がつかないときは、ジェイゴに手紙をことづけるといい」ダーシーが言った。「彼はいい奴だよ。信頼できる」

わたしは紅茶をいれて、朝食に卵と残りの糖蜜タルトを食べ、それからトゥルーロに向けて出発した。ロックの村に着くまで、一台の車も見かけなかった。トレンジリーのゲートを通り過ぎるときにはスピードを落としてなかをのぞいたけれど、なにも動くものは見当たらない。ダーシーがあそこで物騒な人たちと一緒にいるのだと思うと、不安が心に広がった。人が簡単に死体となってここの海岸に打ちあげられるのを見ているのだから。彼は自分のしていることをよくわかっていると自分に言い聞かせるしかなかった。彼にとってはなんでもないことのはずだ。

その後、わたしは道路案内標識に従い、妙な聖人の名前がついた村を通ってトゥルーロに到着した。そこは丘の合間にある町で、細い道路の向こうに大聖堂の三本の尖塔がそそり立っている。教会の鐘が聞こえてぎょっとしたが、今日は日曜日らしいとようやく気づいた。きちんとした格好の人々が大聖堂に向かって歩いていたので、日曜日で間違いないようだ。トレウォーマに閉じこもっていたせいで、すっかり時間の感覚がなくなっていた。

交通整理をしている警察官がいたので、町の中心部から少し離れたところにある庁舎への行き方を教えてもらった。断られるだろうと思いつつベリンダに会いたいと言うと、親切な警察官がテーブルと椅子が置かれた部屋に案内してくれた。座って待っていると、ほどなく連れてこられたベリンダが、わたしの向かいに座った。目は落ちくぼみ、ひどく怯えた様子だ。立ちあがって抱き締めたかったけれど、たくましい警察官がベリンダのすぐうしろに立っていた。

「大丈夫？」わたしは尋ねた。

「ひどいところよ。バケツにおしっこしなきゃいけないんだから。朝食に出てきたのはへどが出そうなポリッジだし、お化粧をするための鏡もないの。わたしったら、ひどい有様に違いないわ」

こんな状況でお化粧のことを考えるのはベリンダくらいのものだろう。

「父さんと話をしてくれた？」ベリンダが訊いた。

「留守だったの。スコットランドの狩猟小屋に行っているそうよ。電報を打ったけれど、どれくらいで届くのかはわからない」

「ああ、もう。あのばかみたいな狩猟小屋。どこからも何キロも離れたところにあるのよ」

「弁護士はどうなの？　電話をかけた？」

「かけたわ。今日、来てくれることになっている。保釈金を手配してくれるといいんだけれど。でも、彼にできることがあるのかしら？　警察が事情を説明したら、彼もきっとわたしの仕業だって思うでしょうね」ベリンダはわたしの手に触れようとしたが、警察官が咳をしたので、すっと背筋を伸ばした。「わたしたち、これからどうすればいいの、ジョージー？」

「ひとつニュースがあるのよ。いいことなのか悪いことなのかはわからないけれど、ちょっと頭がおかしいおじいさんを覚えている？　昨日、彼の死体が打ちあげられたの。岩に当たったみたいな跡がいくつかあったらしいんだけれど、それって頭を殴られたせいかもしれないって思うの」

「なんてことかしら。だれかに殺されたって言いたいのね？　それがどうしてわたしを助けることになるの？」

「トニーを殺した人間が彼のことも殺したのなら、あなたには完璧なアリバイがあるわ」

「彼がいつ殺されたのかがわからなければ、そうとは言えない。死体が海水に浸かっていたのが一二時間なのか三日なのかを判断するのは、難しいんじゃないかしら。それであなたは、だれが彼を殺したと思っているの？　じっくり考える時間はあったはずだわ」

うしろにいる警察官にすべて筒抜けであることは承知の上で、わたしはベリンダに顔を寄せた。

「ローズがすべてを企んだんじゃないかと思うの。家に泊まってほしいって、あなたをしつこく誘ったでしょう？　そのうえで、トニーのことが怖いってわたしたちに訴えたわよね？　なにもかもが、欲しいものを手に入れるために彼女が立てた壮大な計画だったらどう？　彼女が以前にもここに来ていて、ジョンキルを崖から突き落としたところをあのおじいさんに見られていたとしたら？　おじいさんは〝彼女〟をすごく怖がっていたでしょう？」

ベリンダはうなずいた。「ジョンキルとトニーとわたしを結びつけるものはあるだろうかって、ずっと考えていたの。わたしは利用されるためにここに連れてこられたのかしら？　ローズが二階に駆けあがってトニーを殺して、それからまた階下に戻ることはできたと思う？」

「可能なのよ」わたしは答えた。「裏に都合のいい階段があるの。あがってきた彼女が、あなたの部屋に向かって歩いていくバスローブ一枚のトニーを見つけて、刺したのかもしれない……」

「たまたま、手ごろなダガーを持っていたっていうの？」

「まだあるのよ。子供部屋から手押し車がなくなっているの。ほら、玩具がいろいろ乗っていたじゃない？　子供の遊び道具にしては、かなり大きくて頑丈だった。バスルームからトニーを運ぶのに、あれが使われたんじゃないかと思うの。彼、バスタブのなかで殺されたのかもしれない」

「だとしたら、だれかがあとで片付けたっていうことよね」ベリンダが言った。「人を刺したら、あたり一面血だらけになったはずだもの」

わたしはうなずいた。「ミセス・マナリングがあのバスルームを掃除したのは、翌朝よ。でも彼を殺したのがローズだったなら、警察がバスルームを調べる前に血がついたタオルを捨てる機会はいくらでもあったはず。たき火のなかに、濡れたタオルのようなものがあったの。血がついているかどうかを確かめることはできなかったけれど」

「わたしたちにはなにも証明できそうにないわね」ベリンダが小声で言った。「あれこれ考えても、なにひとつ証拠はないんですもの。ローズが本当に彼を殺したのだとしても、あの家のあらゆるところに彼女の指紋があるのは当然だわ。それに、なにかを見たって名乗り出てくれた人もいないし」わたしたちは黙りこんだ。壁の時計が時を刻む音が大きく響く。

「ゆうべは硬いベッドの上でひと晩じゅう起きていたの。いろいろ考えてみた。何度となく頭に浮かんだことがあったの。なんだと思う？　わたしたち三人を結びつけるものはたったひとつ、コリンなのよ」

「コリン？　ずっと昔に溺れて死んだ男の子？」

ベリンダはうなずいた。「わたしたちはみんな、彼の死に少しずつ責任がある」

「でもあれは事故だった。彼が泳げないことをあなたは知らなかったんだし、あなたはほんの子供で年上の子たちのあとを追いかけていただけだった。あなたに責任があるなんて、だれも思わないわ」

「それはそうでしょうね。でもトニーによれば、彼が泳げないことを知っていたってジョンキルはあとから言っていたみたいだし」

「それにしたって、それからいったい何年がたつの？　一二年？　彼の家族のだれかが復讐したかったのなら、どうしてそれだけの歳月を待ったの？」

「わたしたちが集まる機会がこれまでなかったからとか？」ベリンダはため息をついた。「ばかな考えだってわかっているのよ。でもどうしてだか、頭を離れないの。いまは藁にだってすがりつきたいのよ」

「彼の苗字は？」わたしは尋ねた。「わたしたちにできるのは、このあたりに家族がいるのかどうかを調べることくらいね」

「それも覚えていないの」ベリンダの視線がわたしを通り過ぎた。「面白い名前だったわ。

変わっていた。ハックルベリー？　そんな感じ」ベリンダは興奮したように指を振った。「ハックルビー、そうよ。コリン・ハックルビー。ジョンキルがその名前を呪文みたいに唱えて、コリンが真っ赤になったのを覚えている。みんな、彼をからかうのが好きだったの」

「あなたも？」

「わたしはその他大勢のひとりだった。同じようにからかっていたと思う。コリンをかばったのはジェイゴだけよ」

「ジェイゴ？　彼は――」わたしは言いかけたが、黙っていると約束したことを思い出した。

「なに？」

「あなたは彼が、なにかよからぬことを企んでいるって考えていたでしょう？　でもコテージにやってきた夜、彼は自分が仕かけたロブスターの罠を調べていたのよ。だれかがロブスターを盗んでいたみたい」

「彼はそう言っているのね。好意的に解釈しなきゃいけないでしょうね」

「彼、あなたのことを聞いてとても心配していたわよ」

「本当に？」ベリンダはなんでもないような口調で言おうとしたが、わたしはその目がきらりと光ったことに気づくくらいには、彼女をよく知っていた。

「話を戻すわね。コリン・ハックルビー。彼がどこに住んでいたか、覚えている？」

「中部地方のどこかよ。そのあたりのなまりがあったわ。そのことでよくからかった。バーミンガムとか？」そう言ってからベリンダは手を振った。「忘れて。さっきも言ったとおり、藁をつかむようなものだわ。もう絶望的よ」

言うべき言葉が見つからなかった。ロンドンにいるトニーの友人に警察が話を訊くだろうことは容易に想像できる。その友人は、ベリンダとベッドを共にしたとトニーが自慢していたことを覚えているかもしれない。ローズが夫を殺したがっていたことを証明するすべもないのに、助けるなどとどうしてわたしに約束できるだろう。手押し車を探すことはできるとわたしは思った。役に立つ指紋が残っているかもしれない。峡谷に投げ捨てられていたり、茂みの下に隠されていたりすれば、ベリンダの仕業ではないと警察が信じてくれるかもしれない。けれどそれでも、ベリンダがどこかほかの場所でトニーを殺して死体を運んだ可能性は残る。望みはなさそうだ。

「どうするべきかしら？　あなたの近くにいられるようにトゥルーロにホテルを見つけるべきか、それともなにか事態に進展があるか、あなたのお父さんが来たときにその場にいられるように、このままホワイト・セイルズにとどまったほうがいい？」

「ホワイト・セイルズに泊まっているの？」

「だって、トレウォーマにはいられないでしょう？　ローズと彼女のお母さんは、怪しいものを見るような目でわたしを見るし、そのうえ殺人犯があそこにいるのよ。ホワイト・セイルズなら、とりあえず近くにはいられるもの」

「あなたってとても勇敢ね。下の洞窟からだれが入ってくるかわからないっていうのに」

「それが問題なのよね」ゆうべ、抱きしめられたダーシーの腕を思い出しながらわたしは答えた。「でも近くに泊まるところはないでしょう?」

「ないわね。もしわたしが突然ロンドンに連れていかれたら、どうやってあなたに連絡すればいい?」

「トレンジリーに電話すればいいわ。ジェイゴがわたしの居場所を知っているから」

「彼は本当にわたしを心配していた?」

「本当よ」

「申し訳ありませんが、お嬢さん、時間です」警察官が言った。「お帰りください」

いまは、〝わたしが〝マイ・レディ〟であり、少なくとも〝奥さん〟であって、〝お嬢さん〟ではないことには目をつぶっているべきだろう。こういう大きな問題を抱えているときに頭を悩ませるようなことではない。

「友人をハグしてもいいですか?」わたしは訊いた。

警察官の表情が和らいだ。「本当はいけないんです。でも、まあ、どうぞ。ぼくはあっちを向いていますから」

ベリンダを抱きしめたちょうどそのとき、重たげな足音が近づいてきて、ドアが開いた。巡査部長を従えたワット警部補が入ってきた。

「レディ・ジョージアナ」彼が言った。「まだここにいたんですか。わたしの助言を受け入れて、帰ってくれていればよかったんですがね」

「友人の無実が証明されるまでは帰りません」

「その件ですが……」ワットは言葉を切り、難しい顔でベリンダを見た。「興味深い進展がありました」

ベリンダが恐れていたことを言うに違いないと思った——警察はロンドンにいるトニーの友人に連絡を取り、そのうちのだれかが彼とベリンダに関係があったことを覚えていたと。けれど彼はこう言った。「被害者の解剖が終わったところなのですが、どうも何者かが彼を溺れさせようとしたようです。髪が濡れていたことを覚えていますか？　肺からも水が検出されました。検視官によれば死ぬほどではないそうですが、意識は失っていたかもしれないということです」

「そういうことなら、ミス・ウォーバートン＝ストークの疑いは晴れるのではありませんか？」わたしは言った。

「どうしてそう思うんですか、レディ・ジョージアナ？　彼女はお風呂に入っていたと自分で証言した。なのでわたしはこう考えたんです。あなたがた貴族がどういうものかはわかっていますから、ふたりで一緒にお風呂に入っていたとしたら……ふざけているうちに盛りあがって……彼の頭を水中に沈めるチャンスだと彼女が考えたとしたらどうですかね？」

「でもあなたは、彼はベッドで刺されたと考えているんですよね？　すでに死んでいる彼をバスルームから運んだわけではないと？」

「ベッドに残された血の量から判断して、彼はあそこで刺されるまでは生きていたはずです」

「それを確かめるために、バスルームにごく微量の血液が残っていないかどうかを調べることはできますよね？」

「もちろんできます。ですがわたしはこれまでにも刺し傷はいくつも見てきました。それにもし彼がバスルームで刺されたのなら、廊下に血痕が残ったはずです。なかったことを部下たちが確認しています」

「つまり」わたしは彼に反論する隙を与えないよう、慎重に言葉を選びながら言った。「わたしの友人は、バスタブのなかにいるミスター・サマーズを完全には殺さず、事故に見せかけるために意識だけ失わせたうえで、長い廊下を引きずっていき、ベッドの上で派手に刺殺して自分の犯行のように見せかけたと言いたいんでしょうか？」わたしは一度言葉を切った。「ありえません、警部補」わたしは笑った。「どんな弁護士にだって、言い負かされるでしょうね」

警部補の顔が赤くなった。「それは確かに一理ありますね。すべては、あの廊下の先まで彼を運ぶのがどれほど大変なのかということに集約されると思います。一番近いバスルームからでもかなりの距離がありますからね」

「もちろんです。でもそのことなら、わたしがお手伝いできるかもしれません」わたしはそう言って、手押し車について考えたことと、たき火のなかで見つけた濡れたタオルの話をした。「あとで回収するために、だれかが窓から放ったんだと思います」

「いろいろと推測したり、探ったりしているようですからおうかがいしますが、あなたの友人が犯人でないのなら、だれの仕業だと思いますか？」

「トニー・サマーズがバスタブで死にかけていたか意識を失っていたのだとしたら、だれがベリンダに罪を着せようとしたのかを考える必要があります」わたしは言った。「もしも彼がバスタブのなかで死んでいたとしたら、事故として扱われ、殺人だと立証するのはとても難しかったでしょうから、犯人は易々と逃げられたはずです。ベリンダを巻きこむつもりがなかったのなら、どうしてわざわざ廊下の先まで彼を運び、彼女のベッドの上で刺したりするんですか？　わたしたちはいままで、トニー・サマーズの死を望んでいる人間がいるんだと思っていました。その同じ人間がベリンダ・ウォーバートン＝ストークのことも殺したがっていたとしたらどうですか？」

「だれか思い当たる人間がいるんですか？」

「手段と動機の両方がある唯一の人間は、彼の妻のローズです」わたしはそう言うと、トニーが自分を殺したがっているという彼女の打ち明け話や、彼女と崖の上で出会ったことや、裕福な未亡人になったと言ったときの目の輝きについて語った。

ワット警部補はうなずいた。「たしかに、お風呂で彼の不意をつけるのは彼女が一番でしょうが、どうしてミス・ウォーバートン＝ストークを嫌うんでしょう？　子供の頃から彼女とは会っていなかったと言いましたよね？」

「わかりません」ベリンダが答えた。「わたしが特権階級で、彼女が使用人の子供だということくらいですが、それって腹立たしいことのようですから」

「もしくは彼女は正気じゃないのかもしれませんよ、サー」巡査部長が口をはさんだ。彼がなにか言うのはこれが初めてだったので、わたしたち全員に見つめられるとその顔が真っ赤になった。「人を殺すことを楽しんでいるのかもしれない。そういう人がいますよね？」

「わたしの経験からすると、それほどいない」警部補が応じた。「これまで関わった事件では、人を殺すのにはそれなりの理由があった――恐怖や欲望や復讐。面白半分に殺人をする人間はそれほど多くない」

「警部補、どちらにしろ、わたしの友人はもう第一容疑者ではないということですよね？釈放してもらえますよね？」

彼は鼻をかきながら、考えている。「確かに今朝判明した事実からすると、彼女は第一容疑者ではなくなったと言わざるを得ないでしょうな、レディ・ジョージアナ。しかしながら、事件は解決にはほど遠い。いますぐに彼女を釈放しますが、しばらくはこのあたりにいてもらいたいですね。よろしいですか？」

「ええ、もちろんです、警部補」ベリンダが言った。「わたしたちになにかできることはありますか？」

「我々が捜査をしているあいだは、トレヴォーマに近づかないでいただきたいですね」彼は急いで言った。「あの家の女主人が耐えられなくなって自白するか、あるいはあそこにいる何者かがなにかを知っていることを願いますよ。正直言って、筋が通る説明はまだなにも考えつかないんです」

一〇月二〇日
トゥルーロ周辺

本当によかった。ベリンダが自由の身になった。あとはローズが自白すれば、家に帰れる。これ以上、事態が複雑にならなければの話だけれど。

「それで、これからどうするの？」建物の外に出たところでベリンダが訊いた。「弁護士が今日ロンドンから来るし、パパも電報を受け取ったらすぐに来てくれるはずよ。あの意地の悪い魔女がその前に燃やしていなければね」

「まさか」

「あなたはわたしの継母を知らないのよ。わたしがいなければ、遺産は自分のものになるって思っているんだから。実際は、あのいまいましいフランシスおじさんが手にするんでしょうけれどね。もしも彼女がコーンウォールから一五〇キロ以内のところにいたなら、第一容疑者だって考えていたところよ。でもひと晩でここまでやってきて殺人を犯すには、スコットランドのハイランドは少しばかり遠すぎるわね」ベリンダはため息をついた。「わたしはトゥルーロにとどまっているべきだと思う？」

「それが賢明でしょうね。ロンドンから弁護士が来たら、会わなきゃいけないでしょう？」

「そうだったわ。わざわざここまで来たのに無駄足だったってわかったら、きっと怒るでしょうね」

「そんなことないわよ。きっとコーンウォールの高級ホテルで数日過ごして、あなたに請求書を送ってくるわ」

「どちらにしろ、わたしはこのあたりにいなきゃいけないっていうことね？」

わたしはうなずいた。「警部補はあなたの居場所を知りたがるでしょうしね。あなたが泊まれるところを探しましょう。でもわたしはトレウォーマの近くですることがあるの」

「ローズと対決するつもりじゃないでしょうね？」

わたしは笑った。「心配しないで。あの家の近くに行くつもりはないから。でも、しなくてはいけないことがひとつあるのよ」ベリンダがいぶかしげにわたしを見た。「なにをするかはいまはまだ言えないけれど、役に立つかもしれない」

「秘密主義なのね。事件に関係があるのなら、どうして教えてくれないの？」

「あとで話すわ。約束する。いまはわたしを信じて」

「それじゃあ、コリンに関係しているかもしれないっていうわたしの勘は見当違いだっていうこと？　警察に話す必要はない？」

「とりあえずいまはやめておきましょうよ。ローズが自白したら、これ以上なにもする必要はないんだもの。駅の近くであなたのホテルを探しましょうか？　そこで落ち着いたら、警察に連絡すればいいわ」

「戻ってきてくれるのよね？　やりたいって言っていたことを終えたら？」

「必要とあらば、ホワイト・セイルズに泊まるわ」

「そこまでする必要はないわよ」

「わたしなら大丈夫」

「ジェイゴがまた真夜中にやってきたらどうするの？」

「面白いことになるでしょうね」わたしは挑発的な笑みを浮かべた。

「あなたは結婚しているのよ」

「だからといって、真夜中の訪問者を歓迎しないことにはならないわ」

「あなたのことが心配になってきたわ、ジョージー」ベリンダが言った。「わたしみたいにならないでよ。かわいそうなダーシー」

「心配いらないわ。大丈夫よ、ベリンダ」トゥルーロへと向かっているあいだに、この近くにダーシーがいることをベリンダに話すわけにはいかないと気づいていた。彼女がダーシーを見かけるような危険を冒すこともできない。彼が秘密調査員であることを話せば、ベリンダはうっかり忘れて手を振ったり、〝いい変装ね〟などと言ったりするかもしれない。彼の身を危険にさらすわけにはいかない。そんなことを考えながら庁舎の階段をおりていると、ベリンダが小さく息を呑んだ。「まあ、見て」威厳のある弁護士か彼女の父親が来たのだろうと思いながら顔をあげると、二段ずつ階段をのぼってくるジェイゴの姿があった。

「釈放されたんだ」ジェイゴはベリンダに笑いかけた。「犯人はきみじゃないっていうことになったんだね？」

「そうみたい」ベリンダが応じた。「あなたはどうしてここに？」

「急に客のひとりを駅まで送っていかなきゃならなくなったんで、きみの様子を見に来ることにしたんだ。地元の人間のひとりとして、おれになにかできることはないかと思ってね」

「あなたって親切なのね。新たな証拠が出てきたので、ほらこのとおり、わたしは自由の身になったの」

「それじゃあ、もうロンドンに帰るんだね。ここでは不愉快なことばかりだったようだけれど」ジェイゴの声には残念そうな響きがあった。

「いいえ、まだこのあたりにいなくてはならないの。それに、ホワイト・セイルズを改装する計画をあきらめたわけでもないわ。居心地のいい家になると思わない？　洞窟からあがってくる階段をふさいだらの話だけれど」

ジェイゴは生意気そうににやりと笑った。「そうだね、そうする必要はあるだろうね。例の業者はいい仕事をするよ。信頼できる男だ。それにきみがロンドンに帰ることになったら、そのあとはおれがちゃんと目を光らせておくさ」

「あなたはずっとここにいるのね？　雇い主が旅をするときには、一緒に行かなくてもいいの？」

「時々はね。彼がどこに、どういう理由で行くのかによる。でもおれはここが好きなんだ。きみがホワイト・セイルズをいらないと言うなら、おれが買うよ」

「密輸品の隠し場所にするのね」

ジェイゴはまじまじと彼女を見つめたかと思うと、笑いだした。「きみはおれのことをそんなふうに考えていたの？　密輸業者だって？」そう言って首を振る。「おれの祖先が密輸でしこたま稼いでいたのは確かだが、おれはもう少しまともな仕事を選んでいるよ。それで、きみたちはこれからどこに行くんだ？」

「弁護士が来たときに会えるように、ホテルを探さなきゃいけないの。駅の近くがいいわ。あなたはトゥルーロにくわしい？」

「きみのような人が泊まるなら、〈ザ・ロイヤルホテル〉しかないだろうな。駅から丘をくだったところだ。町の真ん中だよ。おれが送っていこうか？　ボスの車があるんだ」

「親切にありがとう。でもベリンダの車があるのよ」わたしが言うと、ベリンダににらまれた。

「そうか。それじゃあ、大丈夫だね」ジェイゴはベリンダに向かって親しげにうなずいた。「きみがこんなに早く自由の身になれて、本当によかったよ」

てっきり、ジョージーのおかげよとベリンダが言うだろうと思ったのに、彼女はなにも言わなかった。ジェイゴは明るく手を振ると、その場を去っていった。話し声が届かないところまで彼が離れるやいなや、ベリンダはわたしを振り返って言った。「送っていこうって言ってくれたのに、どうしてわたしの車があるなんて言うの？　たいした友だちだわ」

「ベリンダ、あなたが彼に興味を持っているなんて知らなかったのよ」

　実を言えば、興味を持っていることはわかっていたけれど、送っていこうという申し出に単なる交通手段以上の意味があるとは気づかなかった。わたしはいまだに男女間のことについてはうとくて、なにげないほのめかしがさっぱりわからない。伴侶を捕まえることができたのは奇跡に近い。それも、かなりの優良な人材を。

　ベリンダはため息をついた。「でも、これでよかったのよね。ばかげているもの。そうでしょう？　彼はあまり洗練されていないわ。完全にNOCDよ。チャタレイ夫人でもなければ、うまくいきっこない」

（念のため説明しておくと、NOCDというのは上流階級の人たちが使う言葉で〝わたしたちとは階級が違う〟という意味だ）。

「わたしは『チャタレイ夫人の恋人』を読んだことがないのよ」

「読んでないの？　あなたがそんなにうぶなのも無理ないわね。一冊、探しておいてあげるわ。とにかく、ジェイゴは残念ながらわたしにふさわしくないっていうことよね。わたしがホワイト・セイルズに住んで、魚のさばき方を覚えないかぎりは」

　ジェイゴが実はダーシーと同じ極秘の任務についていることは話せない。「彼は立派な仕事をしているじゃない。世界中を旅して、地所を管理して……」

「うさんくさい大金持ちのためにね。安定しているとは言えないわ。そのうさんくさいお金持ちが逮捕されたときの身代わりかもしれない。いずれは、アルゼンチンの刑務所に入れられることになるのかも」

「とにかく、あなたの言うとおり彼は結婚相手としてはふさわしくないわけだから、わたしがあなたの車であなたを送っていくわ。そのロイヤルホテルを見つけましょう」

ホテルは簡単に見つかった。予想とは違っていた。町の中心部にある、黄色い石造りの古い建物だが、わたしたちは敬意を持って迎えられたので、ベリンダの逮捕は新聞記事にならなかったことがわかった。わたしが彼女の荷物をスーツケースに入れて持ってきていることを知って、ベリンダは大喜びだった。「わたしの服」ベリンダはため息をついた。「ゆっくりお風呂に入って、清潔な服を着られるのね。天国だわ。ジョンキルのカシミアのワンピースは持って帰ってね。二度と見たくない」

わたしは彼女が着替えるのを待ち、脱いだ服を渋々受け取った。これを返すためにトレウォーマに行くつもりはない。

「いずれ戻るわ。ブルータスを借りていてもいいでしょう？」

「彼はあなたが気に入ったみたいね。わたしよりあなたのほうが彼の扱いがうまいわ。彼のギアにわたしはひどいことをしているみたい」

「それじゃあ、行くわね」わたしは急に気まずくなって言った。

ベリンダがわたしに両腕をまわした。「あなたって本当に頼りがいがあるのね。あの警部補に対する口のきき方ったら！　ジョージー、あなたは弁護士になれたわよ。あなたがいなかったら、わたしはまだあそこにいてパンと水で命をつないでいたんだわ。どこかで豪華なランチでもどう？」

「悪いけれど、人と会う約束があるの。あなたはランチを楽しんできて。あとで会いましょう」

手を振る彼女をその場に残し、わたしはロックに向けて出発した。ダーシーとの約束があったから、アクセルを踏みこんでそれなりのスピードで車を走らせなくてはならなかった。村に帰り着いたのは一一時四五分で、わたしは教会の近くに車を止め、村の日用雑貨店のほうへと歩きだした。今日が日曜日だと思い出したのはそのときだ。店は閉まっている。パブへと向かう数人の男性がいるだけで、村はがらんとして静まり返っていた。戸外にのんびり座ったり、ボートで遊んだりするような天気ではなかったから、だれもが家で日曜日のランチの準備をしているのだろう。わたしも空腹であることに気づいた。同時に、ホワイト・セイルズでまた夜を過ごすにしても、食べるものを買えるお店は開いていないことも悟った。改めて考えると、ダーシーと会ったあとはここにいてもなにもできることはないし、真夜中に船を出してわたしに会いに来るような危険を彼に冒してほしくはない。彼にそばにいてもらいたいのは山々だけれど。

わたしはあたりを見まわし、風を避けて教会の脇にあるベンチに腰をおろすと、コリンの事故がふたりの死に関係しているかもしれない理由について手紙を書いた。封をして、万一ダーシーが現われなかったときのために、ミスター・オコナーと宛名を書いた。フェリーを眺めたり、景色を楽しんだりしながらしばらくあたりを散歩し、教会の塔の鐘が一二時を打ち始めたところで、店のほうへと戻り始めた。ちょうどダーシーが店に向かって歩いてくるところで、今日が日曜日であることに気づいた彼が足を止め、あたりを見まわしているのが見えた。彼に呼びかけてはいけないことはわかっていた。立ちあがり、彼の背後まで歩いていってから声をかけた。「サー、失礼ですがこれを落とされませんでした?」

ダーシーが振り返り、わたしは用意していた封筒を差し出した。

「ありがとうございます、マダム」ダーシーは明らかなアイルランドなまりで言った。「天気がまた崩れそうですね?」

「そのようですね」わたしは応じた。「どこかまでお送りしましょうか?」

「近くの家に滞在中なんですよ。それほど遠くはありません。悪天候に慣れているぼくのようなアイルランドの男にとっては、なんでもありませんよ」

「ついでですから。わたしも海岸沿いにある家まで帰るところなんです」

「そういうことなら、乗せていただこうかな。傘を持ってこなかったんですよ」

わたしはブルータスに歩み寄り、乗りこんだ。ダーシーが助手席に乗り、わたしは車を発進させた。

「うまくやったね。感心したよ」彼が言った。「でも、この車はどこで手に入れたんだい?」

「ベリンダの車なの。ブルータスって言うのよ。恐ろしく速いんだから」

「彼女はまだ留置場なの？」

「いいえ。今朝、釈放された。トニーは刺される前に溺れさせられていたことが、解剖でわかったの。もしベリンダがトニーを殺したかったのなら、半分彼を溺れさせたあと廊下を引きずっていって、だれもが彼女の仕業だって思うようなところで刺したりするはずがないって指摘したら、警部補は渋々うなずいたのよ。でもベリンダはここを離れることはできないの」

「この手紙は？」

「事件とは関係ないのかもしれない」わたしは言った。「ベリンダがふと思いついたことなんだけれど、何年も前に死んだ少年が関わっているかもしれないの。その子が死んだとき、ジョンキルとトニーとベリンダは三人ともその場にいたのよ」わたしは知っていることをダーシーに話した。

「これだけの歳月がたっているのに、それが殺人の動機だときみは考えているの？」

「いいえ。ベリンダはひと晩じっくり考える時間があって、これは彼女が思いついたこと。確かめておくってわたしは言ったの。だれか調べてくれる人はいるかしら？」

「もちろんだ。きみはホワイト・セイルズに帰るの？」

「そうする理由があるかしらと思っているところ。トレウォーマの近くには行けないし、ベリンダはトゥルーロのホテルに泊まっているのよ。ロイヤルホテルっていうの――あまりロイヤルっていう感じではないけれど、大きな広場の脇にあるわ。彼女の弁護士が来るのよ」

「ぼくがあとどれくらいここにいるのかはわからないんだ。グループの何人かはもう帰ったしね」

「そうみたいね。町でジェイゴに会ったわ」

「ああ、そうらしいね。彼はベリンダのことをすごく心配しているみたいだった。なにかぼくが知らないことがあるのかな？」

「かもしれない。彼がベリンダに興味を持っていることは確かね。ベリンダもよ。でもそれって身分違いっていうことになるのかしら？」

「そうなるだろうな。ばかげているが、それが現実だ。ぼくたちは出会えて運がよかったよ。きみがジーグフリート王子と結婚しなくてすんだこともね」彼は言葉を切り、顔をあげた。

「ああ、着いたね。ここでお別れだ」

「あなたは、いつ家に戻ってくるの？」

ダーシーは苦々しい顔になった。「よくわからない。ここには少なくともあと一日はいるよ。そのあとはダブリンに向かうかもしれない」彼はそう言うと、わたしの手に手を重ねた。

「心配いらないよ。それほど危険なことじゃないから。パノポリスと友人については、だいたい必要なことはつかんだしね。多分、きみのすぐあとで帰れると思う」ダーシーはドアを開けた。「きみに連絡を取りたかったらどうすればいい？　ベリンダと一緒にロイヤルホテルにいるの？」

「そうすると思う。ベリンダはまだここを離れられないし、わたしは彼女と一緒にいてあげないといけないもの」

ダーシーはうなずいた。「送ってくれてありがとうございます、マダム。お会いできてよかった」

本格的に降りだした雨のなか、ダーシーは私道を遠ざかっていった。

一〇月二〇日　日曜日と一〇月二一日　月曜日
ザ・ロイヤルホテル、トゥルーロとその周辺

ベリンダが釈放されたので、なんだか手持ち無沙汰だ。警察がこの殺人事件を解決して、ベリンダの潔白をぜひとも証明してほしい。

あれほどの大騒ぎのあとだったから、なにもすることがないのは妙な感じがした。わたしはトレウォーマの近くまで車を走らせた。近づかないようにと警告されてはいたけれど、警察がまだここにいて、手押し車やたき火のなかの濡れたタオルを探しているのかどうかを知りたくてたまらない。完全に燃えてはいないはずだ。自分で探したい気持ちはあったけれど、この件はわたしには関係なくなったのだと自分に言い聞かせた。ベリンダはもう容疑者ではないのだから、事件を解決するのは警察に任せておけばいい。わたしはお店が閉まっていることを残念に思いながら、ロックを通り過ぎた。お腹がぺこぺこだったせいか、突然家に帰りたくなった。アインスレーに帰りたい、クイーニーの料理が恋しい——どれほど気分が滅入っていたかをわかってもらえると思う。

激しい雨のなかをようやくトゥルーロに帰り着くと、ベリンダはホテルのラウンジで威厳のある白髪の男性とお茶を飲んでいるところだった。見るからに弁護士といった風情だったので、彼がだれであるかを考える必要はなかった。ベリンダが顔をあげ、わたしに気づいた。

「まあ、ジョージー。戻ってきたのね。こちらはミスター・ハヴァーシャム、わたしの弁護士よ」

男性は立ちあがり、手を差し出した。「お会いできて光栄です、マイ・レディ。ミス・ウォーバートン゠ストークの釈放に手を貸してくださったとうかがいました。恐ろしい事件ですよ。そのうえ複雑だ。警察は犯人を逮捕したんでしょうか？」

「まだだと思います」わたしは答えた。

「そういうことでしたら、警察がもう一度わたしの依頼人に尋問しに来たときに備えて、わたしもここにいることにしましょう。こぢんまりしたいいホテルですね。とても居心地がいい」

「おふたりでゆっくりお話しなさってください」わたしはそう言ったものの、これからどうするべきなのかわからずにいた。このホテルに部屋を取るべきだろうか？　用があればここにいるからと、ダーシーには言った。そこでフロントに行き、泊まりたいと言うと、小さなベッドとようやく出入りできるだけのスペースしかない、ごく狭いシングルの部屋を与えられた。それでもホワイト・セイルズよりはましだ。レストランでは日曜日のランチには遅すぎると断られたものの、チーズトーストを出してくれた。なにもないよりはずっといい。

夜はベリンダと弁護士と一緒に、とてもおいしいローストビーフとヨークシャー・プディングのディナーをいただいた。ベリンダの父親はまだ現われないけれど、スコットランドのハイランドから来るのだから無理もないことだとわかっていた。


翌日、わたしたちはのんびりと朝食をとり、その後弁護士は、ベリンダがロンドンに戻れるように警察本部で許可を求めてくると言った。わたしたちはホテルの応接室で、物干し用ロープからコンビネーション（上下一体になった下着）がなくなったとか、婦人会のチャツネの売り上げ高が過去最高だったといった興味をそそるニュースが載っている地元の新聞を読みながら待った。ランチを終えるとまもなく弁護士が戻ってきて、警察はベリンダにもうしばらくこの地に残っていてほしいそうだと告げた。彼自身はもうひと晩泊まって、近くに住む旧友に会いに行くつもりだという。

もう一度建築業者に会って、ホワイト・セイルズに来てくれるように改めて頼んでこようとベリンダが言った。運転は彼女に任せたので車はすさまじいスピードで走っていたが、やがて野原から放たれたばかりの羊の群れに行く手を阻まれた。ベリンダは、最後尾の羊のお尻にぶつかる直前で、かろうじて車を止めた。羊たちはけたたましい鳴き声をあげ、羊飼いは杖を振り回しながら悪態をついた。

「ばかみたい」ベリンダが文句を言った。「羊には幹線道路を歩く権利はないんだから」

「ここは幹線道路にはほど遠いけれど」

「どっちでもいいのよ。自動車のためにあることには変わりないんだから」羊たちはかたつむりのような速度で歩き、ベリンダはそのうしろからじりじりとブルータスを進める。ようやく普通に走れるようになり、ロックの村で建築業者を見つけることができた。彼は愛想よく、三〇分待ってくれれば話ができると言った。「いつ仕事に取りかかれるのかは約束できませんがね。あの外国の旦那がどれくらいのものを望むかによるんですよ。それはまあ豪華なものでしてね。あのバスルームときたら！」

わたしたちは彼と別れ、波止場へと歩いていった。潮が満ちてくる時刻で、砂州があっという間に海水に飲みこまれ、船が突如としてゆらゆらと揺れ出すのを見ているのは面白かった。顔を出した太陽が、あたりをいかにも絵葉書のような景色に変えていた。

「きれいなところね」わたしがそう言うと同時に、ベリンダがつぶやいた。「いやだ。またフランシスおじさんだわ」

その言葉どおり、フランシスが桟橋をこちらに向かって歩いてくる。避けるのは無理だ。彼はベリンダに気づくと、驚いた顔になった。

「留置場にいたんじゃないのか。逮捕されたと聞いたぞ。逃げてきたわけじゃないだろうな？」

「逃げてきたのなら、こんなところで警察に捕まるのを待っていたりはしないわ」

「船で大陸に連れていってくれる人間を探しているのかもしれないだろう？」フランシスが応じた。「保釈されたわけか。逃げる危険があるのに、あいつらもずいぶんと呑気だな。だが、おれのために汚れ仕事をしてくれたことにはおおいに感謝するよ。あのトニー・サマーズの野郎を片付けてくれたんだからな。素晴らしいね！　おまえが死んだら、コーンウォールの漁師たちはきっと銅像を建てるぞ」

「がっかりさせて申し訳ないけれど」ベリンダが落ち着いた口調で言った。「わたしはもう、ミスター・サマーズを殺した容疑者ではないのよ」

「そうなのか？」フランシスの顔に落胆の色が広がった。「現行犯で逮捕されたんだと思っていた。奴にナイフを突き立てたんだとばかり」

「違うわ。警察は間違った結論に飛びついたのよ」

「警察はおれのことも尋問したぞ。おれには動機があるとおまえが言ったそうじゃないか。公正とは言えないな」

「確かあなたは、彼の紅茶に毒をいれてくれってわたしに頼んだと思ったけれど」

「おいおい、ベリンダ。あれは冗談さ。ちょっとした冗談だよ。あの夜、少しばかり飲みすぎてパブに居座っていなかったら、今頃はおれが留置場にいたかもしれない。普段は船でひとりきりだからな。あの夜はドミノをしていて、本当によかったよ」

「あなたを疑ったことは謝るわ」ベリンダが言った。「でもあの日、どうしてあなたが訪ねてきたんだろうって疑問だったの。飾ってあったダガーを見ているわけだし」

「許してやるよ。それじゃあおまえは、できるだけ早くここを逃げ出すってことだな？」

「いますぐじゃないわ。建築業者にホワイト・セイルズを見てもらうの。プライバシーを守れるちゃんとしたバスルームを作らないといけないもの」

ベリンダはわたしの腕に手を置いた。「ジョージー、行きましょう。そろそろ業者の準備ができているかもしれない」

話し声が聞こえないところまでやってくると、ベリンダはわたしに向き直った。その顔は怒りで真っ赤だ。「彼を見た？　わたしが留置場にいないことを知って、ものすごくがっかりしていたわ。浅ましい人。ホワイト・セイルズにはしっかりした鍵のついたしっかりしたドアを作ってもらうわ。あそこを彼にあげようかなんて考えていた自分が信じられない」

道路まで戻ってみると、大きな車が近づいてくるのが見えた。ジェイゴが運転するロールス・ロイスだ。わたしたちに気づくと車はスピードを落とし、ジェイゴが窓を開けた。「これをあなたに渡すように頼まれたんだ、マイ・レディ」彼はそう言うと手紙を差し出し、再び走り去った。ベリンダが遠ざかる車を見つめている。「後部座席に男の人と座っていたのはダーシーじゃない？」

「ばかなこと言わないで」わたしは言った。「ダーシーは外国よ。あなたには、アイルランドの男の人はみんな同じに見えるんじゃない？」

「その手紙はなんなの？　ジェイゴはいつからあなたに手紙を渡していたの？」

「ある人に調べてもらっていたことがあるの。必要になるかもしれないから」

「なにを調べてもらっていたの？」ベリンダは興味を引かれたようだ。

わたしはダーシーが名前を書いていないことを祈りながら、封を切った。

コリン・ハックルビー。突き止めるのは簡単だった。両親はいまも健在。どちらもバーミンガム郊外のボーンビルにあるキャドバリーの工場で働いている。コリンはひとりっ子。生まれてすぐに養子に出された。両親は生みの母を知らなかったが、カトリック教徒なので教会を通じて養子をもらっていた。子供は、コヴェントリーにある未婚の母のための聖アンナの家から。警察の捜査ということで、聖アンナの家は協力してくれた。母親の名前はアリス・マナリング。

わたしたちは顔を見合わせた。

「ミセス・マナリング？」ベリンダが言った。「ミセス・マナリングの親戚？　彼女の娘？」

わたしは首を振った。「家政婦はみんな〝ミセス〟って名乗るわ。たとえ結婚していなくても。彼女よ。犯行が可能だったのは彼女しかいない。すぐにトレウォーマに行きましょう。警察がまだいるといいんだけれど。ローズが逮捕されるのを止めなきゃいけない」

わたしは先に立ってブルータスに駆け戻った。ベリンダがハンドルを握り、車は勢いよく飛び出した。わたしはすぐに、急いでと言うべきではなかったと気づいた。わたしは息を止めていたけれど、花崗岩の石の壁に挟まれた道を、車はタイヤをきしらせながら進んでいく。

一刻も早くトレウォーマに着きたいのは山々だ——できれば生きたままで。門柱のあいだをすり抜けたわたしたちの前に、かなりのスピードで私道を走ってくるもう一台の車が現われた。わたしは悲鳴をあげようとして口を開けた。ベリンダがブレーキを踏みこみながらハンドルを切ると、車はオウシュウアカマツにぶつかる寸前で止まった。もう一台の車は溝に落ちそうになりながら止まり、ワット警部補が窓を開けて怒鳴った。

「いったいどういうつもりだ？ いかれた男みたいな運転をして」そう言ったところでベリンダに気づき、「いかれた女」と言い直した。「ここでなにをしているんです？ 近づかないように言ったはずです」

わたしは車を降りた。「あなたを探していたんです、警部補。ローズ・サマーズが無実だという新しい証拠をつかみました。彼女を尋問する必要はありません」

そう言いながら、わたしは後部座席に目を向けた。ローズが巡査と並んで座っている。まるでわたしが幽霊かなにかみたいに、怯えながらも魅入られたようなまなざしでこちらを見つめている。

「どういうことです？ どんな証拠があるというんです？」

「車を降りて、どこかでお話しできますか？」

「家に戻りますか？」

「いいえ、家はだめです。家から離れないと。家から見えないところにしてください」

警部補は眉間にしわを寄せながら車を降りた。「自分のしていることがわかっているんでしょうね」

「ええ。信じてください。ようやく、真相にたどり着いたと思います」

わたしはブルータスを降りようとしているベリンダを振り返った。「あなたはそこにいて。すぐに戻るから」ベリンダはなにか言おうとしたが、わたしの言うとおりにするほうが賢明だと気づいたらしい。

警部補とわたしはオウシュウアカマツの木立へと入っていった。風が高いところの枝をきしませていたが、木立のなかは静かで足の下の地面は松葉でふわふわしていた。頭上のどこかでリスが怒ったような声をあげた。

「それで？」警部補が促した。

わたしはコリンのことを語った。彼は耳を傾けているが、次第にいらだちを募らせている。

「一二年前の少年の死が、それもここに住んでいるわけでもない、夏のあいだだけ訪れていた少年の死が、今回の殺人に関係があると言っているんですか？」

「すべてがそこにつながるんです。わたしは内務省に知り合いがいます。その少年の実の母親の名前がアリス・マナリングだということが、たったいまわかったんです」

「マナリング？」警部補は顔をしかめた。「家政婦？」

「そうです」

風が頭上の枝をサラサラと揺する音を聞きながら、警部補は考えこんだ。

「息子の死の復讐だとあなたは考えているんですか？　生まれてすぐに手放した息子の？

これだけの歳月がたったいまになって？　筋が通りませんね」

「なにかが起きて、ついに限界を超えてしまったとしたらどうでしょう？　コリンが死んだことで、ずっとトニーとジョンキルとベリンダを恨んでいたけれど、最近になってなにかがあって――」わたしは一度言葉を切った。「トニーはあの家を売って、ホテルにしようとしていましたし、〝彼女には出ていってもらう〟と言っていました。彼女は詮索好きでしたから、彼のその言葉を聞いていたのかもしれない。ベリンダが滞在することになったのをこのうえないチャンスだと考えたのだとしたら？」

「わたしにはありそうもないことに思えますけれどね」

「あの家は彼女のすべてなんです。彼女が取り仕切っている。もし本当に出ていかなくてはならなくなったとしたら――」ローズにはここに住み続けてもらう必要があったわけだ。そうでなければ仕事を失うことになるのだから。

警部補はじっとわたしを見つめていた。「あなたの考えが正しいことを願いますよ」

「わたしもそう願っています」わたしは言った。

一〇月二一日
トレヴォーマに戻る。これが最後になりますように！

わたしたちは車に向かって歩きだした。

「亡くなったミセス・サマーズを殺したのも彼女かもしれません。でも立証するのは難しいでしょうね」

「崖から落ちたという人ですか？」

「そうです」

「彼女の息子を死なせたことへの復讐？」

わたしは肩をすくめた。「それもあるでしょう。それとも彼女は息子を手放さなくてはならなかったのに、ジョンキルは恵まれた人生を送っていて、彼女が欲しかったものすべてを手に入れたことが許せなかったのかもしれません。孤独な人間の心のなかがどうなっているかなんて、だれにわかるでしょう？」

警部補は長いあいだ、わたしを見つめていた。「あなたはいくつですか？」

「二五です」

「犯罪小説をたくさん読んでいるんですね？」

「いいえ。犯罪をたくさん見てきたんです」わたしは言った。「それに、ここのような辺鄙な場所にある暗い家で暮らすとどういう心理状態になるかもわかっています。わたしはスコットランドの城で育ったんです。幸いなことに、わたしには優しい子守がいましたが」

車まで戻ると、警部補は向きを変えて家までゆっくり走らせるようにと運転手に告げ、ベリンダには離れているようにと警告した。わたしたちは言われたとおりにした。

「警部補はあなたの話を信じたの？」ベリンダが訊いた。

「信じたとは言えないでしょうね。でも、調べてはくれるみたいよ」

警察の車は正面の階段の下に止まった。ワット警部補が降り立つ。わたしたちは離れたところに車を止めた。

「警部補が彼女に話を訊くまで、わたしたちは目につかないところにいたほうがいいわね」わたしは言った。

「冗談でしょう？　本当に彼女が犯人だったなら、わたしを絞首台に送るつもりだったということよ。卑劣な人だわ。彼女の言い分をぜひとも聞きたいわね」

そういうわけで、警部補が階段へと歩いていくのを見ながら、わたしたちはそろそろとあとを追った。彼が階段をあがろうとしたところで、玄関のドアが開いてミセス・マナリングが現われた。

「戻ってきてくださってよかったです、警部補。勝手ながら、ミセス・サマーズのためにひと晩分の荷物を用意しました。最小限の洗面道具と寝間着です」そう言ったところで、車から降りたローズに気づいた。「ミセス・サマーズ？　戻ってきたのですね。なにがあったんです？」

「アリス・マナリングですね？」警部補は階段をあがりながら言った。

彼女は驚いたようだ。「はい。アリスはわたしの洗礼名です。どうしてですか？」

「コリンの母親ですね？　コリン・ハックルビーの？」

彼女の顔はこれまでいつも白くて表情がなかったが、いっそう白さを増した。それが可能であればの話だが。「いったいだれがそんなことを……？　どうしてわかったんです？　だれも知らないのに」

「わたしたちにはわたしたちのやり方があるんですよ」警部補はさらりと答えた。「すべてわかっていると言っておきましょうか」

「隠していることなんてなにもありません」彼女は挑むように顎を突き出した。「わたしは子供を産んだ。手放さなくてはならなかった。でもあの子のことを考えなかった日は一日もありません。彼がなにをしているのか、どんなふうになっているのか」

「そして彼はここに来たんですね。いわば、あなたの目の前に」警部補は落ち着いた口調で言った。「あなたには辛いことだったでしょうね――彼がすぐそこにいるのに、話しかけることができなかったんですから」

彼女は見るからに挑戦的な表情を警部補に向けた。「わたしがなにに耐えてきたのか、あなたにはわかりませんよ、警部補。わかりっこない」

「ですが、彼の養父母の名前をどうやって知ったんです？　普通は母親には教えないはずだ」

「私立探偵を雇ったんです」冷ややかなまなざしで警部補を見つめる。「苦労して稼いだお金を貯めて、あの子を見つけるために使ったんです。コリンをひと目見るためだけに、夏の休暇にはあの子が住むところを訪ねていました。コリンはいい若者に育ちました。養父母は彼のことをとても誇りに思っていた。奨学金でグラマースクールに進み、大学に行く話もあったんです」

「彼がここに来たのは偶然ですか？」

ミセス・マナリングは嘲笑を浮かべた。「まさか。わたしが養父母にパンフレットを送ったんです。嘘みたいに安い料金でバンガローが借りられると書きました。差額はわたしが払った。餌に食いつきましたよ。一家はここに来たんです」

「どうして彼をここに連れてきたかったんです？　もっとよく見たかったとか？」

「計画があったんです」彼女は言った。「なにもかも知っているというのなら、コリンの父親がこの家の主人だったミスター・トレファシスだということもわかっているんでしょうね」ベリンダが小さく息を呑む音が聞こえた。「わたしは若くて、無邪気なメイドだった。

彼はそれにつけこんだんです。家の主人に逆らうことはできませんし、わたしは特に気に入られたんだと思ったんです。特別待遇をしてもらえるかもしれないと。もちろんばかげた考えですけれど、さっきも言ったとおり、わたしは若くてうぶだったんです」

彼女は一度言葉を切った。「やがてわたしは身ごもったことを知りました。ミスター・トレファシスはわたしをよそに追いやって、そこで赤ん坊を産ませようとしました。わたしはカトリック教徒だったので、彼はコヴェントリーの近くに、修道女たちが運営している未婚の母のためのホームを見つけてきて、わたしはそこに行かされました。ひどいところでした。救貧院に似ているけれど、もっとひどい。刑務所のようだけれど、それよりもひどい。わたしたちは害虫のように扱われ、苦しめられ、死ぬまで働かされたんです。赤ん坊を産むと、その場で取りあげられました。一週間体を休めたあとは、またすぐに働かされた。それっきり、息子を見ることはありませんでした」

「だがあなたは、またトレファシス家で働くために戻ってきたんですね？」

「ほかに行くところはありませんでしたから」彼女が答えた。「それに、ミセス・トレファシスが妊娠していたんです。わたしはその子の子守の仕事を与えられました。手なずけるつもりだったんでしょうね。そういうわけで、ジョンキルはわたしのものになったんです。トレファシス夫妻はしばしば旅行に出かけたりロンドンに行ったりしていましたから、わたしが彼女を育てました。それはそれは美しい子供でした」彼女の表情が和らぎ、つかの間わたしはそこに若くかわいらしい少女の面影を見た。だがそれも一瞬だった。「やがて彼女は家を離れて学校に行き、変わってしまいました。無鉄砲で、向こう見ずで、冷酷になったんです。わたしはそれが気に入らなくて、彼女にそう言いました。すると彼女は、わたしはただの使用人なんだから、意見を言う権利はないと言ったんです。そのときわたしは悟ったんです。彼女はわたしのことなどまったく気にかけていないと」

「それであなたはコリンのことを考えるようになったんですか？」

「あの子を忘れたことはありませんでしたが、ミセス・トレファシスが跡継ぎを産めなかったことに思い至ったんです。ミスター・トレファシスに息子を会わせたら、あの子がどんなに立派になっているかを見れば、あの子を養子にして跡継ぎにするかもしれないと思いました。だから、偶然にでもふたりが会うことを期待して、コリンをここに連れてきたんです。けれどそんな機会を作る前に、あの子は死んでしまった」

「でも事故だったんですよね？」

「そうでしょうか？」彼女の声がこわばった。「コリンが泳げないことをジョンキルは知っていたとあとになって聞きました。彼女には卑劣な一面があったんです。以前、わたしの日記を読んでいる彼女を見つけたことがあります。彼女はそれでわたしが考えていたことを知ったんでしょうか？　ありえることです。わたしには相談する相手などいませんでしたから。それで彼女はコリンを競争相手だと考えたんでしょう。排除すべき相手だと」

「どうして彼女を殺すのを長いあいだ待ったの？」黙っていなければならないことを思い出す前に、わたしは口を開いていた。

わたしがそこにいることに気づいていなかったかのように、ミセス・マナリングはこちらに視線を向けた。「ハリーじいさんが話したんですね？　彼が黙っていられないことはわかっていたんです。ばかな年寄りなんだから。だれも見ていないと思ったけれど、彼はしょっちゅう林のなかをこそこそうろついていましたからね。脅かしたからそれで大丈夫だと思ったのに、そうじゃなかったみたいですね」

「だから彼も殺したんですか？」警部補が訊いた。

彼女はうなずいた。「ひとり殺してしまえば、あとはもう難しくはありません。地獄には一度しか堕ちませんからね。違いますか？」そう言って微笑んだ。「ジョンキルはとんでもない人間になったんですよ、警部補。わたしが甘やかしたのかもしれないし、生まれながらに欠陥があったのかもしれない。どちらにしろ彼女は次々に男の人をここに連れ込んで、夫の鼻先で浮気していたんです。危険なことが好きだったんですよ。浮気相手のひとりが立派なボートを持っていて、わたしはふたりが波止場で話しているのを聞いてしまったんです。ジョンキルはもうトニー・サマーズに飽きていて、彼とは離婚するからヨットで一緒にどこかへ行こうと言っていました。地所を売って、地中海でいいヨットを買おうと。ある日の夕方、彼女は崖の上から河口を眺めて、彼のことを待っていました。わたしが近づいていくと、彼女は〝きれいな夕日ね、マニー。今日はすごく幸せな気分よ〟と言ったんです。彼女が地所を売ったらわたしはどうなるのかと訊きたかったんですが、その勇気をかき集めているあいだに、彼女はさらに言いました。〝家に帰りなさい。寒くなってきたわ〟。わたしが〝承知しました、ミセス・サマーズ〟と言うと、彼女は再び海に視線を向けたので、すかさずわたしは彼女を崖から突き落としたんです」

彼女は勝ち誇ったようにさえ見えた。「一瞬たりとも後悔はしませんでした。目には目を。聖書にはそう書いてあるじゃないですか？　それに彼女は、わたしが誇りに思えるような人間ではなかった」

「トニー・サマーズはどうなんです？」ワット警部補が尋ねた。「彼のことも同じ理由で殺したんですか？」

「彼のことは気に入っていました。育ちはいいし、学ぼうとしていましたからね。でも彼女と結婚した――料理人の娘と。家名を汚したんです」

「よくもそんな……」ローズがつぶやいた。

「わたしはおとなしくしていましたが、やがて彼が退屈を感じるようになって、この家をホテルに変えるといい始めたんです。わたしを辞めさせると言っているのを聞きました。辞めさせるですって？　わたしは一生をこの家に捧げてきたのに。去年の流行みたいに、わたしを放り出そうとしているなんて。だからミス・ベリンダが泊まることになったときは、絶好のチャンスだと思ったんです」

「どうしてそんなにわたしを恨んでいたの？」ベリンダが訊いた。

ミセス・マナリングは嫌悪感も露わにベリンダを見つめた。「あなたのおばあさんですよ。尊敬すべきあのレディ・ノット。彼が未婚の母のためのホームで赤ん坊を産ませるつもりだと知って、わたしは彼女に会いに行ったんです。親切な人だとずっと思っていましたから。わたしを彼女のところにいさせてくれて、子供を手元に置かせてくれるなら、どんなことでもすると言いました。それなのに、身持ちの悪い娘にはそれなりの報いがあると言って追い出されたんです。そしてあの夜、彼女の孫娘は妻のいる男といちゃついていた。ミスター・サマーズが彼女の寝室に向かったのを見ました。すぐに出てきましたけれど、あとで戻ってくるのはわかっていました。彼女がそれを受け入れることも」

「それは違うわ」ベリンダが言った。「わたしは彼を追い返したの」

「女はいつだって屈するんです。弱い生き物なんですよ」ミセス・マナリングは軽蔑するように鼻を鳴らした。「あなたはわたしに完璧なアリバイを作ってくれたんです、ミス・ウォーバートン＝ストーク」

「あなたがどうやって彼を殺したのかはわかっているのよ」わたしは言った。「ジョンキルの手押し車を使ったのね」

彼女に冷ややかなまなざしを向けられて、わたしは思わず目を逸らしたくなった。まるで蛇ににらまれているみたいだ。

「小さな子供なら数人運べることはわかっていました。大人を乗せても大丈夫だろうし、ゴムの車輪は音を立てないだろうと思ったんです。ミスター・サマーズのバスルームの外のリネン用戸棚にあらかじめ隠しておきました。鍵穴からのぞいて、彼がバスタブのなかで目を閉じてゆったりとくつろぐのを待ちました。音を立てないようにバスルームに入りました。

彼が目を開けたのと、わたしが足首をつかんで持ちあげたのが同時でした。そのときにはもう手遅れだった。彼の頭は水のなかでした。いくらか暴れましたけれど、足を持ちあげられているかぎり、もちろん水面から上に頭をあげることはできません。彼が意識を失ったところで、床に水がこぼれないようにタオルを敷き詰めて、彼をその上に引きずりだし、手押し車に乗せて廊下を運びました。それから彼女のベッドに寝かせて、胸を刺したんです」

「ダガーはどこで手に入れたの？」問題のダガーが飾られていた場所を見つけられなかったことを思い出しながら、わたしは訊いた。

「自分の身を守るために、ベッドの脇に置いてあったんです。きれいなものを選んで」彼女は警部補に向かって言った。「少し時間をもらえれば、荷造りをします。ミセス・サマーズのために準備したのと同じようなものを。そうしたら一緒に行きますから」

「彼女に同行しろ、スミス」警部補が命じた。

ミセス・マナリングはとげとげしい目つきで彼を見た。「下着を選んでいる女性を男性が見ているのはどうかと思います。すぐに戻りますから」彼女はそう言って家のなかへと入っていった。若い警察官はそのあとを追い、礼儀正しく距離を置いて、階段の下に立った。

「わたしが彼女を見張っています」ローズが前に出た。「ここはわたしの家ですし、彼女はわたしの使用人です」

わたしは感心して彼女を見つめた。自信に満ちた彼女の口調を聞くのは初めてだ。彼女たちは階段をあがっていった。わたしたちは玄関ホールで待った。さらに待った。あまりに遅すぎるとわたしが思い始めた頃、ワット警部補が口を開いた。「彼女はいったいなにをしているんでしょう？　下着を選ぶのに時間がかかるようなタイプとは思えませんがね」彼は階段の下で待っている巡査に目を向けた。「まさかこっそり逃げたんじゃないだろうな。裏口から出ていったとか？」

「廊下を戻ってきてはいません」巡査が答えた。

「彼女は何階に行った？」

「一階だと思います」

「使用人の部屋って普通は一番上の階じゃないかしら？」ベリンダが声をあげた。

警部補は不安そうに彼女を見た。「裏口から逃げていないか、確かめてくるんだ、ウィリアムス」

「わかりました、サー」

「わたしたちは、彼女が自分を傷つけてはいないかどうか確かめたほうがよさそうだ」警部補は階段をあがっていく。「ミセス・サマーズ、どこですか？」

警部補は最初の廊下の入り口に立ち、耳を澄ました。首を振り、さらに階段をあがっていこうとする。「ミセス・サマーズ？」

なにがそうさせたのかはわからないが、わたしはジョンキルの部屋のほうへと広間を進んだ。近づくにつれ、ドアを叩く音と「助けて」と叫ぶこもった声が聞こえてきた。

「警部補！」わたしは叫んだ。「こっちです」

ドアを開けようとしたが、鍵がかかっている。そのうえ、煙のにおいがした。わたしは再び叫んだ。巡査が駆け寄ってくる。体当たりをして開けようとしたが、ドアは頑丈なヨーロッパナラの木材でできていて、びくともしない。すると彼は広間を駆けていき、真鍮の像を手にして戻ってきた。「さがって」そう怒鳴ってから、像を羽目板に打ちつける。羽目板が裂けた。煙が流れ出てきて、怯えたローズの顔が見えた。「急いで。助けて」

彼女を引っ張り出せるくらいの穴を開けるには、さらに数回、像をふるわなくてはならなかった。その穴の向こうでは、ジョンキルの美しいドレスが燃えていた。レースのカーテンも。

「彼女はどこです？」巡査が訊いた。

「わからない。彼女のあとを追ってここまで来てみたら、そのときにはもうオイルランプを手にしていたの。彼女はドレスに向かってそれを投げつけて、マッチで火をつけたのよ。それからわたしを突き飛ばして逃げていった」

わたしはなだめるように彼女の肩に手を置いた。「彼女はどこに行ったと思う？　わたしたちのほうへは来なかった。この広間の奥に階段はあるの？」

「使用人の階段がある」

広間を突き当たりまで走っていくと、煙はますます濃くなった。「彼女はなにをしたの？」ローズがあえいだ。「嘘でしょう」

大広間の上のミンストレル・ギャラリーに出た。火はタペストリーを呑みこみ、床へと広がっている。

「彼女は逃げようとしているんじゃない。この家を燃やす気よ」ローズが言った。「使用人用の細い廊下がたくさんあるの。そこを使っているんだわ」

「消防隊に連絡して。それから、使用人たちを安全なところに逃がすのよ。わたしたちにできることはない」

「母さんを見つけないと」ローズは不意に気づいて言った。「ああ、神さま。無事だといいんだけれど」彼女は叫びながら走りだした。「母さん、どこなの？　火事よ」

応じる声が聞こえ、彼女の母親が寝室から出てくるのを見てわたしは安堵の息を吐いた。

広間を駆け戻ると、警部補が上の階からおりてくるところだった。「上にはだれもいない」そう言いかけて、煙に気づく。「なにごとです？」

「彼女が火をつけているんです」わたしは答えた。「ミセス・サマーズが部屋に閉じこめられていました。消防隊に連絡しないと」

「ジョージー、無事なの？」ベリンダが階段をあがってきた。

「大丈夫よ。ローズとお母さんをお願い。わたしは消防隊に電話をするから」

使用人たちがあちらこちらから姿を現わしてきた。「書斎が火事です」メイドのひとりが泣きながら訴えた。「本が全部燃えているんです。松明(たいまつ)みたいに」

「全員が無事であることを確かめてちょうだい」ローズが言った。

できるだけ早く駆けつけると消防隊は請け合ったものの、優に一〇分はかかるはずだ。従僕がバケツリレーを始めようとしたが、キッチン脇の食料品戸棚はすでに火に包まれていて、水を汲むことができなかった。だれかが屋外のホースを取りに行った。けれど燃えている箇所はあまりに多い。彼女は常にわたしたちより一歩先んじているようだ。ランプを倒し、オイルに火をつけては次の場所へと移動していく。火はさらに燃え広がり、うなるような音やはぜる音があちこちから聞こえてきた。やがてわたしたちは家の外へと避難し、消防隊の到着を待つほかはなくなった。使用人たちはひとかたまりになってすすり泣いている。下働きの者たちは従僕と一緒になってできることをしようとしたが、ほとんど役に立たなかった。

ようやくのことで二台の消防車が到着した。一台は水を運ぶタンカーで、消防士たちはホースで放水を始めたものの、あまりに少なすぎたし、あまりに遅すぎた。

「あの女がどこにいるのかを知りたい」ワット警部補がうなるように言った。「裏口は見張らせているんです。まだ現われていない。早く出てこないと、黒焦げになってしまいますよ」

「きっとそれが彼女の望みなんでしょう」ローズが言った。「輝かしい栄光に包まれて死ぬことが」

「裁判費用が助かりますね」警部補がつぶやいた。

「彼女の部屋はどこだったの、ローズ？」わたしは尋ねた。

「よく知らないの。使用人たちが使っているところには、あまり首を突っ込まないようにしていたから。そっちのほうは彼女がきちんと管理していた。ものすごく有能だったわ」

不意にだれかが叫んだ。「見て！」ひとつの塔の天辺を指さす。ミセス・マナリングがそこに立ち、腰に手を当ててわたしたちを笑っていた。「ここはわたしの家よ」彼女が大声で言った。「わたしのものにならないなら、だれのものにもしない」

「いますぐおりてくるんだ」警部補が叫び返した。「事態を悪くしているだけだぞ」

「ばか言わないで。絞首刑はもう決まっている。それに、おりたくてももうおりられない。あんたたちだってあがってこられない。一階はもう火の海よ」

そのとおりだった。塔の窓の向こうに炎があがっている。ガラスが割れる音がして、炎が塔の横手をなめるのが見えた。わたしたちはその場に立ち尽くし、炎がじりじりとミセス・マナリングに近づいていくのを魅入られたように眺めていた。突然、私道を猛スピードで近づいてくる車のエンジン音が聞こえた。ロールス・ロイスだ。一方のドアからジェイゴが、もう一方のドアからダーシーが飛び出してきた。ふたり揃ってこちらへと走ってくる。ダーシーはわたしに、ジェイゴはベリンダに駆け寄った。

「大丈夫か？」ダーシーはわたしの体に腕をまわし、息ができないくらい強く抱きしめた。

「大丈夫よ。家政婦なの。彼女が火をつけたのよ。あそこにいる」わたしは塔を指さした。

「だめよ、彼女を助けようなんて思わないで」彼が無茶をしがちなことはわかっていたから、わたしはしっかりと彼をつかまえていた。「下の階は火の海よ」

「ベリンダ、きみは大丈夫？」ジェイゴが訊いた。「ここに戻ってきちゃいけなかったんだ。危ないじゃないか」そして驚いたことに——わたしだけでなくベリンダも——彼女を抱き寄せると、熱烈なキスをした。ベリンダは抗おうとはしなかった。

「あら」ようやく息ができるようになると、ベリンダは言った。「驚いたわ」

「きみを見た瞬間から、ずっとこうしたかった」ジェイゴが言った。

「最後にわたしにキスをした一四歳の頃より、ずっと上手になったわね」

「あれ以来、練習したからね。さあ、車に乗って。安全なトゥルーロに連れていくから」

「ごめんなさい、ジェイゴ。あなたと一緒には行けない」

「きみには面倒を見てくれる男が必要だよ。おれが運転するから」

「それはうれしいけれど、ブルータスをここに残していくわけにはいかないの」

「ブルータスってだれだ？」

「わたしのかわいいスポーツカーよ」

「ジョージアナとぼくがブルータスに乗っていくよ」ダーシーが言った。「きみはジェイゴと行くといい」

「ダーシー、ここでなにをしているの？」ベリンダが訊いた。

「長い話なんだ。またいつか話すよ。いまはジェイゴに送ってもらうんだね。きみの車はぼくたちが乗っていくから」

「あなたがそう言うなら」

「こちらの女性たちはここから連れ出しますよ。こんなものを見せるべきじゃない」ジェイゴが言った。「それでなくても、辛い出来事がたくさんあったんだから。ふたりに話が聞きたければトゥルーロにいますからね、警部補。ロイヤルホテルに」

ジェイゴはしっかりとベリンダの腕をつかんで、ロールス・ロイスへと連れていった。

「あなたって、ずいぶん偉そうなのね」ベリンダが言った。

「そうしようと思ったときにはね」ジェイゴは応じ、ベリンダを助手席に乗せた。

33

一〇月二一日月曜日と一〇月二二日火曜日
トゥルーロと、そしてようやく我が家

ブルータスに乗りこんで発進させるまで、ダーシーとわたしは無言だった。わたしは、あの塔の上に立ち、炎に包まれるのを待っていたミセス・マナリングのことを考えつづけていた。振り返りはしなかったが、彼女がジョンキルと同じように転落死したのだろうということは、心の底ではわかっていた。どちらにしても、それを見ずにすむようにダーシーが連れ出してくれてほっとしていた。

「本当にきみは大丈夫なんだね？」ダーシーが訊いた。「今回は、あの女性を捕まえようなんてばかなことはしなかっただろうね？」

「していないわ。わたしはただ、つかんだことを警部補に話しただけ。わたしたちがコリンのことを知っていると聞いて、ミセス・マナリングはものすごく驚いて、全部白状したの。彼女がジョンキル・トレファシスとトニー・サマーズとかわいそうなハリーを殺したのよ」

「復讐のために？」

「複雑な話なの。あとでゆっくり話すわ。それにしても、あなたはここで姿を見られても大丈夫なの？」

「問題ないよ。ジェイゴが用事で出かけていたら消防車を見かけたんだ。なにか手伝えることがあるかもしれないと思って、あとを追ってきただけさ」

「それじゃあ、あなたは向こうに戻るのね？」

「今夜だけね。ミスター・パノポリスはヨットを借りて、このあとはどこかの港に向かうことになっているんだ」

「あなたはアイルランドに行くんだと思っていた」

「計画が変更になったんだよ。ぼくはすぐにロンドンに向かわなくてはいけない。数日後には家に帰れると思うよ」

「それがどんなにうれしいか、言葉にできないくらいよ」ダーシーは手を伸ばしてわたしの手を握ったが、農用車がこちらに向かって走ってくるのを見て、小声で悪態をつきながら生け垣のほうへとハンドルを切った。

ベリンダとわたしはトゥルーロのホテルに残り、ダーシーはロンドン行きの列車に乗り、ジェイゴはトレンジリーに戻った。わたしたちはコーヒーとビスケットを前にほっとして腰をおろした。

「やれやれね」ベリンダがカップを置いた。「危険と隣り合わせじゃない食事をしたのが、遠い昔のことに思えるわ」

うなずいた。「それなのにわたしたちは、いい退屈しのぎになるなんて思っていたんだから。確かに、退屈ではなかったけれど」

「ミセス・マナリングの仕業だったなんて。最初から薄気味悪いとは思っていたのよ。あなたはどうだった？」

「わたしもよ。彼女は完璧すぎた。以前にもあまりに完璧な使用人に会ったことがあるわ。彼女も危険な人だった。だから、クイーニーをくびにしないようにって言ってちょうだいね。彼女はうっかりわたしを殺すだけだろうから」

ベリンダは笑った。「世間から切り離されて、あそこみたいな暗くて陰鬱な場所で暮らしていると、きっと心を蝕まれてしまうのね。彼女もかつては明るくて希望に満ちた若い娘だったのかもしれない。主人に強引に関係を持たされて、赤ん坊を奪われて、そしてありったけの愛情を注いだ人に裏切られた」

「あなただって裏切られたし、赤ん坊を手放さなくてはならなかった」わたしは言った。

「でもだれかを殺そうなんて考えなかったじゃない」

「そうね、わたしは暴力的なタイプじゃないから」ベリンダは口をつぐんだ。「祖母が彼女を助けなかったって聞いて、正直言ってがっかりしたわ」

「妊娠していることをお祖母さまに絶対に知られるわけにはいかないって、あなたが必死になっていたことを覚えているけれど」

「そうだったわ。祖母は正しいことにこだわる人だったから。実際、祖母は――」フロントのほうから大声が聞こえて、ベリンダは言葉を切った。「ミス・ウォーバートン＝ストークがお泊まりかどうかを確かめなければなりません、サー」フロント係が冷ややかに告げている。

「確かめなければならないとはどういう意味だ？」喧嘩腰の男の声だ。「ここにいるのか、いないのかのどちらかだろうが。わたしは彼女の父親なんだ」

ベリンダが勢いよく立ちあがった。「パパ！」そう叫ぶと、父親に向かって駆けだした。

「ベリンダ！　無事なのか？　留置場にいるんだとばかり思っていた。保釈されたのか？　心配しなくていい。最高の弁護士を見つけるからな。正当防衛だったんだ」

「パパ、もう大丈夫なの。ほかの人が白状したのよ。わたしは自由の身よ。でもパパが来てくれて、本当によかった」

「素晴らしい狩猟場をあとにしてきた。それはそれは見事な牡鹿を三日追っていたんだが、ほかの奴らに任せなくてはならなかったんだぞ」

「わたしが牡鹿より大事だってわかってうれしいわ」

「牡鹿はほかにもいるが、娘はひとりきりだからな」彼はベリンダの背中に腕をまわしたまま言った。「辛い思いをしたようだが、元気そうだ。どうだ、しばらくうちに帰ってこないか？　昔のように、料理人に太らせてもらうといい」彼は寂しそうな顔になった。「ずいぶん長いあいだ、おまえに会っていなかったからな」
「その理由はわかっているでしょう？」ベリンダが言った。
彼は苦々しげな顔になった。「おまえとシルヴィアがあまり仲良くないことはわかってい
る」
「仲良く？　パパ、彼女はわたしの顔なんて見たくないって最初からはっきり言っていたわ
よ。パパの愛情を分け合うつもりなんてなかった。彼女が初めてうちにきたとき、〝あの子
を寄宿舎に行かせるつもりでしょう？〟って言っているのを聞いたわ。それ以来わたしはず
っと、歓迎されていないって感じていた」
ウォーバートン＝ストーク少佐は気まずそうに咳払いをした。
「まあそうだが、おまえはもう自分の人生を歩んでいる立派な大人だ。客として歓迎するよ。
わたしはおまえを歓迎する。うちに来ないか？」
ベリンダは手を伸ばして、彼の頬を撫でた。
「ありがとう、パパ。また今度行くかもしれないけれど、いまはまだここにいなくてはいけ
ないのよ。審問があるし、わたしたちは証言しなくてはならないの。それに、あのコテージ
をどうするのかを決める必要もあるの」
「そうか。それならせめてどこかちゃんとした店で、とびきりのランチをごちそうさせてく
れないか。それからおまえの話をいろいろと聞かせてくれ」
「わかった」ベリンダが言った。

「わたしが泊まれる部屋があるかどうか確かめておいたほうがいいだろうな。今日はもう列車はごめんだ。少し待っていてくれないか?」

彼がいなくなるのを待って、ベリンダはわたしに近づいてきた。「あなたを紹介するべきだったんだろうけれど、なんだかそういう状況じゃない気がしたものだから。ランチに一緒に行く?」

「ふたりきりの時間を楽しむべきだと思うわ。お父さんとの関係の新しい章が始まるのかもしれないわよ」

「パパがあの邪悪な魔女を絞め殺さないかぎり無理ね」ベリンダはにやりと笑った。「わたしがここに残るのは正しいことかしら?」

「目的はジェイゴなんでしょう?」

ベリンダは顔を赤らめた。「わたしはばかだと思う?」

「あなたがなにを考えているかによるわね」

「彼はとても思いやりがあって、とてもわたしのことを心配してくれる。本当に気にかけてくれるのよ、ジョージー。でもうまくいきっこないわよね?」

「彼はただの田舎者じゃないわ、ベリンダ。オックスフォードに行ったんだもの。教養はある」

「問題は階級なのよ。かわいそうなローズを見てよ。最後まで受け入れられることはなかった。自分の場所だって感じることはなかった。彼女、これからどうするのかしら? 家を建て直すと思う?」

「それはどうかしら。トニーが生きていたときでさえ、彼女は孤独だった。トニーが自分を殺そうとしているという考えを彼女に吹きこんだのは、ミセス・マナリングだったのね。そうすれば彼女に殺人の動機ができるから。彼女は母親がいるバースに戻ると思うわ」名案が浮かんだので、わたしは顔をあげた。「あなたがあそこを買って、好きな家を建てればいいわ」

「お断りよ。昔からあそこには、なにか暗い雰囲気を感じていたの。感じなかった? 呪われているのかもしれないわ。それに、町から離れすぎている」

「ホワイト・セイルズほどじゃないけれどね」

「確かにあそこは辺鄙すぎる。わたしに不自由な生活が楽しめるとは思えないわ」

「それじゃあ、ここに家はいらないの?」

ベリンダはまた頬を染めた。「ジェイゴは、彼のボスの強運な人生ももう終わりだって考えているの。政府があの地所を没収するから、わたしが格安で手に入れられるはずだって言うのよ」

「昔の家に戻れるのね」わたしは、興奮した表情のベリンダに微笑みかけた。「それで、その計画のどこにジェイゴが入ってくるの?」

「まだわからないのよ。一歩ずつよ、ジョージー。わたしはもう間違いは犯したくないの。トレンジリーをホテルにしたらどうだろうってジェイゴが言うの——全部の部屋にバスルームをつけて！　現場にマネージャーを置いて……」

「ジェイゴ？」

「かもしれない。どちらにしろ、わくわくするような計画じゃない？」

「よかったわね」わたしは言った。「ほら、お父さんが待っているわよ。ランチに行ってらっしゃい」


翌日わたしは列車でロンドンに行き、家に帰るためにウォータールーに向かった。帰宅することを家政婦に連絡しておいたので、駅にはフィップスが迎えに来てくれていて、ちょうどティータイムに到着した。

「おかえりなさいませ、マイ・レディ」ミセス・ホルブルックが言った。「お茶は応接室で召しあがりますか？　暖炉にしっかり火を入れておきましたよ。今日は寒さが厳しいですからね」

「ありがとう、ミセス・ホルブルック。そうするわ」

炎は赤々と燃えていて、その部屋はいかにも居心地がよさそうだった。わたしの家だと心のなかでつぶやいた。わたしの家。誇らしい気持ちと幸せな思いがむくむくと湧きあがってきた。肘掛け椅子のひとつに腰をおろしたところで、近づいてくる足音が聞こえた。お茶を持ってきてくれたのだろうと思いながら顔をあげると、入ってきたのはダーシーだった。

「ぼくのほうが早かったね」わたしの驚いた顔を見て、彼は笑った。「お帰り」彼は近づいてきて、わたしにキスをした。「きみが無事に帰ってきてくれてうれしいよ」

「帰ってこられてうれしいわ」わたしは言った。「座って。すぐにお茶を持ってきてくれるわ」

「ベリンダは一緒に帰ってきたの？」

「彼女は向こうに残ることにしたの」

「ジェイゴ？」

うなずいた。「いい考えなのかどうか、わたしにはよくわからないんだけれど」

「彼はいい奴だよ。頼りになる。彼女にはふさわしいかもしれないな」

「だといいんだけれど。ベリンダもそろそろ幸せになってもいい頃よ」お茶のカートを運ぶがらがらと言う音が聞こえたので、そちらに目を向けた。押してきたのはクイーニーだ。カートにはありとあらゆるケーキとビスケットが載っていた。チョコレート・エクレア、シュークリーム、ブランデー・スナップ（薄く焼いたジンジャー味のビスケットを筒状に丸め、クリームを詰めたもの）、メイズ・オブ・オナー（甘みをつけたチーズカードを詰めたタルト）、メレンゲ菓子、ヴィクトリア・スポンジ、大きなプラムケーキ、ショートブレッド、サンドイッチ、スコーン。

「どうもです、お嬢さん。お嬢さんが帰ってくるって聞いて、すぐに取りかかったんですよ」

「クイーニー！」わたしは声をあげた。「ケーキとペストリーをたっぷりって言ったのは、こんな意味じゃ……。あなたはまたやりすぎたみたいね」

「なにしても満足しない人っているんですよね」クイーニーが言った。「せっせと働いて、お嬢さんが好きなものを全部作ったっていうのに、文句を言うんですから」

「文句なんて言っていないわ、本当よ。ただ——悪くなってしまう前に、どうしたら全部食べられるかしら？」

「選択肢はないね。近隣の人たちをお茶に招待するほかはなさそうだ」ダーシーがいたずらっぽく笑いながら言った。

「そうみたいね」わたしも気がつけば笑っていた。「さあ、クイーニー、紅茶を注いでちょうだい」

「合点です、お嬢さん」クイーニーが言った。

訳者あとがき

〈英国王妃の事件ファイル〉シリーズ一四巻『貧乏お嬢さま、追憶の館へ』をお届けできることをうれしく思います。

ダーシーとの結婚式も無事に終わり、ケニアへの波乱万丈な新婚旅行から帰ってきたジョージー。今後のシリーズはどういう展開になるのだろうといささか不安でしたが、結婚してもジョージーはジョージーでした。行く先々でトラブルに巻きこまれるという不穏な体質に、変化はないようです。それでも最初の頃を思えば、なにかにつまずいたり、壊したりということがぐっと減って、ずいぶんと落ち着いてきました。以前のドジなジョージーが懐かしくて、少し寂しい思いがするのはわたしだけでしょうか。

アインスレーに戻り、大きなお屋敷の女主人としての生活が始まって間もなく、ダーシーがまたもや秘密の任務で出かけてしまいます。デスクワークは向いていないからいまの仕事を続けてほしいとダーシーに言っておきながら、いざ彼がいなくなってしまうと、ジョージーは時間を持て余し、寂しさに耐えられなくなります。そんなとき、一番の友だちであるベリンダからコーンウォールへの旅に誘われ、一も二もなくうなずいて彼女が運転する車で出発したのでした。

ベリンダの目的は、祖母から受け継いだ家を見に行くこと。祖母はかつてコーンウォールに大きなお屋敷を所有していて、子供の頃ベリンダはそのお屋敷で夏を過ごしていました。同じように夏のあいだだけそのあたりに滞在していた子供たちや現地の子供たちと共に楽しい時間を送っていたので、コーンウォールはベリンダにとって特別な場所でした。祖母のお屋敷はすでに売却済みでしたが、存在すら知らなかった家がもう一軒あって、それが自分のものになったことを知ったベリンダは、現実からの逃避場所としてその家を使いたいと考えたのです。ところが長時間のドライブの果てにようやくたどりついたその家は、とてもそのままでは使えないような状態でした。改装が必要です。とりあえず、その夜はそこで過ごしたものの、とても長くは滞在できません。工事の手配をするあいだだけでも、どこか泊まれる場所を探す必要がありました。そんなとき、ベリンダの昔の遊び仲間だったローズと偶然、出会います。話を聞いたローズは、ぜひ自分の家に滞在してほしいと申し出ました。元々は料理人の娘だったローズに近隣の知り合いはおらず、家政婦にも冷たく当たられているため、辛い日々を送っているというのです。ベリンダは以前、ローズの夫と火遊びをしたことがあったため気が進みませんでしたが、ローズに押し切られ、彼女の家に滞在することになります。それがすべての始まりでした……。

今回の舞台となっているコーンウォールは英国の南西端に位置し、三方を海に囲まれています。主な産業は漁業、採掘、農業ですが、近頃では観光にも力を入れているようです。長く続く砂浜、青い海、過ごしやすい気候が揃った魅力的な保養地ですから、英国の人々にとっては憧れの地になっています。英国のリビエラと呼ばれる町もあり、あの文豪トールキンもここの美しい海岸線をこよなく愛したと言われています。ベリンダがこの地にある家にこだわったのもわかるような気がします。本書に登場するコーンウォールのペストリーは、コーニッシュ・パスティと呼ばれ、英国では全国規模の人気料理になっているようです。鉱山で働く鉱員たちが汚れた手のままでも食べられるように、ペストリーのとじた部分を太い持ち手のようにしているのが特徴です。朝は焼き立てのペストリーを紙で包んでカイロ代わりに使い、食べる頃にはちょうどいいくらいの適温になっていたとか。空腹を抱えていたジョージーとベリンダも、これひとつでお腹がいっぱいになるくらいのボリュームがあったようです。本書には出てきませんが、バラエティに富んだ魚が採れるのもこの地の特徴のひとつで、英国の人々のあいだではコーンウォールと言えばシーフードという図式が成り立つほどだそうです。

著者のまえがきにもあるとおり、本書はダフネ・デュ・モーリアの『レベッカ』のオマージュです。書かれたのは一九三八年、邦訳は新潮文庫から一九七一年に、新訳がやはり新潮文庫から二〇〇八年に出ています。これほど古い作品でありながら新訳が出るのですから、どれほどの名作かおわかりいただけるでしょう。デュ・モーリアは一〇代の頃、コーンウォールにあるメネビリーという屋敷にひと目ぼれし、一〇数年間憧れを抱き続けたのちに、そこを借り受けて二五年あまりを過ごします。『レベッカ』の舞台であるマンダレーは、その屋敷をモデルにしていると言われています。『レベッカ』をお読みになったことがある方は、本書の冒頭部分を読んでにやりとなさったかもしれませんね。まだお読みでない方は、ぜひ一度手に取っていただきたいと思います。

ミセス・オマーラとなったジョージーは、今度はどんな場所で、どんな冒険を繰り広げてくれるのでしょうか。次作は二〇二三年一一月に邦訳刊行予定です。どうぞお楽しみに。

コージーブックス

英国王妃の事件ファイル⑭
貧乏お嬢さま、追憶の館へ

著者　リース・ボウエン
訳者　田辺千幸

2021年11月20日　初版第1刷発行

発行人　成瀬雅人
発行所　株式会社　原書房
〒160-0022 東京都新宿区新宿1-25-13
電話・代表　03-3354-0685
振替・00150-6-151594
http://www.harashobo.co.jp
ブックデザイン　atmosphere ltd.
印刷所　中央精版印刷株式会社

落丁・乱丁本はお取り替えいたします。
定価は、カバーに表示してあります。
 ISBN978-4-562-06119-8 Printed in Japan